JN014540

猫屋台日乗

ハルノ宵子

幻冬舎

猫屋台日乗

目次

装幀
鈴木千佳子

装画・挿画
ハルノ宵子

『猫屋台』というところ

ハルノは『猫屋台』の女将（おかみ）である。

『猫屋台』について、ざっくり説明しておこう。『猫屋台』は、れっきとした飲食店だ。〝なんちゃって〟ではない。ちゃんとした、区の「営業許可書」を持っている。昨年（2019年）末に、営業許可の更新があったので、大腿骨骨折や大腸がんの療養期間を除いて、なんだかんだと5年以上やっている訳だ。

自宅でやっているので、保健所の衛生上の規定をクリアするために、多少家を改修した。たとえば、シンクは2槽式で蛇口は2つ、深さは○cm以上（もう何cmか忘れたよ）でなくてはならない。とか、冷凍庫は2台、食器棚は、ステンレスの扉付きでなくてはならない。厨（ちゅう）房（ぼう）の入り口に、手洗い専用の洗面台を設置しなくてはならない（よく見るでしょ？　厨房の隅っこの、ホコリかぶった、お飾りみたいな洗面台）。厨房から客用トイレまでは、5m以上離れていなくてはならない——みたいに、まったく衛生上イミのない、お役所の規定のための規定だ。なるべく家の原形を留めるために、すべて特注でやったので、実は見た目以上に、金と手間がかかった。10年前に我家を訪れた人などには、まったく変化が分からないだろう。家はただ10年分の、歳月と猫による破壊が進んだだけだ。

店は完全予約制だ。当初は、不特定多数のお客さんに向けた、〝ちょっとマトモな食べ物を出す、カジュアルな（ちゃんと採算の取れる）居酒屋〟として、オープンするつもりだったが、気が変わった。だって、それじゃ～自分がつまんないじゃん！　好き勝手な料理、作れないじゃん！

それに私は、しょっちゅう〝消える〟。運が良くなきゃ女将がいない居酒屋なんて、誰も行きたくないだろう（まぁ、勝手に冷蔵庫開けて、缶ビール飲んで５００円でもいいけど）。しかも〆切で忙しい時は、お客は放置。放置プレイの居酒屋——どう考えてもダメだ（好きな方もいるかもだが）。つまりは、まったく飲食店としてやっていく覚悟が、できていなかったのだ。

そもそもが、２０１２年に、相次いで両親が亡くなり、長年介護が生活の軸だったのに、一気にやることがなくなった。書く（描く）ことは細々と続けていくにしろ、私の〝料理欲〟は、どうしたらいいんだ！　私は自分のためだけには、料理を作らない。でも旬の食材などを見つけると、つい買ってしまう。とりあえず調理して、ご近所に配ったりする。初めて作る実験料理だって、いつか人に食べてもらうことを射程に作る。これでは遠からず、人を招いて食事をふるまうことになるだろう。しかし、材料費だってバカにならない。タダでというのは、なんかクヤシイ。それなら食材分と、トントン（＋α）でいいから、なんぼかふんだくってやろう——と、道楽先行の企画だったのだ。当面はこれで、やっていくつもりだ。

父の書斎が手付かず（手が付けられないだけだが）なので、父の書斎を見られるのが〝売り？〟ということで、お客さんは父の読者や、出版関係の方が多い。とは言え『猫屋台』は、お客さんを選んでいる訳ではない。ただハルノが、何の発信もしていないだけだ。たどり着いた方なら、どなたでももてなす。隣の墓地の、お掃除のおじさんたちも、新年会などに使ってくれる。中には「これが吉本さんちか〜」と、覗きにきた読者の方に、玄関先でバッタリ遭遇。その場で予約を受けたなんてこともある。推理力と行動力を駆使し、大阪から予約してくれた方は、今でもリピーターだ。私や妹の友人知人はもちろんだが、その人たちが、また友人や家族を連れて訪れる——というパターンが多い。

オープニングは、私の高校時代のクラス会だった。なんでか（たまたま）ヘンなヤツらが集まった、おかしなクラスで、今でも仲がいい。ちょっと理系寄りで、男女共に様々な職種がいて（もう自営以外は、たいがい定年だが）、このトシで、生物多様性やら食用肉の是非なんかで、議論になるのだから面白い。

庭の向こうは、名刹の広大な墓地だ。大通りから数十ｍ入っただけなのに、静かで空気が変わる。猫も鳥もタヌキも来る。寺の向こうには、絶妙絶景な位置と大きさで、スカイツリーが望める。３時間も４時間も、根が生えたように、くつろいでいかれるお客さんも多いが、かまわない（ちゃんと帰れるならね）。そんなグダグダの時間も、せわしない現代では、重要なもてなしの要素だと思っている。

しかしハルノもトシだ。人工股関節だし、病気持ちだし、体力には限りがある。基本ワンオペ（時々ウェイターとしてガンちゃん）なので、買い出しに１、２日。後片付けに１、２日かかるので、最低中２日、できれば３日以上空けて——なんて、エースピッチャー並みの条件を付けるので、結果的に週１、２組しか、お客さんを入れられない。お陰で〝２、３ヶ月先まで予約の取れない〟イヤラシイ店、となっている。

とは言え、この３月４月は、新型コロナウイルスのとばっちりで、相次ぐキャンセルと、新規の予約が入らないので、開店休業状態だ。実質売り上げゼロなのだから、都から〝協力金〟50万円ふんだくってやろうかと思ったが、５件のキャンセル（それしか入れてない）で、売り上げは、全部で10万にも満たないのだから、それをやったら、あからさまな詐欺だろう。

この号が出る頃には、コロナ騒動は、どうなっているのだろう？　終息に向かっているだろうか。あらゆる意味で、もううんざりだ。うちは自宅でやってるから、お気楽なものだが、家賃が発生する飲食店は、本当にたいへんだろう。まずもって、飲食店一本で食っていこう

（さらには一旗揚げてやろう）、なんて考えで飲食店を始めるのは、危険なカケだ。言うなれば、芸人一本でとか、漫画家一本で食っていこう――と、同じくらい無謀なチャレンジャーだと思う。別にコロナじゃなくたって、天災もある。食中毒だったり、あらゆるリスクに、保障はないのだ。チャレンジャーなんだから、自粛要請なんて無視すりゃいいじゃんと思う。たとえ石投げられたって、命懸けで始めたんだから、同調圧力なんかに屈せず、営業を続けりゃいいのに。もちろん、自分の持てる知恵と工夫を総動員して、できうる限り、最大限の注意を払っての上でだが。それが（店の構造上とかで）できない、あるいは開けてる方が、採算が取れない、なんて場合には、自身の判断で、休業すればいい。お上に従えば、お上が守ってくれる、という発想自体、覚悟が甘い！――な〜んちゃって、ハルノには言われたくないだろうが。

だいたいが、「緊急事態宣言」とやらが出た時、「うわっ！　気色悪っ」と思った。さらに、8割の人が「遅すぎた」の「もっと厳しくてもいい」なんて言ってるのが、たまらなく不気味だ。「お願い、もっと縛って！　もっとハゲしく！」と、お上におねだりしてるようなもんだ。お上に指示してもらわなきゃ、自分で危険を察知することも、身を守ることもできなくなっちまったのか？　自分の頭で、判断し、引き受けることを放棄している。

「一致団結して」とか「国民一丸となって」と、鼓舞する首相や都知事。「おうちにいよう」なんて〝国威発揚〟しちゃうマスコミ。それに応じる（生活に余裕のありそうな）アーティストやスポーツ選手、みんな気色悪い。イヤ、彼等自体が、気色悪いのではない。皆、本当に純粋な心持ちでいるに決まっている。しかし、一丸となって〝戦う〟相手が、コロナではなく、他の事象にすり替わるのは、たやすいのだ。

『猫屋台』は、今日も営業している（ただ客が来ないだけだ）。ハルノは誰とも一致団結しないし、一丸とならない。毎日変わらず1日分だけの買い物をし、ハッピーアワーで1杯飲んで帰る。今日も変わらず誰とも会わないし、（猫以外）誰とも喋らない。

夜中隣の墓地に出れば、およそ東京ドーム1個分、誰1人人間はいない。猫と死者と妖怪だけだ。参道のいちょう並木の新緑をザァッと風が吹きぬける。雲をまとったスカイツリーは、てっぺんの青白い灯(あかり)で、今夜も霊界と交信している。

『猫屋台』は〝人外魔境〟の辺りにあるのだ。

リスクの偶然性

4月5月、この素晴らしい季節の、残念な〝自粛要請期間〟とやらは、ハルノに限って言えば、得難いバカンスシーズンとなった。

客は来ないし、ちょうど連載も切れ目だった。いつも買い物がてらに、チョイ飲みをして帰るのだが、この辺りは、石を投げれば学校か病院に当たる、いわゆる文教地区だ。明るい内から飲める〝ただれた店〟は、ほとんどない。仕方なくファミレスのハッピーアワーばかりになる（好きだけど）。我家から1・5㎞程の所に、そこそこのクオリティーのスーパーがあるので、よく利用する。大通りを挟んで向かいには、ペットフードやキッチン用品もそろう量販店があり、スーパーの2階には、中華と洋食2店のファミレスが入っている。その一角で、すべてを買いそろえられるのだが、周囲はマンションと一戸建てばかりで、他にまったく店はない。何かの罠か？　と思いつつ、しこたま荷物をかかえた帰りは、勢いその2

店のファミレスの内、どちらかに入るハメになる。しかし、いい加減飽きた。

この自粛期間中、飲食店はお上から、夜8時には閉めろと、〝要請〟されている。(だけにもかかわらず) ほぼすべての飲食店が、(クソまじめに) それを守り、8時には終了してしまう。しかしその間にも、店は維持費がかかるし、家賃も発生する。店をあきらめない店主たちは、少しでも日銭を稼ごうと、午後3時頃から (あるいはランチタイムから通しの)、繰り上げ営業を始めた。これが私にとっては、実に好都合だった。普段は入ってみたいな～と思う店でも、買い物帰りの3時4時には開いていない。夜に行ったって、人気店はいつも満杯で入れない。さらに空きがあってもお1人様の私なんぞは、窮屈なカウンターの隅っこに追いやられる。そんな場合は、断って出てしまうことが常だ。

それが今は、ガラッガラなのだ。〝密〟どころじゃない。広い店内私1人か、他にいても常連らしき1人 (組) 程度だ。開けている店は、どこも実に気を遣っている。ほとんどの店が、入り口にアルコールなどの消毒スプレーを置いている。入り口も窓も開放して風通しはいいし、次亜塩素酸 (電解) 水の、加湿器を置いている店も多い (開けっぱで噴霧しても、あまりイミないと思うけど)。テーブルも椅子も、客が帰るごとに消毒液で拭く (それ普段からやれよ)。どこよりも安全だ。少なくとも猫どもが土足で出入りし、その床に落ちた物を (3秒ルールで) 拾って食べる、うちよりは安全だろう (お客さんにはやってませんからね～)。

我家の最寄りのＪＲの駅は、東西の高低差がスゴイ。うちは西側の高台の方にある。うかうかと東側に出てしまい、ホームに沿った急な坂道を上るのがしんどくて、入場券を買って、エスカレーターで西側まで上ったことすらある。すぐ近くなのに、なかなか駅の下側には行く機会がなかった。

昨年の秋に、高校の同級生との飲み会があって、久々に下側に行ったら、けっこう店が入れ替わっていた。昔は中国・韓国系の店が多くて面白かったのだが、今ではやっぱりチェーン店ばかりだ。ふと、まだ駅下も開拓の余地あるかも——と、思い立ち、坂を下ってみたら、昔入ったことのある居酒屋が、まだ残っていた（しかも3時なのに開けてるし）。もちろん入り口は開けっぱで、お姉さんが直にアルコールをシュッシュしてくれる。古民家風で居心地がよく、女性中心でやっている（ようだ）。食べ物は、死ぬ程美味し～！　と、いうほどではないが、キチンと美味しい。な～んだ——と、思われるかもしれないが、いきなり飛込んで〝当たり〟。コレが今の世の中、実にムズカシイのだ。もちろん有名店は別だけど、そんな店は、予約でもしない限り入れない。

客は私と、カウンターの（すでに出来上がってる）常連らしきおやじ以外いなかったが、見ていると、ひっきりなしに近所の人が、テイクアウトを頼みに来る。「今日後で６人ね」なんて予約をしていく、小さい娘っ子2人を連れたお父さん（きっと後で、じっちゃんばっちゃんも加えて、家族で来るのだろう）。帰りぎわに、「私10年位前に、こちら入ったことあるんですよ」と言うと、「あ、うちちょうどその頃始めたんですよ」と、女性店主。すごく地域に愛されている。近所の常連さんは、どんな時も決して見放さない。これこそが、飲食店が生き残る、唯一の道なんだな——と、感じ入った。

さて、それで味をしめてしまった。何もない日は、いつもバスやタクシーで通過するだけで、近いんだけど（半径数㎞以内）降りたことのない場所で降り、歩き回って開けている店を見つけては入る。驚いたのは、この期間でも開けている店は〝当たり〟率が通常より高かったことだ。8割方が〝当たり〟なのだ。それだけ覚悟と対策と手間がこらされている。矜持をもった仕事、柔軟で風通しがいい。とび抜けてスゴイ料理ではない、まったく有名店でもないし、ジモンも渡部も来ないが、地域に愛されているのだ。この発見は、不毛な自粛期間の、思わぬ僥倖であった。

はてさて、「何たる不謹慎！　コロナで死にたいのか？　人にうつすかもしれないんだぞ。公徳心というものがないのか」って？　「ねえよ」

悪いがハルノのふらふら歩きは、筋金入りなのだ。どんだけの筋金かと言うと、出歩くのは毎日近場をたかだか2、3時間なのに、あのGoogleストリートビューの車に3度遭遇したことがある——と言えば、このふらふら度の〝鉄筋〟っぷりが、お分かりになるだろう。

私はがん持ちで、喘息で、（歳相応だと思うけど）高血圧だし、肝数値だって不安定だ。かかったらイチコロの、高リスクの見本市だが、猫のように出かけていく。今回のコロナ騒動は、ほぼお上と、追従するマスコミの所業だと思っている。コロナばかりが過剰に恐ろしいウイルスだと、刷り込まれた。現代人は、ウイルス（菌や虫もね）との距離感を忘れてしまった。〝都市猫〟と暮らすこと、衛生上の責任をもって、他人に食事を提供することは、ウイルスとの戦いであり、共存なのだ。

だいたいが世の皆様、カン違いしている。もしもウイルスが、1個でも自分の家の廊下に落ちていたりしたら、それがマタンゴ（古い）みたいにジワジワ増殖して、いつの間にか足元から這い上がってきて、「ギャアアア」って、自分もマタンゴになっちゃうって、アレだとでも思ってるでしょ？　違うからね！　ウイルスは、自然界そのものだ。淡々とメカニカルに生存している。人間よりはるかに正直なのだ。間合いさえ心得ておけば、決して裏切らない。

そういう意味では、コロナよりノロの方が、よっぽどキョーフだ。飛沫感染、接触感染はもちろんだが、空気感染もする。イヤ、正確には、感染者のウ〇コやゲロが乾燥して、そいつが空気中に舞い上がるのだ。やはり無症状キャリアもいる。さらにはアルコールがあまり効かない。次亜塩素酸ナトリウムは有効だが、ナマモノや野菜をいちいち「ハ〇ター」で洗う訳にはいかないので、飲食店的には、地雷原を歩いているような気分だ。

今回の新型コロナウイルスも、猫に感染するらしいが（猫はほぼ無症状か軽症だそうだが）、猫のコロナウイルスで、最も恐ろしいのが「猫伝染性腹膜炎（ＦＩＰ）」だ。これは発症したら、ほぼ100%死亡する。今のところワクチンもない。昔うちにいたクロコ(♀)が、このウイルスのキャリアだった。こいつが実にやっかいなウイルスで、生涯発症しないこともあるし、ウイルス量によっては、検査値が+になったり−になったりする。唾液や排泄物に含まれるので、他の猫と舐めあったり、食器やトイレを共用することで、感染する可能性があるが、〝日和見感染〟で、うつるかもしれないし、うつらないかもしれない。しかもウイルスはしぶとく、土の上でも半年位は生きているという。絶望的だ。一瞬クロコをケージ飼いにして、他の猫と隔離するべきかと、頭をよぎった。実際そうする(多頭飼いの)飼い主は多いだろう。おそらく「猫エイズ(FIV)」や「猫伝染性白血病(FeLV)」ですら、隔離する飼い主は、いることと思う。だがその考えは、すぐに放棄した。隔離することによって、クロコ、他の猫、自分の全員にとって、確実に受けるであろう精神的ダメージの方が、感染リスクの偶然性をはるかに上回ると、判断したからだ。

クロコは生涯発症せず、突然の脳内出血で、18歳で死んだ。乳母のようなクロコに、メタメタに舐められて育ったシロミは、感染しなかった。今回のコロナ騒動は、このクロコのケースを思い起こさせた。

スーパーの買い物帰り、いつもの(ヘビロテの)中華系ファミレスで、本を読みながら1杯やっていた。数m離れた対角線上の席に、ヒョロッとしたお兄さんが座っていた。向かいの席に、例の料理宅配便Uイーツの、四角いバッグが置いてあるので、「あれ？　料理の出来待ちなのかな？」と思ったが、お兄さんはお茶を飲みながら、経済関係の本に没頭している。まぁ、Uイーツは、受注は任意で、受けなきゃずっと自由時間だ。おそらく彼は学生で、コロナで飲食店のバイトが消滅したので、Uイーツの配達で、少しでも稼ごうというところだろう。ご苦労さま――と、見ていると、そのお兄さんは本を読みながら、自分の鼻をつまんで伸ばし、それから鼻毛を引っぱり、鼻の下のヒゲだかイボだかをつまみ、次に唇を指でなぞり引っぱって伸ばし――延々とそれを繰り返している。これが彼の集中した時のクセなのだろう。こちらも本を読んでいたが、気になってまったく頭に入らなかった。たとえ私が彼の恋人でも、今の彼とは手を繋ぎたくない。果たして彼は、この後ちゃんと手を洗ってから、配達に向かっただろうか？

どんなに〝おうち〟で自粛してたって、いつどこから、感染リスクの偶然性に見舞われるかは、分からないのだ。

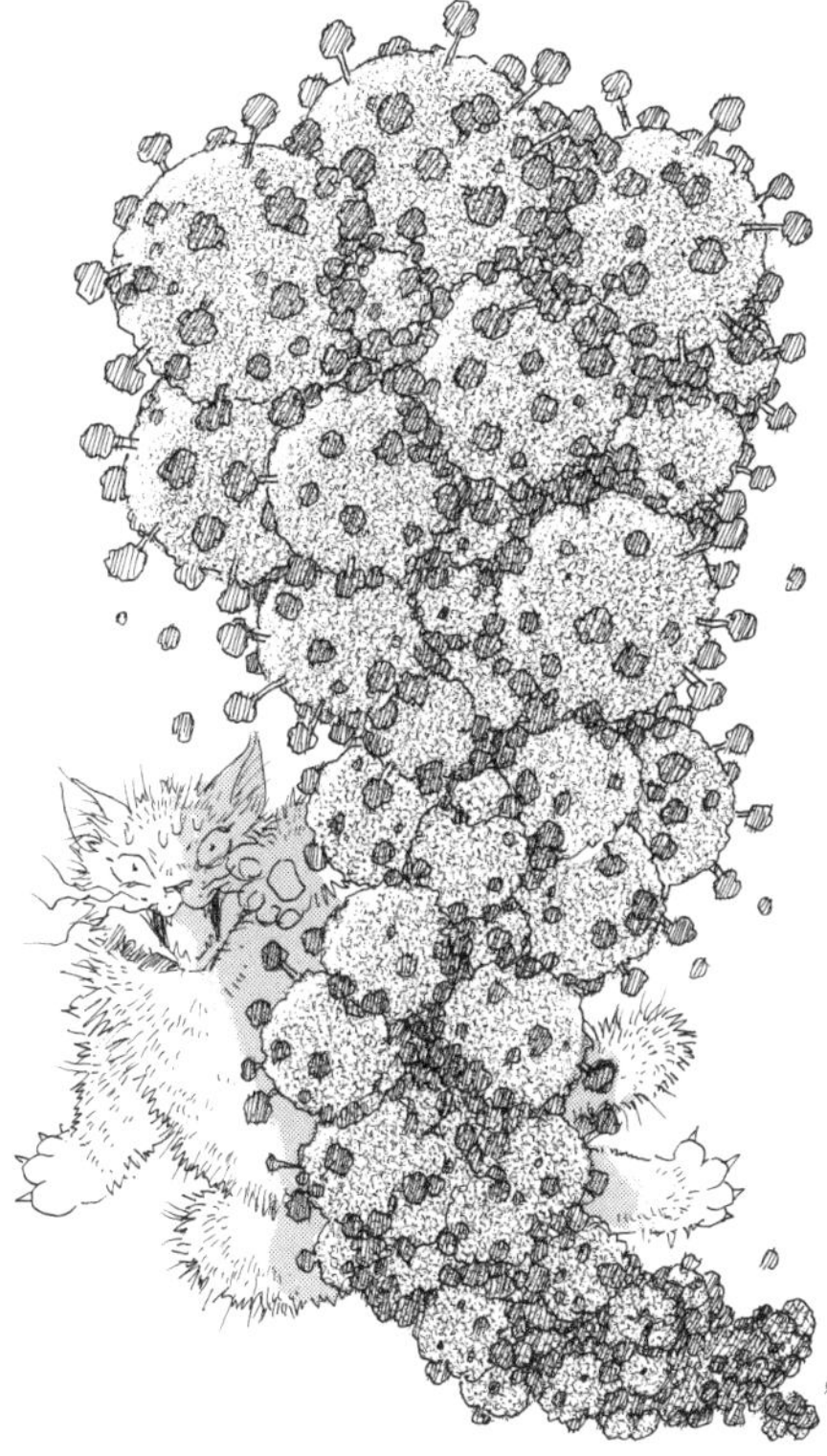

家庭の味

私が〝お薬〟という言葉がキライだということは、以前にも書いた。何が〝お薬〟ぢゃ！　オトナをバカにすんじゃない。しかし薬局で、「お薬手帳お持ちですか？」と聞かれること にイラッとはしても「あ、はい持ってます」と、にこやかに答える程度には、私もオトナだ。

さ〜て……今回、それを上回る〝お〟付け言葉が登場した。それは〝おうち〟だ。〝おうち〟でキャンプ、〝おうち〟時間、〝おうち〟ご飯――だとぉ？　言葉のプロフェッショナルであるはずのアナウンサーが、公然と「最近は〝おうち〟で料理をする方が増えたので――」って、気でも狂ったのか？　お前それ習ったのか？　「〇〇議員の〝おうち〟に〝おうち捜索〟が入りました」って、それやってみろよ。確実に始末書だぞ。コロナで世の中狂っちまった。TVから〝おうち〟が聞こえたとたん、機関銃を乱射したい衝動に駆られるが、うちのTVが壊れるだけなので、もちろん実行することはない（まず機関銃ねえし）。

うちの母は、けっこう〝お〟好きだった。おみかん、お花、お洋服――まぁ、その程度はいい。もしかすると、乱暴な下町言葉を使う父への、あてつけもあったのかもしれない。しかし、その父母の板挟みで、トラウマとなった〝お〟付け言葉が、〝お大便〟だった。私が小学生の頃、当然のようにガキどもが使う〝う○こ〟と言うと、「お大便と言いなさい」と、母に叱られた。一方父は、「オレちょっと大便してくる」と、ダイレクトだった。「やめてよ、お大便て言いなさいよ」と、父も叱られていたが。〝お〟抜きの大便――それもかなりの破壊力がある。そこから想起される物は、決してバナナ状で黄色く水に浮く健全さはない。黒々と重たく太い、しめ縄のような形状のブツだ。実際、晩年眼が悪くなった父に、「ちょっとキミ、トイレ見てくれないか？　大便落ちてるかもしれないから」と言われてトイレを覗くと、マットの上に「出雲大社かっ」と、思う程りっぱな、しめ縄状の黒々としたブツが、落ちていたものだ。これに〝お〟を付けたところで、何の救いがあろうか――という訳で、〝お大便〟は、キライな〝お〟付け言葉の別格となった。

いけない……昨今の〝おうち〟に怒り狂うあまり、初っ端から思い切り脱線した。『猫屋台』の料理について書くつもりだった（前の話題とのつながりが、極めてよろしくないが……）。

『猫屋台』の料理は、ざっくり言えば〝家庭料理〟に毛が生えた程度のものだ。メニューは基本（こちらの）お任せなので、だいたい前菜的な物1、2種、サラダっぽい物、メインはあったりなかったり、揚げ物、ご飯＋汁物だったり、麺類だったり。お酒は（ある物）各種飲み放題だ。生ビールだけは名物だが（なまじの店より旨い）、他の酒は、お客さんの差し入れだったり持ち込みだったりで、なんとなく賄えているので、（儲からないけど）飲み放題でも、メチャ損はない。

メニューは季節を意識している。たとえば6月末（現在）なら、そろそろ豆ご飯や深川飯も終了。冷や汁や冷たい麺も良い季節だ。夏野菜の揚げびたしや、さんが焼きも始めようか――みたいに、旬の食材を取り入れる。お客さんの年代や、飲むか飲まないかでも、メニューを変えていく。飲んべえは、酒の肴になる味濃い目、量少な目の料理を多くする。ご飯なんか、どうせ入らないだろうから、シメは軽く麺類とかね。

お客さんには、前もって苦手な食材やアレルギーなどを聞いておく。エビ・カニアレルギーのある方は、けっこう多い。小麦アレルギーの方もいた。動物の保護などに関わっているお客さんの中には、別に主義ではないけれど、自然と肉を食べられなくなったという方も、けっこういるので、そういう場合は、魚介や卵、乳製品、豆類のメニューにする。まだいらしたことはないが、ヴィーガンやハラル食でも、対応できると思う。前もってリクエストしてもらえれば、オムライスでも冷やし中華でも、すいとん（実際あった）でも何でも一応作れる（でも「フカひれの姿煮」とか「牛ヒレ肉のロッシーニ風」とかはやめてね。採算取れなすぎだから）。実は安倍夜郎さんの『深夜食堂』が、ちょっと理想にあったのだ。

若い人（と言っても40、50代まで）か、おじさんたちかでも、メニューを変える。この年代以下の人は、和・洋・中・エスニック折衷の、スパイシーなガパオやグリーンカレー麺とかサムゲタンなんかでも、面白がってくれる。一方おじさん（60代後半以上）たちは、クセのない和食をメインとする。煮物、和え物、おひたし（サラダはお好きでない方も多い）、揚げ物も、しょうがとにんにく以外のスパイスは、なるべく使わない〝王道〟な味が好まれる（おばさま方は、若者同様のチャレンジャーが多い）。

飲むのが目的の、あからさまな飲んべえは、メイン抜き。炙り明太子だのだし巻き玉子や浅漬けなどの居酒屋メニューにする。つまりは限りなく、お客さんのオーダーメイドが可能なのだ。

しかしおじさんたちは、「イヤ～好き嫌いなんてありませんよ。何でもだいじょうぶですから」な～んて言うくせに、出したらとろろがダメだったり、じゃが芋はいいけど里芋はちょっと……とか、豚の角煮に八角を入れたら苦手だったりとか、出るわ出るわ、その場でジャンジャン好き嫌いが。香菜（パクチー）なんか入れようものなら、ほぼ全滅なので、うちでは香菜は、〝おじさんがキライな草〟という名称で、通っている。いかにあの年代のおじさんたちが、自覚なくメシを食ってきたかが分かって興味深い。メシは、お母さんからの～奥さんと食堂にお任せだ。別に悪いとは言わない。そういう時代を生きてきただけだ。

うちには〝家庭の味〟ましてや〝お袋の味〟なんてものは、存在しなかった。とにかく母が、食べることに一切興味がなかったのだ。家でのご飯は、ただ干物や肉を焼いただけ、ほうれん草は茹でただけ、キュウリは切っただけ、おひたしや酢の物ですらなかった。各自しょう油やかつぶしをかける（ご飯も同様）。炊き込みご飯なんて、母は〝汚れたご飯〟と言ってキラっていた。母が作った肉じゃがや玉子焼きなんて、見たこともない。卵は、生か茹でるか目玉焼きで、これまた各自が、塩かしょう油かソースをかけて食べる。ただ何度か引っ越しはしても、ずっと東京の下町住まいだったので、徒歩で上野のデパートに行けたし、揚げ物やお惣菜は、商店街で買ってきた（それは父の役割だったが）。散歩がてらに、上野や浅草で外食したり、お客さんが多かったので、店屋物もよく利用した。しかしそれは、うちに限ったことではなく、案外東京の下町は、お惣菜は買うもの。めんどくさい日は店屋物。という家庭が多かったのではないかと思う。

母は若い頃、結核をやっていたし、妹を産んだ頃から喘息が悪化したこともあり、10年以上、父が食事担当をやっていた時期がある。これがまた〝地獄〟だった。買ってきたお惣菜（主として揚げ物）を多用したのはもちろんだが、ナゾの創作〝油料理〟が、よく登場した。イチゴの天ぷら（これは吐いた）。小麦粉と青ねぎを粘り気が出るまで練り上げて揚げた〝衣揚げ〟。ルーが2倍入った、スライムのようなカレーやホワイトシチュー。妹は朝食に、バターとしょう油のみの太巻きを食べさせられていた。中でもローテーション率№1は、妹と私が〝マズ（不味）焼きタマゴ〟と呼んでいた、バター（ひと固まりの）半分を溶かしたフライパンで、ジブジブと揚げ焼きにされた玉子焼きだ。寝不足の朝に、このにおいがただよってくると、「オエッ」となったものだ。でもこれにシラチャーソースでも添えて、屋台で出したら、〝ベトナム風玉子焼き〟で通るかも……ってダメか。〝家庭の味〟として、唯一記憶に残るとしたら、この父の〝マズ焼きタマゴ〟かもしれない（オエッ）。

私が高校生の頃、父はお弁当も作ってくれていた。どうやら母から、弁当箱は味が混ざるから、アルミホイルで、3列に仕切るように――という〝ご指導〟が、あったようだ。何が何でも、3列に仕切ってあった。しかしある日、入れる物がなかったのか、1列目はびっしりと塩ゆで赤えんどう（市販）。2列目はオールパセリ。3列目は、その赤えんどうを（指で）埋め込んだご飯――ということがあった。この日のお弁当は、今でもクラス会で話題に上る程、友人たちには衝撃的だったようだ。たいがいお弁当は、授業中に（教科書をタテにして）早弁し、お昼はパンを買って食べた。水木しげる先生の『墓場鬼太郎』（『ゲゲゲの鬼太郎』の前身）の中で、鬼太郎が目玉のおやじさんが作った弁当に、ネズミが丸ごと入っているのを学校で隠しながら、食べる場面が思い浮かんだ（なぜか……）。

しかし、この頃の父には本当に感謝している。毎日3食（お弁当まで）、内容がどうであれ、ただ作り続けること。そのペースもゴールも、自分では決定できない日常で、うっ積していく疲弊感は、やった者でなければ、決して分からない。ウソでもいいから、「ありがとう。美味しかったよ」――と、言ってあげられれば良かったのに……と、思うけど、それはたぶん、今の（寛容な）私でも言えないだろう。

母が料理を作らなかったことも、決して責められない。だって〝食〟に、まったくキョーミないんだもん。できれば食べたくない。酒とタバコだけで生きていけるなら、それが一番幸せ――な人なんだから。おそらく私にとって、これから簿記3級の勉強をしましょうに匹敵する位、ムチャでムリで、苦痛でしかなかったのだろう。

そんな〝食歴〟なのに、なぜか私はいつの間にか、料理を作れる人になってしまった。妹だってちゃんとやってる。夫と息子に食べさせている。お弁当を作っていた時期もあるし、適度に力が抜けた料理なのがいい。

これを反面教師というのか？　イヤ……正しく両親を反面教師にしたのは、妹の方だろう。私の場合は、永遠に失われた〝家庭の味〟への、こじれにこじれた、ルサンチマンであるような気がしてならない。

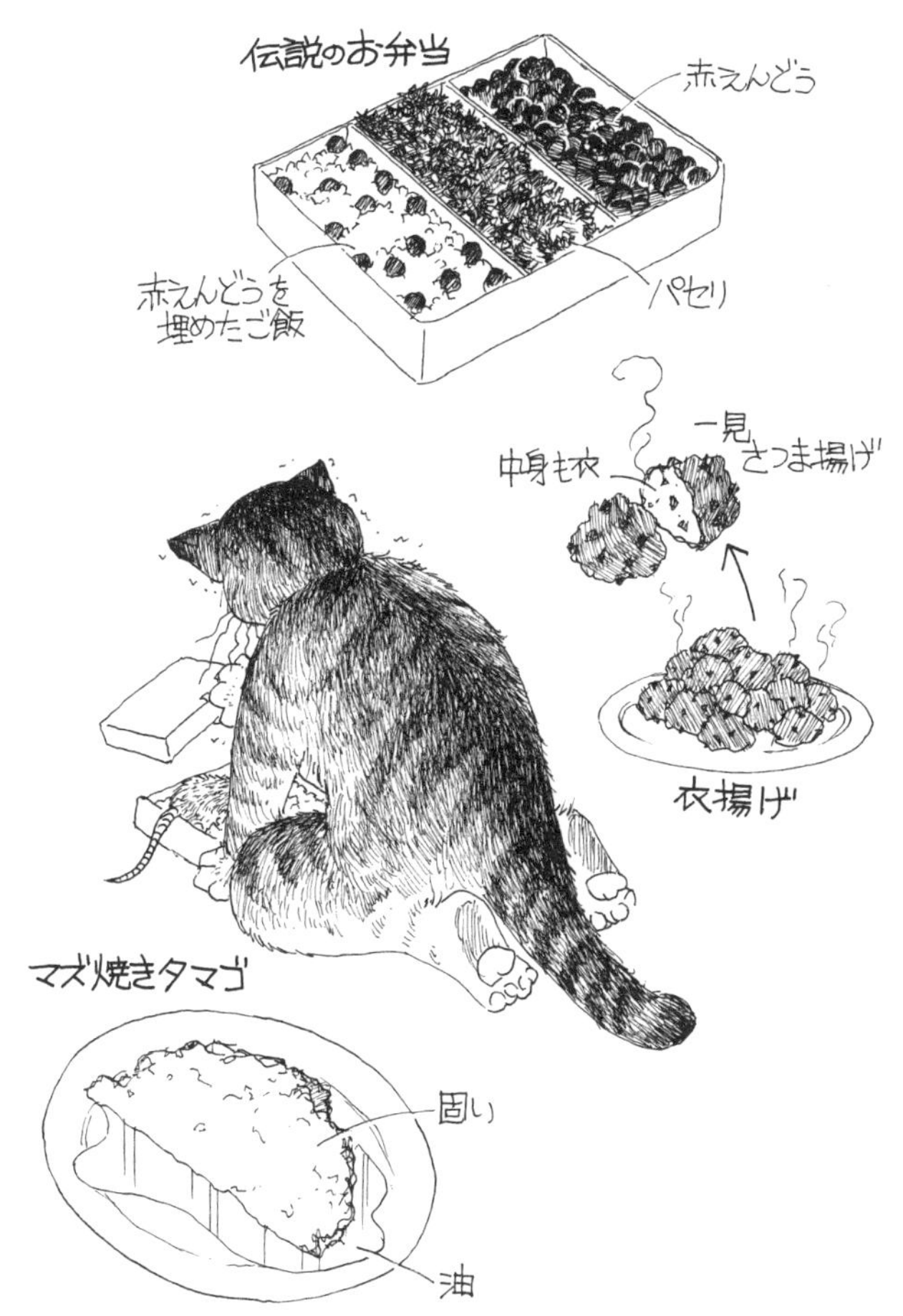
伝説のお弁当
赤えんどう
赤えんどうを
埋めたご飯
パセリ
一見
さつま揚げ
中身も衣
衣揚げ
マズ焼きタマゴ
固い
油

〝生〟が好き

生ビールの美味しい店は、とりあえず信用する——と言うか、多少料理がナニでも、（人の手が入る余地のない）簡単なツマミさえ頼んでおけば、事足りるからだ（生ハムとかチーズとかね）。

生ビールの美味しさは、ひとえにサーバーの洗浄にある。大手飲食チェーン店は、きっと定期的に、メーカーのメンテナンスが入るのだろう。総じて品質は保たれているようだが、それでも月イチ程度の洗浄では、その間にも味の差が出る。たとえば、（おなじみ）2軒のヘビロテファミレスでも（同系列会社だ）、中華系ファミレスの方は、いつも生ビールが美味しいが、隣の洋食系の方は、う〜ん……まぁまぁなのだ。この差はビールの回転率だ。中華系の方は、飲み客が多い。草野球帰りのおやじ集団や、夫婦で早飲みなんかのお客さんが、けっこういる。一方洋食系の方は、ママ友会や、子連れおやつタイムなどが多く、あまり生ビールは出ないようだ。

仮に10ℓの樽で、半分程度（10杯分位）残っていたら、それを捨ててまで洗浄する、アホな飲食店はない（うち位だ）。残りはまず翌日に持ち越す。しかしひとたび樽を開封し、ディスペンサーに繋げてしまえば、必ず雑菌が入る。1晩でも（何千だか何万だか知らないが）けっこう増える。余談だが、ここがウイルスと違って、細菌のコワイところだ。仮に樽の中に、コロナウイルスが100個入ったとする（絶対にあり得ないが）。だがそれは、決して100個より増えることはない。刻一刻と消滅していくだけだ。しかし細菌は、勝手に分裂して増殖するのだ。栄養分たっぷりのビールなんてのはもちろん、最近〝ピンク汚れ〟なんて、カワイイ言い方をしてるCMがあるが、アレはロドトルラ菌のコロニー（固まり）だからね。夏場に洗い桶の底に、1、2㎝水がたまってたりしたら、ものの数時間で、コロニーは形成される。加湿器や空調、24時間風呂なんかで増殖するレジオネラ菌も身近だ。エアロゾルとして、空気中に舞い上がった菌を吸い込んで肺に達したら、これもりっぱな肺炎になる。過去にニューヨークで、冷却塔のファンからバラまかれたレジオネラ菌で、100人以上の集団感染が起きたこともある。

細菌の中には、酸素を必要としない〝嫌気性〟なんてヤツもいる。「1晩寝かせたカレーは美味しい」なんて言って、夏場常温で鍋ごとカレーを放置したら、（よほど腹のじょうぶな人以外）かなりの確率で〝ウェルシュ菌〟にやられる。翌日カレーを煮返しても、菌の毒素は消えないのだ。お年寄りや小さい子供が、下痢や嘔吐で、脱水で死亡するケースも、毎年けっこう発生しているはずだ。

――と、なんでかこのところ、〝差別〟されているコロナくんの、代弁者となっているような気がするが……すべての生命は、より生き易い場所を求め、生存するものよりはるかに多くの同胞を失い、ただ生きて死ぬだけなのだ。コロナくんも、「この生命体（人間）と共生できるかな?」と、取り付いてみたら、けっこう難しくて、ちょいちょい死なせてしまった――という、単純明快な事実があるだけだ。決して人類に、一大攻撃を仕掛けてきている訳ではない――と、なんで私は常に、人間以外の者側（生物だけじゃなくロボットもだ）の目線に立ってしまうのだろう。私のこのヘンな立ち位置は、どうにもナゾなので、いずれは考察してみたい。

話を生ビールに戻そう。

翌日残りを使い切って、新しい樽を付けても、チューブやタップに菌は残る。忙しい飲食店は、洗浄する機会のないまま使い続ける。回転率の良い店なら、まだ食中毒レベルに増殖する前に、洗い流され続け、ビールと共に人の腹に入っちまうので、まぁ問題はないが、回転率が悪い店ほど、菌が増殖する時間が、たっぷり与えられる訳だ。まれに「猿酒かっ!?（飲んだことないけど）」というような、〝熟成臭〟のするビールにぶち当たるが、あれは雑菌マシマシのヤツだからね（実際発酵も進んでるんだろうけど）。だから、さびれ切った居酒屋や、〝食〞メインの町中華やカレー屋なんかでは、瓶ビールを頼んでおく方が無難なのだ。

近所に、昼から通しでやっている、インド・ネパール料理店があった。早い時間に飲めるのと、時々無性にモモ（ネパール風餃子）が食べたくなるので重宝していた。店はいつもスカスカで（私の行く時間帯は特に）、店員のお兄さんは感じいいし、雰囲気がユルユルでグズグズなので（どうも私は、そういう店が好きらしい）、よく利用していた。しかし店がスカスカということは、生ビールの回転率が悪いということだ。当然生ビールは〝熟成〞しちゃってる。「マズイな〜」と思いながらも、〝ビールモモセット〞目当てに通っていたが、ある時相当きわどくなってきていて、「これ以上進んだら、絶対腹コワす。次回もコレだったら、お兄さんに注意しよう」と思っていたら、その店はツブレてしまった。

その一方で、渋谷のダイニングバーで、閉店間際に、サーバーに残ったビールをすべて捨てて、洗浄しているのを見たことがある。2ℓ近く残っていただろう（渋谷だから1杯700〜800円するだろうに）。「うち以外にも、そんなことする店があるんだ！」と、びっくりした。よほど鮮度に対しての意識が高いのだろう。『猫屋台』でも、半分以上残っていても、捨てて洗浄してしまう。しかし別に〝意識高い〞訳ではない。うちには特別な事情があるのだ。お客さんからお客さんの間隔が、あきすぎるからだ。2、3日もあければ、生ビールは確実に品質が落ちる。なるべく残ったのを消費しようとするが、私は家では、ほとんど生ビールを飲まないし、最近はガンちゃんも痛風の気があるので飲まない。料理に使ったりしても、結局半分程度は捨てることになる。そんな丸損をしてまでも、品質を守りたい『猫屋台』名物の生ビールだが、現在生ビールは、〝開店休業〟中だ。なぜなら、このコロナ騒動で、消毒用エタノールが安く手に入らないからだ。

生ビールサーバーは前回使ってから、すでに4ヶ月近くたっている。もちろん使用後に水で洗浄はしてあるが、チューブなどに絶対雑菌が増殖しているはずだ。1度丸々1本のエタノールを使って流さないと、気持ち悪くて使えない。ビール会社的には、「薬剤で洗浄するな」とあるが、エタノールなら口にしても問題はない。スピリッツの中には、アルコール度数が、消毒用エタノール（七十数度）より、遥かに高い物もあるのだ。それに新しい樽を付けた最初の1杯は（エタノールが相当残っているので）、捨てている（度数高めがよろしければ、お出ししますが）。

通常エタノールは、1本（500㎖）が600~700円台だが、現在では通販で手に入っても、その3倍近くの値段に高騰している。いくら経済観念ゼロの私でも、さすがにそんな物を洗浄の水代わりには使えない。

私は普段から、「この家の中に清潔な物はナイ」という前提で（実際そうだろう）生活しているので、サラダや和え物を作るボウルや箸にも、まずエタノールをスプレーしてから使っている（特にお客さんには）。しかし普通のご家庭では（コロナであっても）、必要ないのだ。手も食器も洗剤で洗うだけで十分。テーブルやドアノブなんかも、特別な消毒薬はいらない。次亜塩素酸ナトリウムの漂白剤（ハ◯ターやブ◯ーチね）を数十倍に水で薄めれば、まず毒性を気にしなくていい。その水溶液で拭けば、金属もプラスチックも木製品も（白木と布はやめとこう）、傷むことなく、最も安上がりで効果的な消毒方法なのだ（おまけに消臭効果もある）。これは昔、かかりつけの動物病院で教わった。ＦＩＶやＦｅＬＶの猫を診察台に乗せた後は、必ずこれをスプレーして拭いていた。

しかしうちでは、このテが、ある時から使えなくなった。馬尾神経症候群のシロミは、おしっこ、う◯このコントロールができない。シロミがチビの頃には、もらした後の消毒やにおい消しに、ハ◯ターを薄めた液を使っていた。しかしシロミは、排泄系の神経がマヒしているので、泌尿器系の自浄能力が、たいへん低いのだ。使用する水溶液が、ちょっとでもアルカリ性に傾いていると（ハ◯ターは強アルカリ性だ）、尿もアルカリ性となり、半日にして尿中に結晶ができ、膀胱（ぼうこう）内を傷つけて、血尿が出るのだ。さらに、両親が健在だった頃に頼んでいた、お掃除のおばさまたちが（３人でやって来て、３時間程度で家中を掃除してくれる）、ハ◯ターを多用するのだ。しかも濃度が高い。シンク、お風呂のすのこ、キッチンのテーブル――「こりゃ漂白レベルだろ！」という位、白くピカピカだ。これがシロミには、てきめんだった。おばさまたちの翌日には、必ずと言っていい程、シロミは血尿を出して病院に行くハメになった。「ハ◯ターはなるべく使わないように。使ったら後は、よ〜く水拭きしてくれ」と、お願いしたが、新人さんへの引き継ぎの時に、伝えるのを忘れるのだろう。その後も何度か、やらかしてくれた。

今はおばさまたちは来ないが、それからは、シロミが触れる可能性のある、床や家具の消毒には、絶対に使わない。ハ〇ターはシンクの中のみ。外に飛沫が飛ばないよう、細心の注意を払って扱っている。最近では次亜塩素酸水（中性～弱酸性）が、メジャーに出回っているので、家具などにはこれが重宝するが、ちょっと〝薬くさい〟し、揮発性が低いので、やはり口に入る物には使えない。先日スーパーで、66度の（消毒目的）ウォッカを見つけたので、食器などにはこれを使用している。しかし沖縄の酒造元が作っているだけあって、モロ泡盛のにおいなのだ。ガンちゃんが、「ちょっと飲ませて」と言うから、おちょこ1杯飲ませたら、「くう～効く～！」と喜んでいたので、人体に害がないことだけは確かだ。

まったく、エタノールはどこへ行っちまったんだ!? これが潤沢に出回るまでは、生ビールが再開できない。そんなに作るのが難しい物ではないはずだが……どこかに流れて行っている（それが医療機関であってほしいが）。どうもイビツな流通経路でキープされ、小出しにして値を吊り上げているヤツが、いるような気がしてならない。

何にせよ、今起きていることのすべては〝人災〟なのだ。早く出してよ！〝生〟がいいのよ!!

名もなき料理

最近ネットや新聞で話題になっていたが、スーパーでポテトサラダを買ったお母さんに、『母親ならポテトサラダくらい作ったらどうだ』と、言い放ったじいさんがいたとか、食卓で「ママ餃子美味しい！」と喜んでいる息子に、『手抜きだよ。これはれいとうっていうの』と、言ったダンナがいたとか。これを私にやったら、間違いなく殺害レベルだ。

いいかジジイ、そこへ直れ！　ポテサラはだな、まずじゃが芋（男爵が望ましい）を茹でる。皮をむいて切ってから茹でる方が簡単だが、ビタミンCや旨みを逃してしまうので、私は皮ごとラップに包んでレンチンだ。熱さをこらえて皮をむく、熱い内に酢（できればちょい甘酢）、マヨネーズを加えて砕きながら混ぜる（これは熱い内にやらないと、味がなじまない）。塩で味を調整する。私の場合は、レンチンだと水分が少ないので、牛乳か生クリームを加える。軽く塩をして、水分をしぼっておいた、スライス玉ねぎ、きゅうり、茹でたにんじん（私は入れない派）を加えつつ混ぜる。これがベースで、後はお好みでハム、ゆで卵、たらこ、かに肉などなど、創意工夫によっては、りっぱな一品料理になりうるのだ。バカにすんじゃねえ！

餃子もしかりだ。キャベツ、ニラ、白菜などの野菜をみじん切りにする（チョッパーを使っても良し）。これにちょい塩をして、軽くしぼる（しぼらない派もいるよね）。この野菜とひき肉を混ぜてこねる（割合は各自お好みで）。味付けも塩こしょうをベースに、オイスターソースやスパイス、にんにく、しょうがなど、好きずきがあるだろう。お子様向けにはコーンやチーズとか、食感にレンコンやクワイなんか入れてもいい。餃子の皮は、さすがにその道のプロか、中国ママさんか、よっぽどのヒマ人以外は、手作りはしないだろう。そして〝包む〟という絶望的な単純作業が待っている。1人6個としても（実際もっと食べるよね）、4人家族なら24個。30個は包まねばならないだろう。我家では、そもそも餃子を作る習慣がなかったので（父に作られてもコワイし）、私も作ったことがなかった。『猫屋台』でお客さんに作ったが、ラム肉（ひき肉は手に入りづらいので、ステーキ用ラム肉をフードプロセッサーでミンチにした）、後は玉ねぎのみじん切りのみで、クミンやコリアンダー風味の水餃子という〝変化球〟だ。しかしいかんせん、作ったことがないから、包むのがヘタクソで遅い。助っ人ガンちゃんの方が、よっぽど手慣れている（彼はけっこう家で作っていた）。今はもう気力がないので、ゴメンこうむりたい（リクエストしないでね）。

野菜のみじん切りと、包むという〝二重苦〟の上に、餃子は出来ているのだ。奥さん、私が代わりに言ってあげやしょう。さぁてダンナ、手取り足取り教えてやるから、餃子を一から作ってみろよ！　30個包んで上手に焼き上げるまでは（おっと、後片付けもな）、寝かせねーからな――って、完璧なパワハラだろう。ポテサラも餃子も、普段の食卓のために手作りするのは、割に合わない労働なのだ。

ちなみに、一番の手抜き料理は？　と問われたら、私は「肉じゃが」と答える。世の殿方よ、肉じゃがが作れるから、家庭的な女性――だと思っていたら、ダマされている。肉じゃがにハードルを感じている方がいたら、まずやってみてほしい。鍋に薄切り肉（牛でも豚でも）、じゃが芋、玉ねぎ、にんじん（私は入れない派だけど）の乱切り（メチャクチャでいいのよ）、糸こんにゃく（お好みで）、水、しょう油、みりん（砂糖）でもいいし、代わりに今流行り（はや）の〝めんつゆ〟でもいい。すべてぶち込んで、中の弱火でグッグッと20〜30分放っておけば、だいたい〝肉じゃが的〟な物ができる。煮崩れちゃっても、また美味しい。本当を言うと、先に材料を炒めておいたり、調味料の順番やタイミングがあるのだが、全部まとめて水から煮たところで、さほどの遜色（そんしょく）はない。

うちの父も、よくこの〝的な〟物を作っていたが、父はウスターソースを入れていた。おそらくソース好きの父のために、祖母がやっていたことを真似たのだと思うが、これはたいへん理にかなっている。ウスターソースには、野菜エキスやスパイスが入っているので、他に出汁を入れなくても(父は「ほんだし」を入れていたが)、これだけで味に深みが出る。肉じゃがを作る際には、ぜひお試しあれ。

『猫屋台』でも、じゃが芋のシーズンには、肉じゃがをメニューに加えることがある。でもさすがに〝付加価値〟を付けねば、金を取るにはうしろめたいので、じゃが芋はメークイーンを切らずに丸ごと、牛すねのかたまり肉を使い、ちょっぴりデミグラスソース(市販)を加えたりして、〝高級感〟を出している。

前にも書いたが、東京の下町は、商店街やデパートが多いこともあり、50年以上前から、テイクアウト文化が発達していた。揚げ物なんて自宅でやるうちは少なかった。コロッケもカツも天ぷらも、買ってくる物だった。肉屋の揚げ物だけでなく、カツ専門店でも、頼めばその場で揚げ立てを持たせてくれた。餃子も焼売も肉まんも、中華屋さんの出前かおみやげだ(皮肉なことに、このコロナ騒動で、TAKEOUT文化が復活したが)。お惣菜屋さんも多かった。筑前煮や肉じゃが、五目豆やひじき煮、春雨サラダやそれこそポテサラなんかも皆量り売りだった。市販のお惣菜は甘すぎると、母がキラったので(私も同感だ)、うちではあまり利用しなかったが、現在では全国どこにでも進出している、スーパーやコンビニが、その役目を担っているのだ。じいさんもダンナも、けっこうなことだと思わないか?昔は大都市の下町だけのものだった便利な生活が、今では全国の小さな町や郊外でも享受できるのだから。奥様方もミョ〜に硬直しちゃってる。共働きだったり、子育て中で余裕がなかったら、「今日は忙しいから、帰りに『王将』の餃子買ってきてよ」と、ダンナに頼んだっていいじゃない。本来毎日のメシなんて、みそ汁＋お漬け物＋卵か海苔＋焼き魚か干物＋白米程度だった。家でのご飯なんて、全然楽しみじゃなかった（アレ？　うちだけか？）。

世の中、バブル期以降急速に増えたグルメ番組や、芸能人や一部の料理自慢の主婦なんかがアップしてくるインスタなどの、過剰な情報に踊らされちゃってる。普段の食卓なんて、人に見せられるようなシロモノじゃないはずだ。いっそ逆手に取って、「今日の残念な食卓」とか上げてみたらいいのに。たとえば「味の○の冷凍餃子・ヨーカドーのポテサラ・夫の出張みやげのかまぼこ・プチトマトそのまんま・セブンのおにぎり」みたいにね。ハルノもかなり残念な物ばかり食べているが、人様のツイッターなどフォローしても、延々見るのを忘れてる位怠惰なので（やっぱ基本他人の動向には興味ないんだな）、インスタは誰かにお任せしよう。

近所の友人Mちゃんは、放っとくと私が野菜を食べないのを心配して、時々家に招いてごちそうしてくれる。2人の息子は結婚して独立し、現在はダンナと2人だ。余談だが、ダンナはかつて名編集者と言われた人だ。父の『最後の親鸞』なんかの担当編集者だった。Mちゃんの料理は、いつも野菜たっぷりだ。私じゃ（お客さんが来たとしても）絶対に消費できない量の野菜を使う。むしろタンパク質不足にならないかなぁ——と、思うほど野菜中心なのに、なぜかMちゃんはプニプニしてる。太っ……ちゅ〜か、白くてモチモチだ。そんなに大食いではないし、酒もほとんど飲まないし、特にお菓子をたくさん食べる訳でもないのに、不思議だ。ほとんど汗をかかないと言うから、代謝の問題なのかもしれない――っと、また話がそれた（怒られる）。

Mちゃんの料理は、以前ダンナが心臓を患ったこともあり、薄味だが美味しい。しかし何とも、名付けようがないのだ。たとえば、豆腐に枝豆と角切りトマトと万願寺の、ちょっとピリカラな銀あんをたっぷりかけた冷製のお碗（吸い口にきざみみょうが）とか、薄切りにして焼いたナスに、ひき肉と角切りトマト、ピーマンをかけた物とか、軽くつぶしたカボチャに、ミックスナッツを砕いて混ぜたのに、ニョロニョロッとマヨネーズをかけた物とか――あっと言う間に作る。「なんか意図してたのと違う物になっちゃった」とか言ってるが、そもそも意図はないだろう。この計画性のなさ、思いもよらない材料の組み合わせで、急角度から意表を突いてくる（そう言えば、〝肉じゃが的〟な物にも輪切りの切り干し大根が入っていた）。

妹の料理もそうだ。色々野菜が入った、何の出汁かよく分からないスープとか。でもちゃんと美味しい。後はパンと生ハムとチーズだったりする。でも、これこそが家庭の料理って物だろう。冷蔵庫の中の、そろそろダメになりそうな野菜や、ハンパに残ったひき肉とか、賞味期限が近い西京漬けとか、てきとーに焼いたり煮たり、そんなもんだ。

父の糖尿病が悪化してきた頃、昼（朝兼）は、父が作る〝マンネリうどん〟（イラスト参照）。夕食は私が担当したが、やはり毎日のことなので、いいかげんな物だった。とにかく野菜でお腹いっぱいにしちゃおうと、大鉢にキャベツ、もやし、ピーマン、にんじんを山盛りにし、レンジで蒸したヤツに、からしじょう油をかけただけ。あとはメカジキのバター焼き――とかね。

父が夕食担当の時、毎日（買ってきた）ひと口カツてんこ盛りに、〝ゲドゲド〟と呼ばれていたフルーツヨーグルト（イラスト参照）だけなど、あまりにひどいので、文句を言ったことがある。すると父は、「イヤ、オレはあまり料理が上手くならないようにしてるんだ」と、言ってのけた。「ち～がうだろ～！（それ以前の問題だ）」とは思ったが、考え方としては正しい。日々の料理で、心を砕いてまで〝何者〟かになる必要はないのだ。その努力は、プロの職人としての料理人だけでいい。

ご家庭では、堂々とメーカーや、プロの料理人の作る物を利用してほしい（だってそれで金取ってるんだもの）。後は〝有り物〟寄せ集めの、名もなき料理でかまわないのだ。

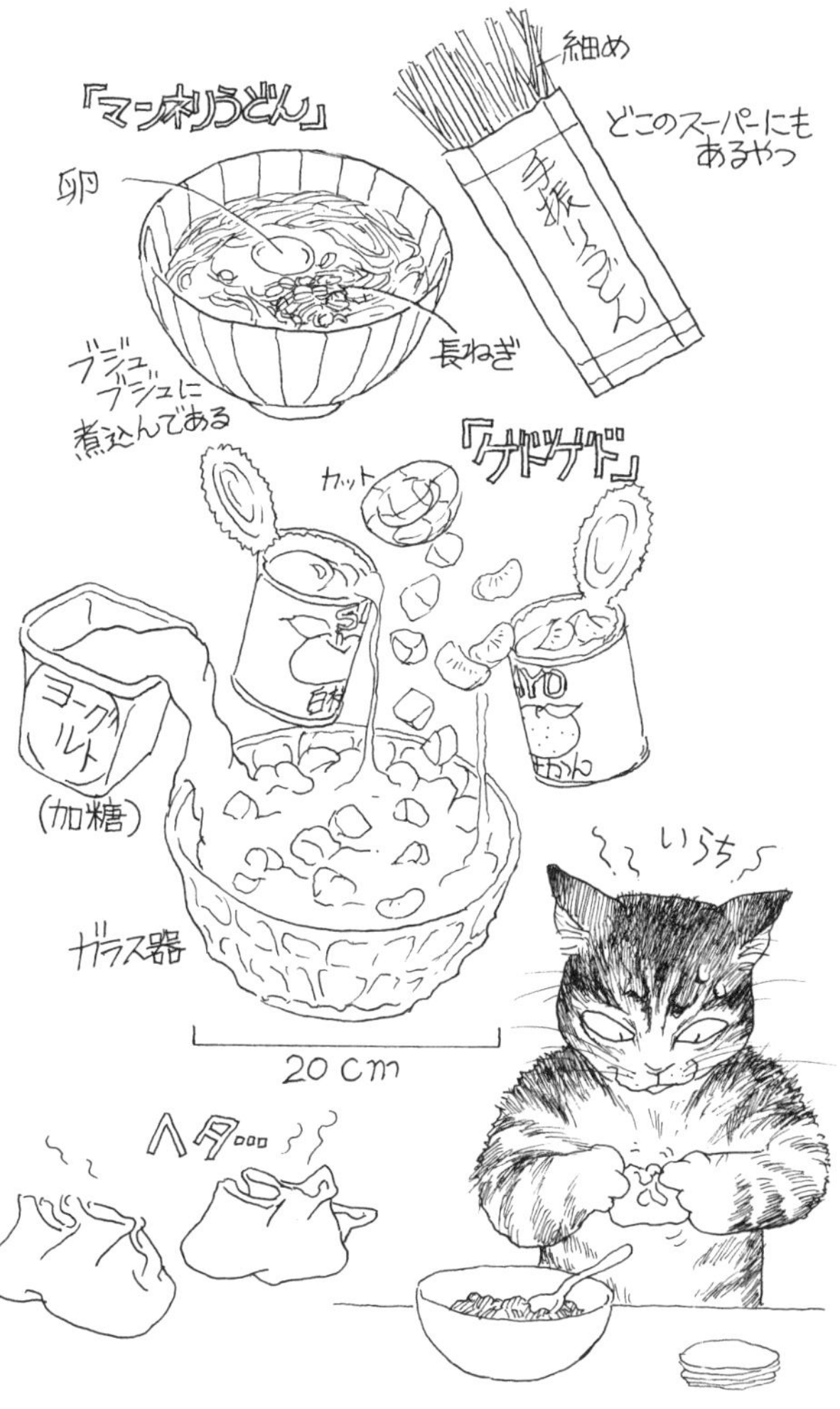
「マンネリうどん」
卵
長ねぎ
ブジュブジュに
煮込んである
細め
どこのスーパーにも
あるやつ
手振りうどん
「ゲドゲド」
カット
ヨーグルト
(加糖)
みかん
ガラス器
20cm
いらち
ヘタ…

殺意の食卓

先頃、阿部直美さんの『おべんとうの時間がきらいだった』を読んで納得した。彼女とは家庭のあり方も、環境もまったく違うけど、同じトラウマを抱えた人だったのだ。

しかしお弁当にカレー？　まだまだ甘いな。赤えんどう弁当よりはマシだろう。父のヘビロテ弁当は、当時出始めたばかりの（おそろしくつなぎが多い）冷凍ミニハンバーグ3個、パセリ、ミニトマト、白ご飯のパターンだった。ミニハンバーグは飽き飽きだったので、家に帰ってから、庭のワンコにあげていた。同級生には、それなりのインパクトを与えた赤えんどう弁当だったが、とんでもないクラスだったので、それが嘲笑の対象となることはなかった。だって、〝蟻弁当〟の友人もいたんだから。お弁当に蟻が紛れ込んでるんじゃないのよ。蟻の佃煮が、びっしりとご飯に振りかけてあるのだ。彼女は「あ～あ、お母さんまた蟻入れてくれちゃって」とかブツブツ言いながら、モソモソと食べていた。ご両親のルーツが虫食文化の地方だったのか、それは購入できる物なのか、自家製なのかは聞きそびれているが、こっちの方がよほど衝撃的だろう。

当時カップ○ードルが、出て間もない頃だったので、男子どもは学校の前の商店で買って、お弁当のお供に食べていた。「カップ○ードルは飲み物」の感覚なのだろう。かく言う私も、赤いチェックのクロスを解くと、中にはカップ○ードル1個という、トリッキーな〝お弁当〟を父にやられたことがあるが。

同級生のF君が、お湯を入れた（3分間待ちの）カップ○ードルを机の上に置き、近くで友だちとダベっていた。私はふと思い立ち、付属のプラフォークで、カップ全体にプスプスと穴を開けてみた。「あ〜っ！」と叫んでF君が飛んできた。

う〜ん……これ程単純にして効率よく、効果的なダメージを与えるイタズラは、後にも先にも存在しないであろう――と、確信した。

その時私は、すぐに逃げたと記憶しているが、同級生たちからは、「イヤ、タコ（私のあだ名）は、ほくそ笑みながら眺めていた」という証言があった。そりゃもう、インパクトのある惨状になるから、チャンスがあったら、ぜひお試しあ……イヤ、良い子は決してマネをしないように。

F君とはクラス会で、すれ違ってばかりで会えずにいるが、どうやらまだ根にもっているらしい。

当時の都立高校は（学校にもよるだろうが）、プレ大学とでもいうような自由さがあった。私の高校は、元「高女（女子校）」だったので、これでもおとなし目な方だが、妹の高校など元男子校のところは、もっとバンカラな雰囲気だった。服装は〝標準服〟という物はあったが、別に自由でいいし、お昼は外に食べに行ったり、スナックやディスコ（なつかし〜だろ〜？）に行くヤツもいた。そんな自由な校風だからか、父の弁当は、恥ずかしくもあったし、毎日期待も楽しみもなかったが、トラウマにはならなかった。

しかし本当にお弁当という物にトラウマを抱いたのは、幼稚園の時の、母が作るお弁当だったのかもしれない。母は家では塩ジャケを焼いただけ、ほうれん草を茹でただけだったにもかかわらず、幼稚園のお弁当は〝命懸け〟で作っていた。母は（家族以外の）ギャラリーがいると、俄然燃えるのだ。

たとえば、小さなお弁当箱いっぱいに敷いたチキンライス全面を薄焼き玉子で包み、×に切り込みを入れた所に、キレイにグリーンピースを並べたオムライス（イラスト参照）。このために前日の夕方から（何枚も失敗しながら）、美しい薄焼き玉子を焼いていた。

最も印象に残るオソロシイお弁当は、イチゴとハムのロールサンド（イラスト参照）だった。前日から（サンドの表面に埋め込む用の）イチゴとウインナーをスライスしていた。それを（当時はラップがなかったので）色付きのセロファンで包み、リボンで結ぶのだ。表面にスライスイチゴを埋め込んだロールサンドを（粘着性のない）セロファンで包む作業を想像してみよう。私でさえキレるレベルだが、完璧主義者の母のことだ、どれだけ殺気立っていたか。それもただ純粋に、娘の喜ぶ顔が見たいのではなく、他の園児たちや先生から、「センスの良いステキなお母さん」に見られたいがためであることは、子供心に察知していた。今の〝キャラ弁〟や〝映え弁〟に燃えるお母さんと、同様のものが感じられる。それでも子供が本当に喜んでくれたり、「〇〇ちゃんのお弁当カワイイ〜」と、友だちに称賛されることを心底誇りに感じてくれたのなら、それで〝共犯関係〟が成り立つのだからいいだろう。しかし私は、なるべく目立たぬように黙々と食べた。美味しいかどうかは記憶にない。

また幼稚園も、今思うとかなり厳格な雰囲気があった。皆でワイワイとお弁当を見せ合ったり、先生とじゃれ合ったりなんてことはなかった。当時、上野の御徒町(おかちまち)に住んでいたので、単に最寄りの公立幼稚園だった訳だが、石造りの重厚な名門公立小学校の一部に併設されていて(現在もまんまだ)、幼稚園的なカラフルさはない。園庭は校庭と共用で、幼稚園児用の遊具もなく、小学生用の鉄棒や、見上げるようなうんていがあるだけだった。

運動の時間に、かわりばんこに校庭で三輪車をこいでいた。すると1人の男の子が、私のこぎ方がヘタクソだとバカにした。私は砂場の砂を握って、思いきりその子にぶつけた(あ〜昔から凶暴だ)。男の子は泣いて騒動になり、たぶん私も先生に注意され泣いて、双方おさまったのだと思う。特にその男の子に怨みを抱いていたわけでもないし、そんなに悪質なからかいでもなかったはずだ。しかしこの幼稚園生活全般(重苦しい雰囲気なのか集団生活なのか）への不満が爆発したのだろう。私は翌日から〝登園拒否〟をした（最先端だろ～？）。両親に説得され、2、3日後に父に連れられて教室に行ったのだが、入ったとたんズシリと重たい壁があるようで、泣いて父にしがみつき、その日も帰った。後に父も「皆がいっせいにジロリと振り向いた時の、何とも言えない重苦しい感じはイヤだったね～」と言っていたので、やはりかなり陰うつな幼稚園だったのだろう。

しかし（きっかけは忘れたが）その2、3日後に私は登園し、幼稚園はなんとか卒園できた（たぶん何らかの〝ごほうび〟に釣られたのだろう）。そんな体験と相まって、陰気な幼稚園で浮きまくる、母の常軌を逸したお弁当は、トラウマとなった。

阿部直美さんのカレー弁当を「まだまだ甘い」と言ったが、内容じゃないっていうのは、よく分かっている。その時の家庭環境や関係性、自分の置かれている状況や時代をモロに反映するのが食事であり、お弁当は〝窓〟なのだ。そこから家の中を覗き見られるのが、イヤなのだ。

2000年に終刊となったが、『アサヒグラフ』という雑誌に、「わが家の夕めし」というコーナーがあった。作家や芸術家、スポーツ選手や政治家など、各界の著名人の〝普段の〟夕食風景を紹介するというコーナーだ。私はコレが、ゲロが出るほどキライだった。あんまりキライ過ぎて、ついつい喫茶店にあると手に取ったり、本屋の店先で立ち読みしてしまう位キライだった。どのご家庭も、大鉢に盛られた色とりどりのお惣菜、家族が集ってにこやかに食卓を囲む。中には〝露悪的〟に、目刺しとお漬け物だけなんて、あざとい食卓もあったりして。「んな訳ねーだろ！　家族なんて、本当は修羅を抱えているはずだ。どいつもこいつも大ウソつきだ」と、殺意にも似た気持ちで眺めていた。

そしたら来ましたよ、父のところにオファーが。『アサヒグラフ』の終刊1、2年前だったと思う。その頃うちは色々あって、かなり〝荒れて〟いた。食事係だった私が、最も疲弊して放棄していたのだと思う。食卓を囲むのは週1、2回程度で、後は〝個食〟に近い状況だった。さぁて、どうする気だ？　父が受けたら受けたなりに、〝大ウソ〟をつきやすぜ――と、電話に出た父のそばで、聞き耳を立てていた。

父は「いやぁ……お見せするような食事じゃありませんよ」と、静かに（カッタルそうな口調で）答えた。これが父の、断固として断る時の口調だ。それでも向こうは「その普段の食事でいいんですよ」と食い下がる――が、ムダだ。父はガンとして受け付けなかった。私は大ウソつきにならずに済んだ。

だから今の奥様方がＳＮＳに上げてくる、テーブルいっぱいの美しい料理や〝映え弁〟を見てると心配になる。家庭内だいじょぶか？　それ作って写真撮って、汚れた鍋や食器洗って片付ける時間、子供と遊んだり、ダンナと語らったりした方がいいんじゃないの？（よけいなお世話だが）イヤ、案外シアワセな食卓を演じ続けている内に、それ自体がアイデンティティとなり、家庭が多少壊れていても、それをよすがに生きていけるのかもしれない。分からん、恐ろしい世の中だ。

昨年のことだ。父の全集を出している出版社を通して、ＮＨＫの「サラメシ」のオファーがあった。この番組は、たまたま観る程度にしか観てないが、普通の人の昼ご飯を紹介していく一部に、〝著名人枠〟みたいなものがある。そのコーナーだろう。父のお昼の定番と言えば、（前回書いた）マンネリうどん時代、自分で勝手に外の店での隠れ食い（かき揚げ丼とかね）時代、最晩年の私が用意をする〝おかゆセット〟とか——どの時代にすりゃいいんだ？　出版社的には、引き受けた方が、多少なりとも全集の宣伝になるから、ありがたいんだろうけど。まぁ、父は死んでいるんだから、テキトーに捏造しときゃいいか——でもＮＨＫの取材のしつこ……イヤ、粘り強さは思い知ってるし、めんどくさいな～——なーんてことをグダグダ考えている内に、何の返事もしないまま、時が過ぎて今に至ってしまった。

今回阿部直美さんの本を読んで、「えーっ！　サラメシのカメラマンがダンナさんで、ライターが直美さんなのぉ!?」と、初めて知った。そりゃ～申し訳ないことをした。同じ痛みをご存じの方なら、引き受けてもよかったのに——と思ったが、直美さんは正に〝天の配剤〟ともいうべきダンナさんに出会えたから救われたけど、こっちのトラウマは解消されていないんだからね（たぶん一生）。

それに、これから大いにネタにしてやるんだから、やっぱやーめとこ——と、決意を新たにしたのだった。

グリーンピース嫌いは、
卒倒するヤツ
パセリ
薄焼き玉子
(下はチキンライス)
うさぎリンゴ
セロファンは、たぶん
キレイに取っておいた
ラムネの包み紙
薄切り
イチゴ
イチゴジャム
完成品
ウィンナー
の輪切り
ハム
絶対 表面
落としてたと思う…
でも、よくやったよ!!
60年前だもん

境界線上のオジサン

『猫屋台』のお客さんは、8割方が〝オジサン〟だ。その多くが、出版関係や父の読者だった人だ。何せ父の書斎を心ゆくまでながめ、父の仏壇の前で飲み食いできるんだから、ファンの方にとっては天国だろう（考えてみりゃ罰当たりだな）。

常連さんの1人に、毎回取っかえ引っかえ、違う友人知人を連れてくる人がいる（どうせ飲み屋やライブハウスで、「今度吉本さんち連れてってやるよ」なんてことをやってるのだろう）。飲んでいようがいまいが、万年酔っぱらいみたいなオヤジだが、事実多才で、やたら顔が広い。

父を〝神〟のように崇めている人や、若い人などにとっては、吉本隆明なんて歴史上（？）の人物みたいなもんだから、吉本家は堂々たる和風建築で、女将は和服で三ツ指ついてお出迎え――なーんてことを想像して、緊張して訪れるのだろうが、この女将はTシャツかアロハで、「いらっしゃ〜い、上がって上がって〜」だし、畳はささくれ、シロミのしっこが染み込み、障子もふすまも、歴代の猫どもが破壊の限りをつくし、お化け屋敷よりヒドイ（これはさすがに、近々どうにかせねばと思っているが）。さらに「いっけね！　コレ忘れてた」と、料理のトッピングを後から振りかけにくるようなガサツな女将なので、最後には皆さん気も緩み、くつろいで帰って行かれるのだから、結構なことだと思っている。

そのオヤジが、ある時連れてきた友人を指さし、「こいつ膵臓がんなんですよ」と言う。ガンガン飲んで談笑していたので、「えっ？　だいじょぶなのか？　不良オヤジだな〜」と見送ったら、その2、3ヶ月後に亡くなったと言う。うちに来た時にはすでに末期で、「もうこれで思い残すことはない」と、言っていたそうだ。やめてよ〜こんなことで成仏しないでよ！　まったく父の読者には、狂気めいたところがある。

実際父の熱心な読者の中には、〝狂って〟しまわれた方も多い。〝狂ってる〟というカテゴライズは難しい。私だってかなり〝狂ってる〟訳だし、「妄想や幻覚が見えて、社会生活が困難な人」と定義するなら、御老人はかなりの率で、それに当てはまる（父もそうだったし）。だからまぁ、私から見て〝狂ってる〟と、ザックリ留めておく。

父の生前には、様々な〝狂った〟方が訪れた。玄関を入ってくるなり、上がりかまちに「ワ〜ッ！」と突っぷし、「ボクはついに、宇宙の真理を発見してしまったんです！」と、泣き出す人。受話器を取るなり、「バカヤローコノヤロ！　ぶっ殺すぞ！」と、わめく人。毎日のように、宇宙や4次元や電波について、3m以上のFAXを送ってくる人（皆〝紙食い虫〟と呼んでいた）。父はよく玄関で、延々と付き合っていた。時には親の電話番号を聞き出し、「ご両親が一致して、一緒に病院へ連れていく以外ないんですよ」と、長々と親御さんを説得することもあった。

しかし父の本で〝狂って〟しまった人は、フツーの人（これまた定義が難しいのだが、たとえるなら、あなたの隣に住んでいる人）より、遥かに真面目で、繊細で心優しいのだ。

昨年の初夏の夕方、玄関先に1人の初老の男性が訪れた。白髪交じりの前髪を下ろし、小柄で痩せている。少年が、まんま歳をとったような人だ。「『試行』をずっと定期購読してまして」と言う。『試行』というのは、父が30年以上続けてきた同人誌だ。ハイハイ、『試行』の読者の方ね。こりゃ父の書斎見せてくださいか、お仏壇拝ませてくださいだな。そういう方は時々お見えになる（拝観料取りませんよー）。

案内しようと思った時、彼が言った。「実は今、公安に追われてまして」

「キター——!! 公安」。イヤ〜……懐かしい。昔はよく〝公安に追われた人〟が来たものだ。60年代は、マジだったのかもしれないが、それから後は、よく〝脳内〟だけで追われてる人も来た。しかしこの令和の時代に〝公安〟とはっ（いやもちろん、現在でも公安は存在しますよ）。

彼は重要文書の入ったメモリーをコピーしたいので、私のパソコンを使わせて欲しいと言う。自分のパソコンは、公安にブロックされているそうだ。「イヤ～私のパソコンはトラブッたんで、メキッとぶっ壊して、押し入れに放り込んであるんですよ（事実だ）」。彼は軽く引いた。

彼によると、常にマンションの下で、2、3人の公安が張っていたり、隣の部屋に引っ越してきた女に見張られていて、留守中に鍵を壊されたので鍵屋を呼んだら、公安が一緒に押し入ろうとしたそうだ。絵に描いて額にはめたように古典的なやつだ。

「とにかく私のパソコンはありませんので、一切ご希望には添えません。メモリーのコピーなら、コンビニでもできるんじゃないですか？」

と、そこへ近所のMちゃんが、（ホントに偶然）届け物を持ってやって来てくれた。私はあたかも約束してたかのように、「さぁ！　上がって！」と、Mちゃんを招き入れた。それでも玄関で粘る彼を見て、機転を利かせたMちゃんが、携帯からうちのイエ電に、電話をかけてくれた。コールが鳴ったので、「あ、スミマセン！　電話がかかって来たんで」と、やっとお引き取りいただけた。

「めんどくさいね～」と、ため息交じりにMちゃんが言う。Mちゃんのダンナは、長年父の担当編集者だったので、父の読者のめんどくささは、イヤという程知っている。

1週間程して、また彼が駆け込んで来た。「スミマセン！　緊急事態なんです！」。いよいよ公安が、黒い大きなワゴンをマンションの下に停め、捕まえに来たのだと言う。それで西麻布にあるマンションから、タクシーを飛ばして逃げて来たそうだ。それにコンビニでメモリーのコピーを取ると、記録が残ると店員に言われたので、できないと訴える。「じゃあ、いっそアナログにしましょう！　すべて手書きで書いちゃいましょうよ。それが一番安全です」と提案したが、公安に命を狙われてるから、もうマンションには戻れない。ホテルで書くので、文書を預かってくれと言う。それを承諾し、「もしも公安に捕まったら、ここに連絡するよう公安に言ってください」と、うちの住所と電話番号を書いたメモを渡したら、やっと彼は少し安心したのか、メモを持って帰って行った。

本っ当にめんどくせ～！　何でアカの他人に、こんな事で煩わされなきゃならないんだ。父の読者は、少なからず私の中に父の影を投影してくる。その喪失感は分かるが、関係ね～んだってば！　私は代わりにはなれない。これが父のカルマという物であろうか（そんなモン置いてくな！）。

ガンちゃんにこの話をすると、「何っ!?　西麻布のマンション？　西麻布からタクシー？　そりゃ金持ちだ」――って、そこかい！　「それは危険ですから、しばらく東京を離れた方がいい。とか言って、その間にオレの友人の不動産屋に査定頼んで、マンション売っ払おう！」。まったく、すぐに悪事を思いつくヤツだ。こうして〝純〟なオジサンたちは、身ぐるみはがされるのだ。

どうせまとまった文章なんて書けまい、と思っていたのだが、その後も彼は、何度か手書きの文章を届けに現れた。ホテルを転々としながら書いているそうだ。けっこうな分量だ。ほとんどが〝公安妄想〟〝4次元妄想〟の繰り返しで、読めたもんじゃないが、2年前に亡くなったお母さんと、故郷を訪れた思い出のくだりだけは、色彩を帯びていた。そうか……2年前に、一緒に暮らしてたお母さんを亡くしたのか。それで精神を病んじゃったんだな。お母さんはもういない。私の所なんかに来るんだから、頼れる友人もいない。自分もどんどん老いていく。その絶望的な孤独感を想うと暗たんとする。

ある時彼は、病院に行きたいのだけれど、保険証ごとバッグをタクシーの女性運転手にあげてしまったと言う。なんでも昨日ホテルの前を公安がウロウロしているので、1日中タクシーで都内を走り回っていたそうだ。その女性運転手が、とても親切にしてくれたので(そりゃそうだ。大口のお客さんなんだから)、お礼にバッグをあげたと言う。電話番号は聞いたそうなので、「そりゃ〜保険証だけでも、返してもらった方がいいですよ」と言うと、何度かけても繋がらないのだそうだ。そのバッグには2千万円入っていたと言う。「何っ⁉2千万? それくれたら、私がかくまってあげましょう」——って、それじゃガンちゃんと変わらない。

妄想だとは思ったが、長期間ホテル暮らしのようだし、移動はすべてタクシーという客観的事実からしても、それなりの資産があるのは確かだろう。イヤ、すべてが妄想の可能性もある。隣町のボロアパートで年金暮らしってことも、ありうるのだ。だがもしも、本当にそのバッグに2千万入っていたとして、その女性運転手が、お金に困っている小ズルイ人だとしたら、即会社やめてトンズラするだろう。本当にこの〝境界型〟の人は、ビミョ〜なとこを突いてくるので頭が痛い。

黒い大型のタクシー（ユニバーサルデザイン?）だと言うので、「とにかくホテルのフロントに頼んで、タクシー会社を捜してもらってください」と、手順だけをアドバイスして、お引き取りいただいた。

次に現れた時には、彼はバッグのことなど、おくびにも出さなかった。こちらも一切尋ねなかった。「マンションに帰ることにした。きっと自分は、公安に殺されるだろう」と言う。「はぁ、そうですか。じゃあ死亡記事をチェックしときますよ」と言うと、「それすらも公安に消される」と言う。「お世話になりましたので」と、お菓子の箱を手渡された。「そういうの、買ったことがないので」と、とまどった様子だ。そんな社会性も社交性も持つ機会がなく、ここまで生きて来ちゃったんだなぁ——と、心が痛む。こういう所にだけ、真実と人間性が垣間見えるのだ。

「またきっと会えますよ。お元気で」と、見送った。それが半年前の事だった。

さて……それから彼は現れていない。彼なりの意地なのか、迷惑をかけたという自覚が芽生えたのか、それだけの自制心ができたとしたら成長だ。まさか自殺——イヤ、それはないだろう。〝境界型〟の人は、意外にしたたかなのだ（親戚筋に1人いるので知っている）。ホントに公安に消されちゃってたりしてね（ナイナイ）。

何にせよ、罪深いのは父なのだ。

星降る夜のピザ

人生初ピザの思い出を覚えておいでだろうか？

30代より若い方は、生まれた時からその辺のファミレスやデリバリーもあって、幼い頃から食べてるんだろうから、珍しくもないし、いつが最初かなんて、まったく印象にないだろう。妹の息子なんぞは、子供の頃1人でうちに泊まった時、近所のイタリア料理店でマルゲリータを食べ、「ん！　このマルゲリータ、ガーリックが入ってる」と、顔をしかめる始末だ。「コノヤロ、さんざん本場で食べてるからな」。おっしゃる通～り！　マルゲリータには、ガーリックを入れないのが正しい。マルゲリータは、小麦とトマトとモッツァレラ、バジル＋オリーブオイルの、素材の風味をシンプルに味わう物だ。たとえるなら、昆布と鰹(かつお)の濃いつゆに、薬味はおろしたてのワサビ（大根おろし）とねぎの、新そばの「もり」に、ガーリックを載せちゃうに等しい暴挙なのだ（気持ちは分かるけどね）。

私は〝食〟に関して原理主義者じゃないので、美味しきゃ何やったって、かまわないと思っている。だから町の中華やタイ料理みたいに、塩、こしょう、しょう油や酢など、ズラッと調味料が並んでいる店が好きだ。勝手に〝味変〟できるのでありがたい。〝マイ塩〟は常に持ち歩いている。店によっては、健康志向なのか、何かを（たいがい旨味）ケチってるのか、な～んか〝しらばっくれた〟料理を出されることがある。こういう時には、良い天然塩さえかければ、たいがい何とかなるのだ。味覚はその時の体調や気温、精神状態で、まったく各々違うのだ。だから『猫屋台』では、「薄かったら遠慮なく使ってね」と、塩やしょう油やポン酢を置いておくことがある（基本酒の肴なので、たいがい味濃い目だが）。私はどんなに〝味変〟されようが、まったく気にならない。父は「味○素」とソースの信奉者だったので、程良く出汁をきかせた、ほうれん草のおひたしにも、雪のように「味○素」を振り、ドボドボとソースをかけて食べるんだから、私の料理にプライドはない（そんなものは、とうの昔にくだけ散った）。お好きにカスタマイズしていただいてけっこうだ。

それにしても現在のデリバリーピザは、カスタマイズの度が過ぎる。てりやき味の肉を載せたり、マヨネーズをかけたり、もうお好み焼き感覚だ。〝耳〟をお子様が残しがちだからって、耳にチーズやソーセージを入れちゃう感覚は、さすがにおばさんには付いていけない。ちゃんと耳まで美味しい素材の生地にしようという方向に行かない、ここが他国の料理（文化）を取り込む時の、限界だと思う。しかし反面、このチープでキッチュな使い捨て文化こそが、この国の強みでもあるのだろう（何せ元祖神社だって、20年に1度アップデートしちゃうんだもんね）。

私が初めてピザ（らしきモノ）を食べたのは、中学3年生の冬だった。だから、1970年代の頭だろう。高校受験を控えていて、夜、父に勉強を見てもらっていた頃だ。父が教える数学は理論から入るので、理屈は理解できた。数式に存在する壮大なロマンは分かったが、数字の当てはめ方が分からない。また私が極端に数字というものに弱く、マトモに物の数すら数えられないヤツなのだ（一種の発達障害かもしれない）。認知症テストの、100から7ずつ引いていくアレをやらせたら、〝要介護〟になる自信がある（まず今日が、何月何日だか言えないし）。だから中学時代は、まだ成績は上位でも、常に数学がネックだった。

受験勉強的なノウハウからは、逸脱しまくる父の講釈は面白かったし、夜中に母が〝お夜食〟を作ってくれるのも、楽しみだった。たいがいミニうどんか、ハムチーズのトーストサンドだったが、母がそんなに〝凝った〟料理を作ってくれるのが驚異だった。しかしものの数回で母は飽きたのか、いつの間にかお夜食は消滅した。

ある夜、勉強終わりに父が、「何か食いに行くか」と言った。もちろん！　夜中出歩くだけでワクワクする。夜中と言っても、11時頃だったのだろうが、中学生にとっては深夜だ。「こんな夜中に、開いている店なんてあるのか？」と思ったが、父は迷いなく千駄木の汐見坂を下り、不忍通りに面した小さなスナックに入った。『ダンドン』という店だった。マスターは、ひとクセありそうなオッサンだった。ムダなお愛想もないけど、「何で夜中にガキが来るのよ」って感じでもない。

父は当然のように〝ピザ〟というモノを頼んだ。これが私の人生〝初ピザ〟だった。

直径は二十数㎝、トマトソースに味の濃いチーズ、トッピングはサラミ、玉ねぎ、マッシュルーム、ピーマンと、ナポリタンの具材みたいだ（たぶん本当にそうだったのだろう）。でもそれは、私にとっては生まれて初めての味だったので感動した。

今思えば、見た目は本当にただの小さなスナックなのに、よく父はこんな店見つけたなーと、感心する。よっぽど1人の（隠れ）食い歩きで、千駄木界隈を〝荒らして〟いたのだろう。『ダンドン』のピザは、日本のイタリアンの草分けと言われる、六本木の『ニコラス』のピザに似ている。きっとマスターは、若い頃あの辺で遊んでたんだろうな～なんて想像する。

両親の晩年、千駄木のN医大に入院することが多くなった頃、『ダンドン』はまだ存在していた。お見舞いで3時間も病院に滞在していると、なんか辛気臭い〝気〟がまとわりついてくる。帰りに〝精進落とし〟と称して、1杯やるのが習慣だった。『ダンドン』は、本当に普通のスナックなので、1人で飛び込むには、ちょっとハードルが高い。もし経営者が替わっていて、中でオヤジがカラオケ三昧だったりしたら、病院の疲れが倍増するだけだ。でも、もしもあのピザがあるのなら——と、店の前のメニューを何度も確かめたが、どうやらもうないようだ。入る機会のないまま、気が付けば『ダンドン』は消えていた。せめてあのマスターが、まだ現役だったのか（だとしたら80代だろう）、1度位入ってみればよかったと、ちょっと悔いが残る。

次なるピザは、高校生時代だった。私は実によくサボる生徒だった。学校は全然イヤじゃなかった。同級生とは今でも仲がいいし、担任も生物学の学究肌の先生だった。どちらかと言うと教えることより、ご自身のフィールドワーク（植生学）の方に熱心だったように思う。尊敬に値する先生だったのに、残念ながら早世してしまわれた。

なので学校にモンクはないのだが、とにかく眠いのだ。あの年頃は誰しもそうだと思うが、皆学校に通えている。私は堪え性のない、欲望に忠実な高校生だった。通学のバスで爆睡する。降りるべき停留所を乗り越し、終点まで運ばれる。そこに停まっていたバスに飛び乗りまた寝る。こうして東京都内をぐるぐる回り、午後になるとシャッキリしてくるので、降りた街をブラついたり、映画を観たりしていた。かなりひねりの利いた〝不良ＪＫ〟だ。

ある時、銀座で降りてブラブラしていた。銀座三越の外側に行列ができていた。Ｍドナルドの1号店ができて、2、3年の頃だった。そこはスルーして、三越の地下食品売り場に行ってみた。当時はまだ〝デパ地下〟の賑わいはなく、地味に食品の店と、数軒のイートインがあるだけだった。その中にピザの専門店があったので見ると、実演ブースの中で、直径数十㎝程の巨大ピザが焼かれていた。12等分してある内の1ピースを頼むと、デロッと垂れ下がるような柔らかさだ。トマトソースは申し訳程度で、ほとんどがズッシリしたチーズとペパロニだ。大雑把な重たい味で、1ピースをやっと食べた。これが〝アメリカピザ〟上陸のさきがけだったのだろう。

しかしまぁ、あきれた高校生だったんだなぁ。友だちとつるんで遊ぶんじゃなくて、1人で街歩き食べ歩きとはっ（父のことは責められん）。そしてそれは、今でも変わっていないのだ。

この家に越してきた1980年代からは、デリバリーピザが台頭してきた。私は巣鴨にあった『ピザ・ステーション』が好みだった。今考えると、すご〜く美味しい訳ではないけれど、生地は厚過ぎず、トッピングもシンプルだった。つまりピザHやDピザのように、お子ちゃま嗜好に頼らなかった。

80年代前半は、やたら父のお客さんが多かった。夜にまで至ると、食事をお出しすることになるのだが、ちゃんとしたお客さん（?）にはお寿司、友人関係など気の置けない人には、ピザを取ることも多かった。実はまれに手作り料理を（母主導）ふるまうこともあったのだが、この時代こそが私の料理のルーツだと思われる（たいへんややこしい話なので、それはまたの機会にする）。実を言うと父は、魚嫌いだった。特に生の魚が載っている握り寿司は、食べてもせいぜいエビ、イカまでで、後は玉子と巻き物ばかりだった（子供か!）。だからピザの時の方が、よほど嬉しそうだった。

85年、阪神タイガースが21年ぶりのリーグ優勝をかけたシーズン後半の頃、父母と（阪神ファンの）気楽なお客さんとで、キッチンのテーブルを囲み、飲みながらピザを食べ観戦したのは、至福の思い出だ。特別に美味しくなくとも、『ピザ・ステーション』の味は、美味しい思い出として残された。巣鴨の『ピザ・ステーション』は、いつの間にか撤退してしまったので、現在のヘビロテデリバリーは、極近にあるNという店だ。直線距離だと100mもないので、「30分前後でお届けします」と、マニュアル通りの応答が返ってくるが、たいがい15分以内に持ってくるので便利なのだ。味も悪くない。ナポリ風のモッチモチの生地だが（私は薄手が好み）、アンチョビオリーブなど、酒のツマミになるピザもあるのでありがたい。ここ2、3年、マヨコーンとかカルビとか、お子様におもねる傾向が見えてきたので、そっち方向に走らないよう願っている。

現在では、本当に薪窯（まきがま）を備えた、ホンモノの〝ピッツァ〟を出す店も珍しくないが、味と思い出は紐付けられる。私にとって、受験のプレッシャーよりも、今目の前にあるワクワク感の中、凍りついた星空の黒い夜の坂道を父と2人、息をはずませながら下って食べに行った、小さなスナックのピザこそが原点の味なのだ。

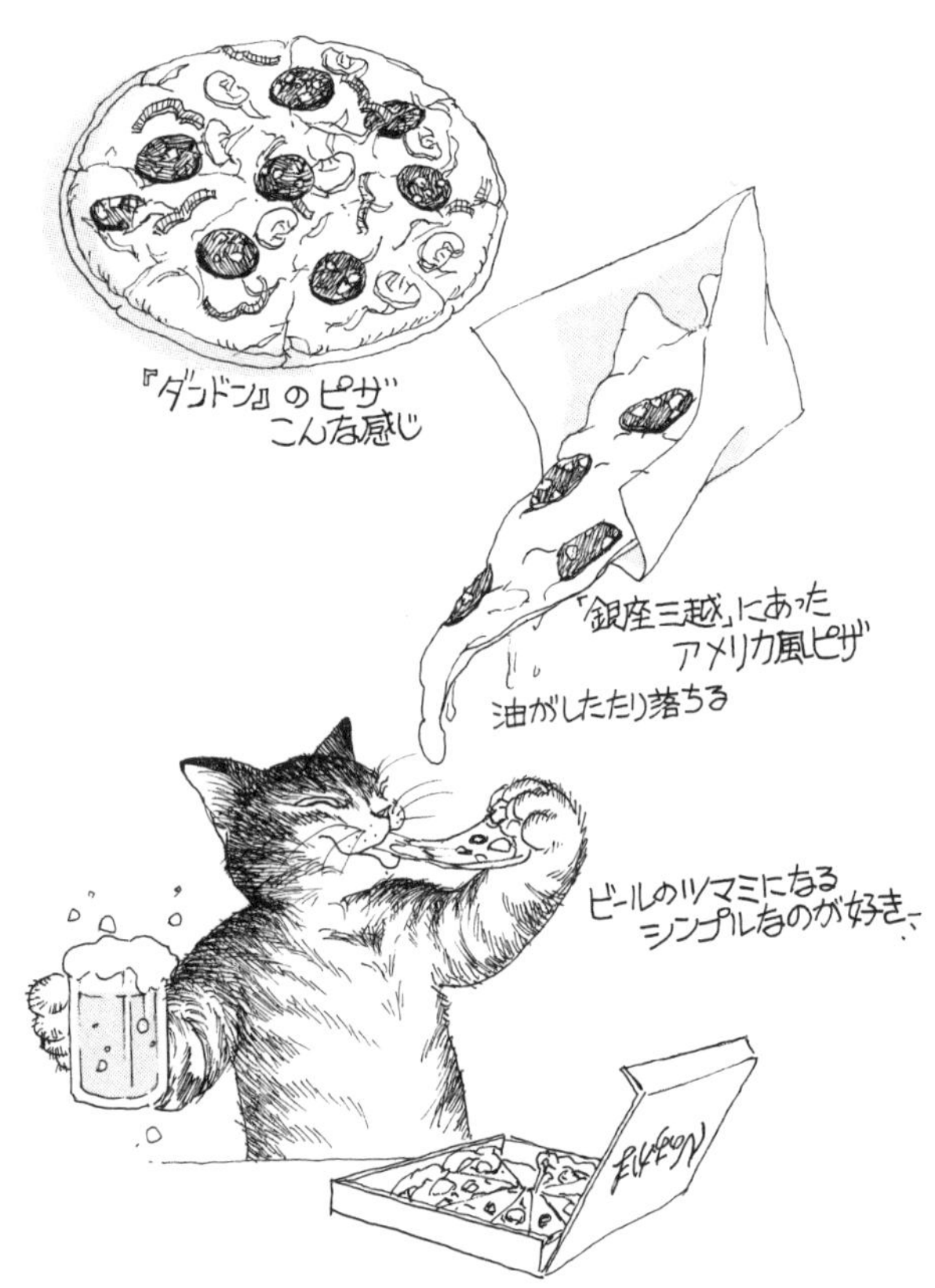

『ダンドン』のピザ
こんな感じ
「銀座三越」にあった
アメリカ風ピザ
油がしたたり落ちる
ビールのツマミになる
シンプルなのが好き

脱腸入院

昨年（２０２０年）12月頭に、脱腸——つまり「術後腹壁瘢痕ヘルニア」の手術を受けた。大腸がんの手術後、腹腔鏡を入れた数㎝の腹筋の縫い目が破けて、腸が飛び出してきちゃった訳だ。このヘルニアは、腸の機能的にはまったく問題がないと言うが、とにかくみっともない。イヤ、みっともない程度なら許す。だが段々と全身に歪みが出てきたのだ。お腹全体が、どう見ても（ビール腹も手伝って）妊娠８ヶ月って位膨らんできた。しかもなんか形が歪なのだ。お腹が出てる人は、よく鏡の前なんかで、ヒュッと腹筋に力を入れて、ヘコませてみたりするだろう。しかしそれをやっても出た腹は微動だにしない。歩いていても（みっともないのと重苦しいのとで）無意識の内に、前かがみの姿勢になってしまう。胃の位置が下がってしまうのか、飲み食いすると、すぐ膨満感で苦しくなる。

近所の温泉も、〝温泉命〟のＭちゃんに誘われれば行くが、時間があるから１人でフラッと、というのは、めっきり減った。これはもはや、単に見てくれの問題だけじゃない。精神衛生上絶対によろしくない。ＱＯＬの問題だ。腹筋の内側に収まっているべきブツが外に出ただけで、こんなに重たいなんて、医者には決して分かるまい。かかりつけのＮ医大の（カワイイけど毒のある）内科主治医に、「ホラ、コレひどいでしょ」と見せると、「う～ん、そうですね。でもまだしばらくは、開けといた方がいいですよ。また何かあった時、便利ですしね」――って、チャックか～い！

こんなモノ、一生抱えて生きていく訳にはいかない。いつか手術をやろうとは、心に決めていた。しかしこの病院・入院嫌いの私だ。いつとは踏ん切りがつかぬまま、ダラダラと機会をうかがっていた。それにこの都立Ｋ病院は、がん拠点病院なのだ。全国から命に係わるがん患者が押し寄せるのに、だっちょ～の縫い直しという、不要不急の最たる手術で、多忙な医師の手を煩わせるのは、気が引けていた。

そこへこのコロナ騒動が来た。「もしかして、これはチャンスかも」と、考えた。

定期検診で病院に行くと、明らかに患者数が少ない。切実な患者はともかく、検診程度の人は、皆病院を敬遠している。主治医に、「もしかして、今けっこうヒマでしょ」と聞くと、びみょ～な間の後、「うん、わりかし」と白状した。これは今しかない。

この病院は、感染症センターも兼ねている。同じ敷地内にそれがあるだけで、恐れちゃう人がいるってことも一因だろう。感染症病棟の方は、もちろんコロナ患者も受け入れている。

そちらの医療従事者は、さぞかしたいへんな思いをしていることだろうが、元々この病院は、感染症専門病院として設立されている。エボラ出血熱やSARSにも対応してきた、プロ中のプロなのだ。医療従事者が、むやみに疲弊して体制が崩れることもないし、ウイルスを漏らすなんてこともない。むしろ安全なのだ。ちなみに12月半ば、職員とナース、患者に、けっこうなクラスターが出ていたが、一般病棟の方だった（ダメじゃん）。

ここで、「外科医がヒマなら、それをコロナ病棟の方に回せばいいんじゃないの？」と、思われる方がいるかもしれないが、それほど単純な話じゃない。大腸ばかり（あるいは乳腺ばかり）診ている医者が、いきなり感染症病棟に放り込まれても、一から教えてもらわねばならないことが多過ぎる。それはいきなり漫画家を「さぁ！　マグロ釣ってこい」と、遠洋漁業船に放り込むに等しい、ムチャ振りなのだ。

だから「すべての医療従事者に感謝を」なんて、ジェット機飛ばしたり、何かを〝青く〟しちゃったり――って、無邪気が過ぎるよな〜と、思っている。もちろんジェット機やら花火やら、デッカイ物を見上げれば気分は晴れる。うっ屈していた心がスカッと抜ける。でもその瞬間、本当に医療の〝現場〟にいた者は、一瞬たりとも空を見上げることもなく、目の前のモニターや、患者の身体介護で汗まみれになっていたことだろう。

ジェット機飛ばすなら、レインボーブリッジ赤や青にするなら、医療従事者を讃える歌や映像作るなら、「その金こっち回せよ！」――ってなとこが、正直本音だろう。

とにかく今は、医療機関全体が財政難でキビシイのだ。患者が来なけりゃ、どんな大病院だってツブレる。私が（ヒマな？）外科に入院するのも、巡り巡って感染症病棟の（微々たるものでも）一助となるかもしれない。もしも私らシロウトが、医療従事者を本当に応援したいのなら、皆〝いつも通り〟病院に行くこと以外にない——と、思っている。

しかし今入院するのは、もちろんリスクはある。原則面会お見舞い禁止なので、ガンちゃんに、忘れ物や着替えなどを持って来てもらうこともできない。入院数日前には、PCR検査を受けさせられる（陰性でした）。入院中は、ベッド上でも一応マスクを着用しなければならない。実にめんどくさい——が、以前主治医は、3泊4日程度の入院だと言っていた。今回は、腸の中身をイジる訳じゃないし、術後のダメージも少ないだろう。とにかく3日間だけ、死んだ気でガマンすりゃいいんだろ——と、私の見込みは、いつだって超ポジティブ（大甘）なのだ。

入院手続きなどを終えて病室に案内される。一応「できれば個室で」とだけは伝えておいたが、期待はしていない。外科病棟は、どうしたって、個室は重症の患者さんに回される。案の定4人部屋だったが、〝密〟を避けるためか、その内3床だけを使っているようだ（あまりイミないと思うけど）。

パジャマに着替えるや、昼食が来た。昼からガッツリポークカレーだ。昼と言っても、私は〝起き抜け〟なのだ。午前10時までに病院に入るよう言われていたので、起きるとそのまま荷物を担ぎ、猫エサも猫トイレも、午後に来るガンちゃんに丸投げで、遅刻気味で病院に転がり込んだのだ。食べられる訳がない。カレーとサラダ、みかん、漬け物、牛乳。成分表を見ると、これだけで700キロカロリーを超えている。700キロカロリーを1食で取るのは、私にとっては、そうそうあることではない。だいたいファミレスの、和風おろしハンバーグ定食とか、Y家の牛丼並盛り+生卵に匹敵するだろう。ありえない……入院してる人でも、これだけ食べられるとは。もっとも私は、一気食いをしないだけで、実に効率良くカロリーを摂取している。その最たる物はビールだ（焼酎やウォッカのソーダ割りにしときゃいいものを）。炭水化物はさほど食べない割に、手羽先唐揚げだのソーセージやサラミだの、脂肪分は大胆にいっちゃってる。天ぷら盛り合わせで、生ビール2杯なんてのも平気だ。

大腸がんを持っていた頃や、アルコール性の肝障害だった時は、本当にトリのエサ程しか食べられなかったし、身体機能そのものが壊れていたのだろう。今より10kg近く痩せていた。今でやっとこのトシ相応の標準体重ってとこだ——にしても、腹は出過ぎだ。脱腸を押し込めたら、本当に平らになるのか不安だ。

しかし病室がシンとしているので、つまらない。3年前に4人部屋に入院していた時は、面会に来た人の会話から、家族構成や仕事や人となりを推測して、けっこうなヒマツブシになったのに。今回は面会禁止だ。私は脱腸程度だからいいけれど、命に係わる手術を受ける患者さんは、さぞかし心細いことだろう。

どうやら他の2人は、私以上のお年寄りだと思われたが、1度もすれ違うことも、顔を見ることもなかった。ささやかな〝娯楽〟すらないので、実にツマラン。一刻も早く退院するしかない。

午後にナースが「入院診療計画書」というヤツを持って来た。それを見て愕然とした。そこには、「この手術の平均入院日数は、5～10日」と書いてあった。

「ウッソ～でしょ～!!」。主治医は、3泊4日と言ってたじゃないか。冗談じゃない!

実を言うと、私はこの時4本の〆切をすべて中途半端ですっぽかして、入院してきたのだ。この連載は、文章部分はほぼ書けていたのだが、まだ人様の読めるような形状ではない。父の全集の月報は、3、4ヶ月に1度この連載の〆切と丸かぶりする。それのイラストは、退院したらすぐ描いて送ると言ってある。新規で「ねこ新聞」の連載も引き受けてしまった。短いけど、またこの連載の〆切とかぶる(しかもイラストはカラーだ)。他にも、飛び込みで入ったエッセイを、すっかり忘れていて、入院直前に催促されてビビッた。まるで〝売れっ子〟のようだが違う。私が怠惰なだけだ。〆切はすぐに忘れる(おそらく未必の故意で)。

脂汗が出てきた。今日は月曜で、明日が手術だ。3泊で出られるなら、木曜に退院だ。その晩にこの連載を仕上げ、土曜までに月報のイラストを描いて送る。後の2件も、サクサクと書けるはずだから、来週中にはすべて終わるだろうと、すべては〝3泊4日〟から逆算した綱渡りなのだ。

どんな不測の事態が起きるか分からないから、片付けるべきことは、早目早目にやっておくのがオトナだ。私はイヤなコト、めんどくさいコトはすべて後回し、勉強せずに試験の前日に、「明日地震がきて、学校ツブレちゃえばいいのに」と願う、おバカなコドモから変わっちゃいないのだ。この怠惰、後回し、安請合いこそが、私の人生3大失敗要素だ――ってこと位、イヤと言う程思い知っている。

よっぽど「今回は手術やめます」と、荷物をまとめて帰ろうかと思った。しかし、めんどくさい手順を踏んで、やっとここまでこぎ着けたのだ。ひょいと、何かのタイミングで、踏ん切りを付けた気がする。後回し好きの怠惰な私には、めったにあるこっちゃない。これは大事な〝分岐点〟かもしれない。逃したら一生巡ってこない。そんな気がした。それに、たとえば次に〝春頃〟に設定したとしても、また今回と同じような事態に見舞われないとも限らない（アホは必ず繰り返す）。それにコロナだって、今より良い状況になっているという保証はないのだ。

やっぱりやってしまおう――と、覚悟を決めた。とにかく3泊4日で出ちまえばいいんだ。

しかし、そう簡単には行かなかった。

ジャガイモ・ニンジンかなりゴロゴロ
ポークもたっぷり！

トマト・キュウリ・黄パプリカ

シャキシャキのサラダは、
これ1度きり

たいがいの野菜は湯通し。
（もしかして電磁調理）

脱腸入院・キョーフの夜

今回は、3年前の入院の時とは、病院のシステムがガラッと変わっていたので、驚いた。まず術後は、もれなくHCU（高度治療室）という、ICUに準ずるフロアに移されるとのことだ。HCUに持ち込める物は最小限で、他の荷物はすべて折りたたみコンテナに入れて、預かると言う。持って行けるのは、せいぜいサイフ、スマホ、メガネ位だ。「先に言ってよ~荷ほどきしたイミないじゃん！」

そして売店で、オムツや尿取りパッドを買って来るよう言われる。それは以前もだが、さらに術後の浴衣（ゆかた）式パジャマ（3着セット）をレンタルせねばならない。以前は手術衣から、翌日には自分のパジャマだったが、そこにワンクッション、レンタルパジャマの日が（最低でも1日）挟まる訳だ。今日は自前のパジャマだ。明日は手術衣、その翌日はレンタル——で、「ハイ、3泊オワター」。こっちは、3泊で出る覚悟なのに、なんか絶望感に打ちひしがれてきた。この病院の入院患者は、かなりの率で、手術を受けるために入るのだ。その人たちが〝もれなくレンタル〟となると、結構な大市場じゃないか。「癒着か！」と、ボヤきながら売店に向かうと、エレベーターホールで、バッタリとガンちゃんに会った。「あ〜っ!!」と、お互い声を上げた。ガンちゃんには、今日午後届くアマゾンの荷物を1階の、面会受付にでも預けといてくれと、頼んであった。面会受付で、5階病棟のナースステーションに預けるよう指示されて、持って来たのだと言う。「ちょっと待てよコレ、もしかして3階の売店でなら、自由にブツの受け渡し、できちゃうんじゃないの？」「まさか。売店フロアは、外来の人使用禁止なんじゃない？」――って、今一緒のエレベーター乗ってる訳だし……案の定、売店は外来も入院患者も利用フリーだった。ユルユルじゃん！　これじゃクラスターも、発生する訳だよな。もっとも12月半ばのクラスターは、職員が発生源だったようだが。

今回の手術は、主治医はサポートに回り、実際の担当医は、外科チームの若手くん2人組だ。難しい手術ではないし、お客（患者）さんも少ない中、いい練習台になるのだろう。インフォームドコンセントは、若い女性医師だ。内気なのか慣れていないからなのか、積極的にしゃべる方ではない。色々質問したいところだが、私は別のコトに気を取られ、医師の話をロクに聞いていなかった。それは、女性医師の絵が、あまりにも〝ヘタ〟だったからだ。インフォームドコンセントの際、必ず医師は絵に描いて説明する。今回の絵は簡単だ。皮膚の下に脂肪層があって、その下が筋膜で、そこが破れているから縫い直すか、場合によっては、メッシュで補強する——ってだけだから、そりゃ〜3本の横線で事足りるけど。彼女はホヤホヤとした細い線を何本か引く。筋膜だけは赤ボールペンでモジャモジャ描いている。かろうじて、「メッシュを入れた場合のリスクは?」とだけ聞いたが、「メッシュの位置は筋膜の上なのか下なのか? 固定するのか入れるだけか?」「メッシュの素材は何なのか?」肝心なことをすべて聞き忘れた(今度の外科外来で主治医に聞かねば)。「何かご質問は?」「はい、だいじょぶです」と、ボーゼンと部屋を出てしまった。そうか……外科医は〝画力〟も必要だったとは。もっとも何十回何百回と、同じような絵を描くうちに、それなりに上達するのだろうが、世の中には一定数、破壊的な〝画伯〟が存在する。心配だ。

今回は、腸の中身までいじくる訳ではないので、夕食は出される(夜9時以降は水だけ)。八宝菜的な物と、ご飯、味噌汁、みかんで、400キロカロリー台だ。なるほど昼はガッツリ700台で、朝・晩は400台と軽めで、60代女性の1日の必要摂取カロリーの1600前後にしている訳だ。それにしても、ご飯の量が多くてツライ。もうちょっと、たんぱく質多めでもいいんじゃないかな〜とは思うが、たんぱく質はおおむねお高いし、ご飯の量でカロリー調整するのが、一番簡単なのだろう。

手術室に入るのは、明日朝8時45分なのだが、どうせ寝られない。週刊誌を読んだり、スマホをながめたりしていたが、時々ドッチャリやり残した〆切を思い出し、なんでこんな、見通しの甘いことをやらかすのか、後悔と不安が押し寄せ、消灯後も「ああ〜ダメだ！」「う〜どうすりゃいいんだ！」と、声に出して呻いてしまう。病室はシンとしてるし、どんな小さなつぶやきもダダもれなのは、前回の入院で分かっている。他の患者さんは、きっと、ヤバイ人がいると思ったことだろう。

手術が終わって目が覚めたのは、午前11時半頃だった。手術は正味1時間ちょいだろう。ストレッチャーで運ばれて行く途中、もう片方の男性担当医が、やはりメッシュを入れることになったと言う。「10kg太ったそうですね。あまり太らないようにね」「これで標準だよっ」と、思わず返す。失敬だなっ！　脂肪でくっつきにくくなったから、メッシュを入れるハメになったと言いたいのか。まだBMI値は標準切ってるよ（ギリギリね）。でも、食欲が出たのが嬉しくて、デニッシュ系など、最もヤバイ炭水化物に走ってたことは確かだ。ちょっと気をつけよう。

前と同じ位置の窓辺のベッドに移されたので、一瞬「アレ？　元の部屋かな」と思ったが、窓からの景色が違う。見覚えのある大きな樹のてっぺんが見えるから、これは外来玄関側だ。まったく普通の病室だが、ここがHCUってフロアだ。

夜になって、酸素マスクは外れたが、そこからがキョーフの長い夜となった。ウトッとはするが、寝られやしない。TVはないし、スマホをながめても、集中力が続かない。夜中12時頃、見かねたナースが「眠れるお薬、点滴に入れましょうか？」と言う。それはありがたい。少しでも寝られれば（できれば朝まで）。しかし、パチッと目が覚めて時計を見ると、まだ午前2時だった。2時間しか眠ってないじゃないか。悶々としつつもウトウトすると、「ピポーン！　ピポーン！」と、ものすごいアラーム音で目が覚める。モニターを見ると、(何かと今話題の）酸素飽和度が、70％台に落ちている（96％以上が正常とされる)。あわてて深呼吸をすると、やっと90％台に戻る。それを2、3回繰り返した時、「やっぱり酸素やっときましょう」と、ナースに経鼻酸素を付けられた。これはよく、肺の悪い母が入院中やられてた。私はこのチューブを〝牛くん〟と呼んでいた（だって牛の鼻輪みたいなんだもん)。牛くんは、耳にひっかけてあるチューブがよく外れ、うまく戻すのが、けっこうややこしくて面倒なのだ。酸素を付けてても、時々アラームが鳴るが、あわてて息をして、ナースが飛んで来る前に正常値に戻す。この入院前の1ヶ月程は、寒冷アレルギーなのか、かなり喘息が酷かった。朝晩ステロイドの吸入をやっていても、途中で、頓服の気管支拡張剤を使うことも多かった。それが原因の低酸素なのかな？　とも思ったが、隣のベッドのおばさまも、よく「ピポン、ピポン」言わせてるので、やはり麻酔による呼吸抑制が、残っているのだろう。

朝になった。どんより曇って肌寒い。起床時間後ナースがやって来て、いきなり電動ベッドの背をグイグイ直角近くまで立てる。目が回ってツライが、これは必要なことだ。順調なら昼には、一般病棟に移される。検温すると、38度6分だった。ゲゲッ！　術後熱だ。「氷枕持ってきましょうね」と、直角に座ったまま、首の後ろに氷枕を入れられる。タオルケットがずり落ちていて、窓辺だから寒い。でも術後熱って、意外に冷やしちゃうと下がるのだ。ツライが耐える。しかしろくに寝てないので、直角のままでも、ついウトッとする。するとすぐさま「ピポン、ピポン」と、アラームが鳴る。酸素はさっき外してもらっていたのでヤバイ。ここでまた酸素を付けられたりしたら、お昼に出られない。必死で大きく呼吸をする。でもまたウトッとすると、息をするのを忘れてるって感じで、あっという間に60%台まで落ちる。しかし全然苦しくはないのだ。これがコロナでよく言われる「ハッピーハイポキシア(幸せな低酸素症)」ってヤツか。こりゃ～コロナにかかったら、確実にうっかり死するな――と、ゾッとした。帰ったら絶対、パルスオキシメーター買おう。「寝たら死ぬぞ～!」と、エベレスト登山の根性で、必死で寝落ちしないよう起きていた。

しかしこの病院、3年前に比べると、はるかにシステム化、マニュアル化が進んでいる。患者は、流れ作業で扱われているような気がする。9時過ぎ、「お着替えしましょう」と、ナースが2人掛かりで私の手術衣を脱がせ、ペーパーおしぼりで、ガシガシと身体を拭き、チャッチャとレンタルパジャマに着替えさせる。ベルトコンベアの上の、冷凍マグロのような気分だ。これから病棟を1周歩くと言う。ナースに支えられ、やっとこさベッドから足を下ろしたところで、他のナースから何か頼まれたらしく、その時私を支えていたナースが、「ちょっと待って! 今歩かせちゃうから」と言った。「ハイ～アウト!」。その言葉遣い、接客業でやってはならない（接客じゃないけど）。彼女が悪い訳ではない。患者もナースも、お互いを人間として見ることができない形に追い込まれている。もしかすると、感染症病棟に人員を回さねばならないとか、コロナのとばっちりも、あるのかもしれない。今後ますますこの方向へ進むのなら、そして医療従事者が、本気でそれを望んでいるのなら、近い将来看護も介護も、本当にロボットになってしまうだろう。

お昼に近付くに従って、次第に人間を取り戻せてきた。呼吸もマトモになり、熱も37度台まで下がってきたので、ホッとした。

担当（男性）医が回診にやってきた。私の歯みがきセットを見るなり、「あ、阪神！」と、指さす。「阪神ファンなんですか？」と、嬉しそうだ。そう、私は自慢じゃないけど、85年のリーグ優勝と、日本シリーズ優勝、両方を現場で見てしまった〝呪われた〟阪神ファンなのだ。「ボクも大阪なんでファンなんですよ」と言う。そう言えば、主治医もアクセントから、関西人だと分かるし、乳腺の女性主治医も、胸ポケットのボールペンに、（東京における）秘密結社のマスコット（「トラッキー」）が、ぶら下がっていた。ここの外科は、関西系の医局なのだろうか。

担当医は、ひとしきり藤浪復活についての話をして、去って行った。「何なん？　今の回診」

外科医はけっこう、のびのびしてるんだけどなぁ――。

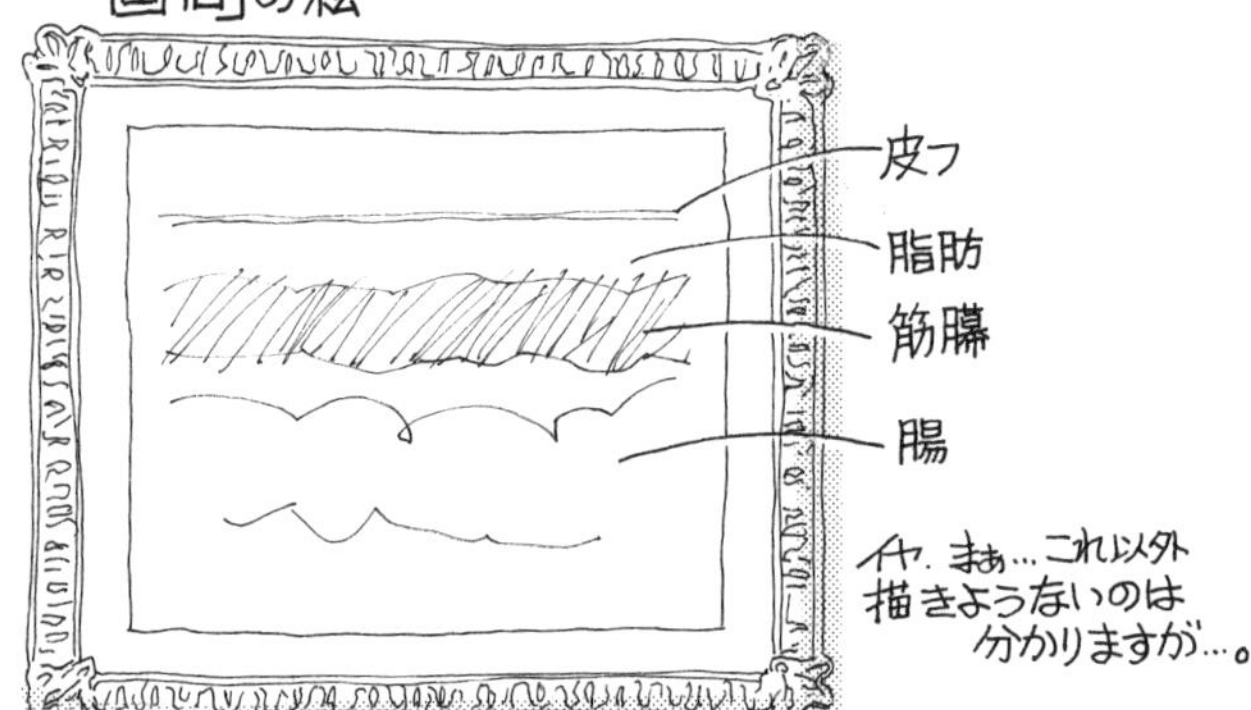
「画伯」の絵
皮フ
脂肪
筋膵
腸
イヤ. まぁ…これ以外
描きようないのは
分かりますが…。

脱腸入院・ひにちぐすり

準ICUのHCUにおいても、まったく同室の方々の様子はうかがい知れないが、1人は割と若い人（それも2泊目）らしい。隣は70代位のおばさまのようだ。おばさまは採血の時、まったく血管が出ないらしい。ナースたちが悪戦苦闘している。「ゴメンなさいね、何度も痛い思いさせちゃって」「いいえ〜」と、温厚そうなおばさまだ。「血管探す秘密兵器持ってきますね」と、ナース。どんな〝兵器〟なんだろうと、ワクワクする。どうやら光で血管を透過させて見えやすくするらしいが、それでも「難しい！　出ない」と騒いでいる。

そこへ、おばさまの担当医（20、30代と思われる）が回診に来ると、「ワ〜！　救世主登場！　先生血管出ないんです。お願いします」と、ナースたちが盛り上がっている（人気者だ）。へぇ〜血管探しの名人の先生なんだ。ところが先生、「うわ、ボク今メッチャ手冷たいんだよな。ちょっと手温めてくるね」と出て行ったきり、（何か他の用事が入っちゃったのか）なかなか来ない。ナースたちは、「ダメだね……来ないね」と、意気消沈している。おばさまは、その後なんとか脚の血管から、採血ができたようだ。う～ん……そんなにまで血管の出ないおばさま（ちなみに私は、ナース垂涎（すいぜん）のバッキバキの神血管だ）。温厚で白くてプヨプヨな、「ベイマックス」みたいなおばさまを想像したが、ご尊顔を拝することは、かなわなかった。

お昼前に病棟スタッフがやって来て、「個室が取れますが、どうしますか？」と言う。この個室は、かかりつけのN医大ほど法外な値段ではないが、2万円以上だ。それは、シロミの1回の病院代（高い日）に相当する。シロミは馬尾神経症候群という障害をかかえ、近年は肝臓の難治性疾患も発症している。これから（最低）2泊となれば、シロミの病院2回分だ。ここ何年かは、物の金額を何でもシロミの治療費に換算してしまう。「このTシャツ3枚で、シロミの病院代（安い日）1日分になるから、やめとこう」みたいに。貧乏性なのか、たかが1匹の〝猫ごとき〟に贅沢なのか、もう自分でも訳分かんね～が、決めたことをやり遂げるだけだ。

「前のベッドに戻れるなら、別に個室じゃなくてもいいですよ」と答える。特に不便はないし（TV・冷蔵庫は有料だけどね）、10時ぴったりの消灯はツライが、窓からスカイツリーが見えるのが嬉しかった。実は我家も、スカイツリーの絶妙絶景ポイントなのだが、それよりほんの300、400m近いだけで、やけに大きく見えるのが面白いのだ。病棟スタッフは、元のベッドには戻れないと言う。なるほど……以前の入院の時も、その傾向はあったが、この病院には今や〝自分のベッド〟は存在しないのだ。まるでゲームの「倉庫番」のように、ベッドというブロックを効率よく、空いた場所に移動させていく訳だ。これで廊下側のベッドに入れられたら、たまったもんじゃない。「では個室でお願いします」と答えた。

個室は、前の部屋の隣だった。HCUに入る前に預けていたコンテナに、小物も靴も洗面用具もコートも、山盛り詰め込んである。まだヨレヨレだが、整理するしかない。ナースが「お手伝いしましょうか？」と言ってくれるが、手伝いようがないでしょう。「だいじょぶです。できます」と、断ったが目が回る。まだ脊髄に入っている麻酔のボトルをぶら下げてるし、導尿カテーテルも付いている。この管、なんで（レンタル）パジャマのパンツの上から出すんかな～。動くごとに、パンツもオムツもずり下がってイラつくのだ。

コートはロッカーに、（阪神）歯みがきセットは洗面台に、貴重品ロッカーにサイフを、書類はファイルにまとめて引き出しに……倒れそうだが、このツラさのすべてがリハビリになるのだ。とにかく（明日はムリでも）明後日には必ず出てやる。

レンタルしてこい、買ってこいと言われたパジャマ残り2着と、オムツの残りすべてを大きなレジ袋にキッチリ詰め込んで（これ以上絶対に使うことはないからな！　という決意を込めて）、窓際のすみっこに押し込んだ。

なんとか整理を終え、ヘロヘロでベッドに倒れ込んだところに、昼食が来た。ナント揚げ物！ ひと口ヒレカツと、エビフライ。つい数時間前に、8度6分熱があって、低酸素で死にそうだった人にもフライ……「やってくれるな～……」と、薄いヒレカツと付け合わせのゆでキャベツ、ご飯をちょっとだけ食べた。

ところで私は、尿カテーテルというヤツが、世の中のすべての〝管〟の中で、一番キライなのだ。大腿骨骨折の時も2日目には、「いちいち車椅子で、トイレまで連れてってもらうことになるから、お手数お掛けすることになるけど、とにかく抜いてくれ」と、ナースに頼み込んだ。ナースは、「スゴイですね～、コワイから、まだ抜かないどいてくれ、という方が多いんですよ」と言う。「マジすか!?」。尿カテでタラタラ流していたら、膀胱を収縮させる筋力まで落ちていくのだ。尿モレ老人大量生産だぞ。それも車椅子に乗り移るコツをつかんだら、3回に1回はナースを呼ばずに、勝手にトイレに行ってたけどね。

回診に来たナースに、もうこうして普通に歩いて行けるんだから、尿カテを抜いてくれと頼んだ。何たってズボンがズリ落ちるので、歩き回れずリハビリだって遅れる。ナースは麻酔のボトルの重さを量り、「まだ麻酔が残ってますからねぇ」とシブる。「何だったら、コレ(麻酔)も取っちゃったってかまいませんから」とゴネると、一応担当医に聞きに行ってくれたが、やっぱり麻薬に相当する成分も入っているし、麻酔がカラになるまでは歩くと危ないので、抜かない方がいいということだ。それでいて「お腹が張っているようだけど、便は出てますか？」と聞く。

「んな訳ねーだろ!! オムツん中見りゃ分かるだろ！」

しっこはダメだがう○こはトイレに出しに行ってもいいのか!? どーいう理論だ。ア然とした。このテの矛盾は、マニュアルに縛られていると、知らず知らずの内に陥ってしまうのだ。

夕食のメインは、厚揚げスライスと小松菜の煮びたしだ。昔夕食担当だった頃、よくこんなの作ったよな〜と、既視感を覚える。小松菜の代わりに白菜でもいい。厚揚げの代わりに豚肉の薄切りでもいい。出汁（「ほんだし」でもＯＫ）でサッと煮るだけ、エスニックな調味料を加えるのもアリだ。煮びたしは、究極の時短、節約料理だろう。ご飯のおかずには薄味なので、持って来た〝マイ塩〟をジャカジャカ振りかける。そりゃ病院食は、身体のために塩分控え目なのは分かっちゃいるが、私は（血圧はやや高だが）血液検査では、いつもナトリウムが標準より低いのだ。内科医にはよく、「もっと塩分取った方がいいですよ」と言われる。普段けっこう酒の肴的な、塩分過多な物を食べているのだが、これはビール飲みだし、水分摂取過多のせいで、〝多飲多尿〟なことが原因だろう。母もまたナトリウムが低く、内科医に指摘されると、「それじゃ焼酎に梅干し入れりゃいいのね」なんて言ってた。しかし母はむしろ、心配な位トイレに行かない人だったのに、低ナトリウムだったのだから、遺伝的体質もあるのだろう。

翌朝食には、ナント納豆が出た。よくあるカップ入り納豆だ。しかしコレ、病院ではやらんだろう。かなりの率で納豆嫌いが存在するのに（ちなみにうちの妹もダメだ）。私は決してキライではない。イカ納豆とか納豆オムレツなんか、料理には使うことがある。鳥取県の郷土食（？）〝スタミナ納豆〟を新潟県の栃尾揚げに、ネギとスライスチーズと共に挟んで焼いたのは、評判のいいおつまみだ。しかし、実は納豆をご飯にかけるのは苦手なのだ。とにかく豆とご飯は膨張する。茶碗１杯のご飯に納豆をかけたら、腹いっぱいで死にそうになる（私はね）。なので納豆カップの方に、ちょいご飯を入れて食べた。しかしな〜んか手とかシーツとかが納豆臭い。う〜ん……K病院の栄養士さんは、かなり〝攻め〟の姿勢だ。

午前中の回診で、外科チームの先生方数名が、やって来た（〝画伯〟もいる）。今回初めて主治医の顔を見た。主治医は、脊髄の麻酔ボトルをチャプチャプと振ると、「もうコレ取っちゃえよ」と、（阪神ファンの）担当医に指示した。「ヤッタ〜!!」。やっぱこの主治医のザッパさは、私と気が合う。

担当医はその場に残り、麻酔を抜く処置をしてくれた。お陰でお昼前には、ナースに尿カテーテルを抜いてもらえた。ヤレヤレだ。これで残るは点滴だけだ。自分のパジャマに着替え、「明日退院するので精算しといてください」と、ナースに告げた。

夕方また回診に来てくれた担当医が、「もう点滴もいいでしょう」と言うので、晴れてすべての〝管〟はなくなった。シャワーを浴びてサッパリした。しかし麻酔が完全に切れると、かなりお腹が痛む。寝転がって静かにしていてもジンジンと痛い。ナースに痛み止めを出してもらった。腸の中身はいじってないが、切開して筋膜を縫い直したのだ。前回の腹腔鏡手術よりも、外科的な〝侵襲〟は大きいのかもしれない。むやみに切腹はするもんじゃない。「腹帯は病院の物ですので返してもらいますね」と、ナースが無慈悲にベリッと腹帯をひっぺがして行く。歩いて揺れると腹が痛いので、自前の腹帯を買いに売店まで行く。すべてがリハビリだ。

退院の朝、また担当医が来てくれた。「まだかなり痛いけど、仕方ないですからね」と言うと、「そうですね。日にち薬ですし」と、去って行った。はっ、と時が止まった。〝ひにちぐすり〟。懐かしい言葉だ。もちろん（おばさんなので）意味は分かる。〝薄紙をはがすように、日々時と共に良くなっていく〟という意味だ。何十年ぶりかで聞いた気がする。関西の言葉だ。たぶん田辺聖子さんのエッセイとか、もしかすると学生時代にお世話になった、（知る人ぞ知る）京都の『三月書房』のおばさんの言葉だったのかもしれない。「日にち薬やし」

退院後（ホントにたまたま）関西では若い人も、日常的にこの言葉を使うのだと知った。〝ひにちぐすり〟。美しく優しい言葉だ。主治医の弟子の（阪神ファンの）担当医、見込みあるぜ。

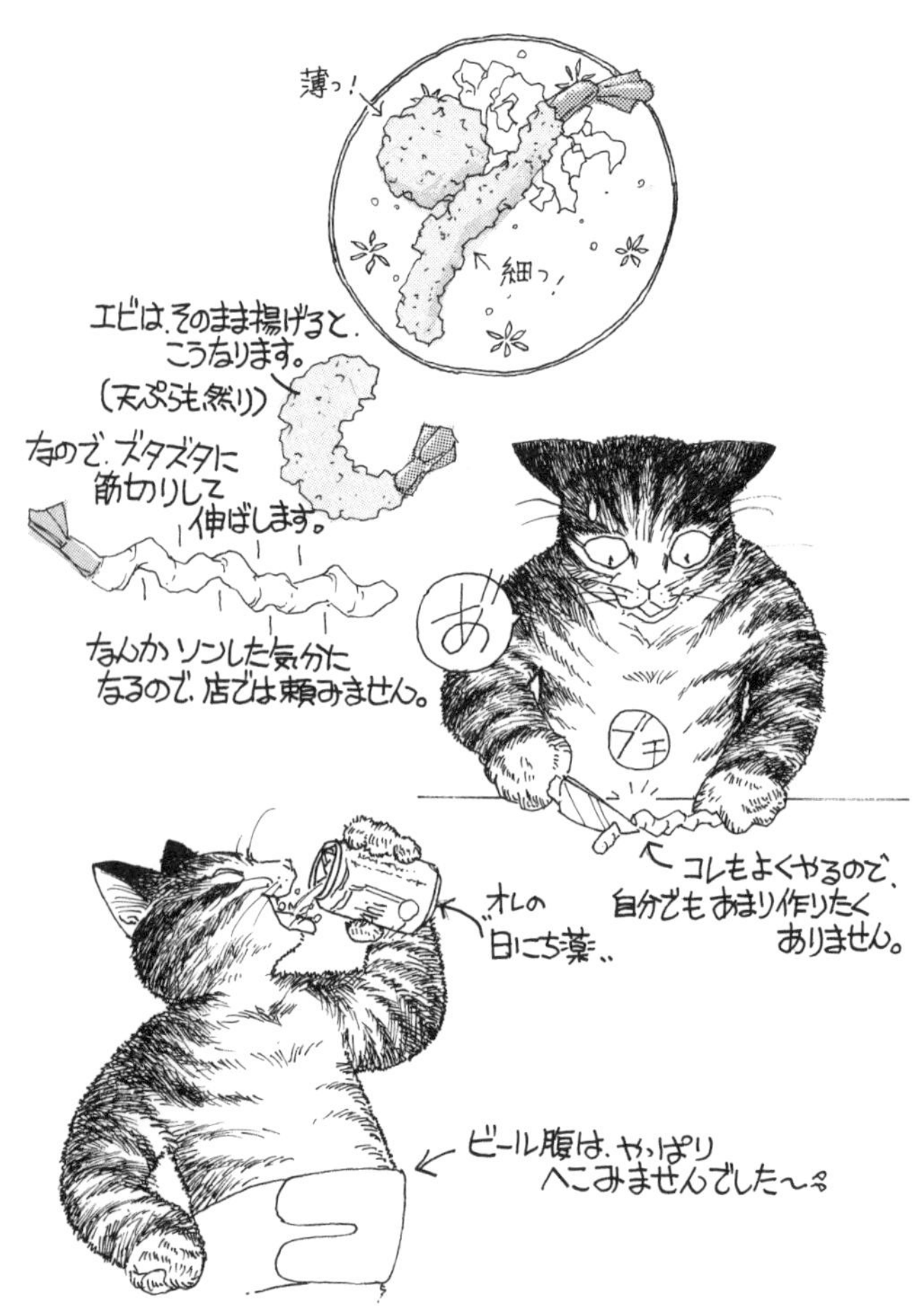
薄っ！
細っ！
エビは、そのまま揚げると、
こうなります。
（天ぷらも然り）
なので、ズタズタに
筋切りして
伸ばします。
なんかソンした気分に
なるので、店では頼みません。
あ
ブチ
コレもよくやるので、
自分でもあまり作りたく
ありません。
オレの
日にち薬…
ビール腹は、やっぱり
へこみませんでした〜〽

デイ・ドリーム・ビリーバー

以前、そもそも『猫屋台』は、不特定多数のお客さんに向けた、ちょっとマトモな食べ物を出す、カジュアルな居酒屋としてオープンするつもりだった――と、書いたと思う。それがなぜ、今のグダグダな店になったのか、その紆余曲折をもうちょっと詳しく書いてみようと思う。

2012年に、相次いで両親を亡くし、少しは家を整理するかと、父の服やら母の着物やアクセサリーを親戚や友人に、持って行ってもらったりしたが、ある時ハタと気づいてしまった。

「実はこの家は、自分の家じゃない。両親の選んだ家具、食器、家電、両親が人から頂いた物で出来ている。自分が選んで手放せない物を真剣に考えたら、スーツケース1個分と猫と、ボロ自転車だけじゃないか！」

腹の底から〝黒い欲望〟がこみ上げてきた。「吉本主義者？　知ったこっちゃない。ブルドーザーで、父の書斎もろともブッ潰して、更地にしてやろうか」。しかし、この土地と家は、困ったことに猫付きだ。引っ越しはできない（まぁ、更地に掘っ立て小屋でも建てりゃいいんだが）。それに更地にするのって、けっこう金がかかるのよね。「そうか……この家いらないんだから、小屋のつもりで破壊に任せりゃいいんだ」――と、思ったとたん、すべての戸板が（実際にはないけど）パタパタパタッと倒れて、柱と屋根だけになった。風が吹き抜ける、夏の沖縄の古民家のイメージだ。盗られて困る物は何もない。猫は勝手に出入りする。疲れた人は縁側に座って涼んでいく。お茶かビールでもお出ししましょう。

そんな感じで居酒屋でもできたらいいな。しかし、世知辛い現代社会に生きている以上、実は「食品衛生法」的には、友人数人を招いて料理を振る舞い、「材料費だけカンパでお願い！」と、1人千円ずつ徴収するのだって、アウトなのだ。ヤミ営業となる（そんなの普通、友人同士でやるだろう）。『猫屋台』的には、ヤミ営業でも全然かまわなかったのだが、複数のお客さんが出入りするのをご近所にいぶかしがられたり、SNSに料理の写真をアップされたりして、お上にバレても面倒くさい。そんならいっそ正式な「営業許可」を取っちまおう。「食品衛生責任者」資格だけは取っていたが、「営業許可」を取るためには、色々と行政の規定に従った、認可を得なければならない。そのためには、多少の家の改修が必要だ。しかし、何の知識も縁故もないおばさんが、いきなり工務店に飛び込んで、「あのぉ～家を店舗仕様に改修したいんですけど」とやったら、どんだけムチャクソな工事をされ、ボッタクラれるかは、目に見えている。

「どうしたもんかねぇ?」と、うちにいらしたついでの時、糸井重里さんに相談したところ、信用のおける、(お高いけど)オシャレなリノベーションなんかをやっている、工務店を紹介してくれた。その流れで、改修の工程などを『ほぼ日』で取材されることになったのだが、その中で「理想としてる店は?」と尋ねられ、「う〜ん……伊豆の『ジンバブエコーヒー』かな」——と、答えた覚えがある。誰もが、「何のこっちゃ?」だったことだろう。

毎夏行く西伊豆の土肥から、数㎞南下した国道筋に、小さく『ジンバブエコーヒー』という看板が出ていた。気になって妹とその息子(まだドチビだった)、友人たちと数人で、後日行ってみた。国道よりも、ちょっと小高い開けた土地に(昔は田んぼか畑だったのだろう)、普通の平屋の古民家があった。海側に向いた縁側の戸は、すべて開け放たれ、一応玄関から(玄関のイミがあるのか?)、「こんにちはー」と上がっても、誰もいない。「スミマセーン」とか呼んでも、家の周囲にも、誰もいないようだ。仕方なく仏間の座卓に座って、「本当にここがコーヒー屋?」「人んちに不法侵入してるんじゃ?」と、ちょっと不安になったところに、「ああ、スミマセンね。いらっしゃい」と、ご主人が帰って来た。初老の〝趣味人〟といった感じのおじさまだ。ご主人が淹れてくれた〝ジンバブエコーヒー〟は、特にびっくりする程美味しい訳ではなかったが、「何でジンバブエコーヒーなんですか?」と尋ねると、ご主人はジンバブエ大使だったのだと言う。リタイアして、気に入ったこの地で、ゆかりのあるジンバブエコーヒーを出しているそうだ。そりゃ100%道楽だ。自宅はもっと山の上の方にあって、そこでは奥様が、予約制のレストランをやっていると言うので、皆で「行く行く！」と、ご主人の車の後に、2台連ねてついて行った。ま～山の中ったら、舗装もされていない、車もすれ違えないような山道を上って行く。「ポツンと一軒家」じゃないけれど、どう見ても周囲には家なんかない杉林の山奥に、けっこうな洋風の豪邸があった。

玄関ホールに続く、ゴージャスなリビングダイニングのテーブルの上には、ランチを終えたばかりであろう、お客さんたちの食器が、まだそのまま残されていた。開け放たれたリビングの扉の向こうには、山奥なのに広々とした芝生の庭が広がっている。下の古民家からのギャップに驚いた。チビの甥っ子は、芝生を走り回ったかと思うと、リビングに飛び込んできては、棚の上の（お高そうな）調度に触るので、「やめて！　壊さないでね！」と注意すると、「ホホホ、お子さんは、本物がちゃんと分かるんですよね」と、奥様。「ザ・マダムだ！」。う～ん……ご主人の趣味が下の古民家で、マダムの趣味が山奥の洋館な訳だ。分かりやすい夫婦だ。

こんな緊急車両も入って来られないような、山奥の家で（イヤ、下の古民家ですら到着まで30分以上かかるぞ）暮らすのは、リタイア後の、まだ体力がある、ほんの一時期にしか過ぎないのだし、あこがれはしないが、どちらもある意味のびやかな〝開けっぱの古民家〟と〝予約制の道楽レストラン〟――というキーワードだけは、印象に残っていたのだ。

さて『猫屋台』の改修だが、紹介されたデザイナーのKさんは、たいへん合理的で、実務能力に長けているのだが、ちょっと変わった思考回路を持つ、〝憑依型〟の女性で、様々なお役所の認可を得るために奔走し、とことん付き合ってくれたが、どうやらこの家と土地の、〝猫と魔物〟に取り憑かれてしまったらしい。

母やガンちゃんやお客さんたちの（昔は編集者ってほとんどがヘビースモーカーだった）、タバコの煙でくすんだ天井や壁も、猫にボロボロにされた柱やふすまも、とことん原形を残そうとしてくれた。いっそ見違えるくらい破壊して作り直してくれた方が、覚悟がつけられたかもしれない。私もKさんと一緒に、細部を見直していく内に、何となく、不特定多数の見ず知らずのお客さんが、出入りするのは違うな――と、感じ始めていた。

『猫屋台』は、「まったくこれまでの家のまんまじゃん！」という仕上がりになった。ブッ潰そうと呪っていた家が、そのまま残った。

しかし、現在のグダグダ予約制の形態になった、最大の要因が、シロミという猫だった。シロミは、この家に来た時から「馬尾神経症候群」という障害を持っていた（詳しくは『シロミ介護日誌』で書いた）。排泄のコントロールはできないが（つまりモラすんです）、美しく繊細で、他の猫なんか全員キライ、絶対的女王気質だった。シロミは、お客さんが大好きだった。父の生前から、お客さんが来れば、父と一緒に客間に行き、父の傍らでしばしくつろいだ。緊張していらした、初めての編集者やインタビュアーも、シロミを触ったり、シロミの話題で雑談をしたりして、場が和んだ。インタビューや対談が佳境に入ると、シロミは押し入れの中に入ったり、キッチンに引っ込んでしまう。そしてなぜか終盤になると、「さぁさ、もうお開きじゃないの？」と、お客さんをうながすように、再び登場する。シロミ登場をきっかけに、「ではこの辺で」と、お客さんも帰り支度を始める。優秀なホステスだ。

生まれついての〝女優〟なので、レンズを向けられると、カメラ目線でそれに応じる（スマホカメラだと、そっぽ向かれるが）。なので、『ほぼ日』やＮＨＫを始め、いくつかのメディアに、その姿が映り込んでいるはずだ。

お客さんが帰った後、「あ～やっと帰ったわね」と、お客さんの座布団を占拠するのもまた、シロミの幸せな時間だった。

父の死後も、弔問や父の本についての打ち合わせでいらしたお客さんに、シロミは同じようにホステス役を務め、初めていらっしゃる方でも、場を和ませてくれた。

しかし、不特定多数のお客さんが出入りするとなると、そうはいくまい。家の中がワサワサして、いかに人好きのシロミでも、うっとうしくなって、顔も見せてくれないかもしれない。何よりも、シロミの平穏と幸せを奪いたくなかった。

かくして『猫屋台』は、（当面の間は）以前からやっていたことと、たいして変わりなく、ポツリポツリと予約のお客さんを入れる形態の店、としてオープンしたのだ。案の定シロミは、父の生前とまったく変わりなく、ホステスを務めてくれた（酔っぱらいの、大声大人数のオヤジ客はキライだったが）。

そのシロミが、今年（２０２１年）の１月末に死んでしまった。２年程前に発症した「リンパ性胆管肝炎（おそらくリンパ腫）」が、急激に悪化したのだ。16歳と９ヶ月だった。覚悟って言ったら、障害を持ったシロミを拾った16年前から、ずっと日々覚悟していた。両親の介護時代の最後の８年間と、両親の死後の８年間を共に駆け抜けた。私もシロミもやり遂げた。何１つ悔いはない。

猫が死ぬことだって、私はもう〝手練れ〟の域に入っている。やり過ごし方は心得ている。ただ、どこを捜しても、どこまで行っても、どれだけ待っても、もう決してシロミは帰って来ない。２度と会えないという、圧倒的な事実だけが、私を打ちのめす。『猫屋台』は、唯一のホステスを失った。完全にモチベーションは失われた。糸が切れた凧のようだ。

「幸せだったなぁ」。こんなにもシロミに支えられ、依存して生きていたんだと、思い知らされた。

コロナでガランとした午後の居酒屋で、ボンヤリ早飲みをやっていた。清志郎の「デイ・ドリーム・ビリーバー」が流れてきた。花粉症のふりをして、涙をぬぐった。

魔界時間で営業中

ハルノは荒れている。

たとえるなら、〝組〟を破門になり、「そんなあんたにゃ価値ないね」と女に見限られ、ヤケ酒飲んでたら「もうツケはきかねーよ」と、飲み屋を追ん出され、雨のそぼ降る路地裏で肩がぶつかり、「なんだコノヤロー！」とインネンをつけたら、逆にボコボコにされて路上に転がり、雨に打たれるチンピラ位すさんでいる。

原因は分かっている。シロミの死だ。

両親の死と比べると、格段にシロミの方がダメージを受けている（そうなるであろうことは、予想していたが）。親の死は、もちろん喪失感はある。親は、一緒にいようが離れていようが、〝傘〟のような存在だ。それを失う心許なさは大きい。だがなかなか、その死を一般論にするのは難しい。主体は親の方にあるからだ。人によっては、とんでもないＤＶのクズ親だったり、長い介護で苦しめられて、首絞めちゃう寸前で死んでくれて、せいせいしたケースだってあるだろう。親というものは、どんなにクズだろうが、身勝手な愛で束縛されて育てられようが、ただただ無償の愛をもらった、ハッピーケースであろうが、自分が選んだ存在ではない。それなのに、亡き後も親は確実に、自分の内に生きている。子供はそれを否定し打ち勝ったり、許し受け入れたり、後悔したり感謝したり、生涯葛藤と共に生き続けるのだ。

しかしペット——という言い方は好きではないので、愛した犬や猫（もちろん鳥や馬やその他あらゆる動物）は、自分が選び、または縁があって出会った存在だ。そこには（一方的な）〝愛〟しかない。動物と共に暮らした人なら分かると思うが、愛したらその分、駆け引きのない愛が返ってくる。時には〝飼い犬に手を噛まれる〟こともある（私はしょっちゅうシロミに噛まれていた）。しかしそれは、間違いなく自分の方に非があるか、もしくは自分と出会う前の境遇で、傷を負っているかのどちらかだ。動物には一切の非はない。彼らを選んだのは自分、愛し方も自分、動物は〝鏡〟で、責任はすべて自分にあるのだ。だから愛した動物を亡くすのは、空気のようにあたり前の連れ合いを失くしたのと、自分の子供を失ったのと、中間の感覚なのだと思う。それは愛憎、心細さと解放感が入り混じる、親の死とはまったく別物なのだ。

ハルノは温厚な人間なので（ホントか?）、これまで多少理不尽な目に遭っても、「ああ、この人（会社）には、今余裕がないんだな」とか、「へぇ〜世の中には、こういう考え方の人もいるんだ」「私にも悪いとこがあったんだろう。勉強になった」と、ホトケのスマイルをたたえてスルーしてきた（信じるか信じないかは、アナタ次第ですが）。それが今や、妥協を許さない人間となった。もうこれ以上、失って恐いものはない。私のオキシトシン（愛情ホルモン）は枯渇したのだ。断っておくが、私は決してモンスターでもクレーマーでもない。理不尽なものは理不尽と、はっきり言うだけだ。すると世の中には、なんと理不尽がまん延していることか。

通販で買った折りたたみテーブルを（サイズが合わなかったので）箱を開ける前に、返却したいと連絡した。すると「それは返品ができない商品だ」と言う。「はぁ!?」。どこにも『返品特約』の明記がないのに、返品できないのはおかしいだろ！　つまり、「この商品は返品できません」と、（老人でも）目に付く所に書いていなければ、返品を受け付けないのは違反なのだ。私はゴリゴリとテーブルを送り返して、代金も支払っていない。何度も請求書が送られてくる。その内、向こうの代理人弁護士から請求がくるようになったが、こちらに非はないのだし、手元に商品がないのだから知ったこっちゃない。訴訟に持ち込まれたら、戦うだけだ。以前だったら、商品はいらないけど面倒くさいから、金だけは払っとこかと、妥協していたことだろう。

かなり前に友人から、知人が本を出すので、カバーイラストとカットを描いてくれないか？　と、打診があった。もちろん快諾した。しかし出版社からは一向に連絡がないので、すっかり忘れていた。〆切ギリギリになって友人から催促があったので、あわてた（またしても複数の〆切と重なっていたので）。なんで出版社側の編集者から言ってこないんだ？　普通、著者が担当編集者との打ち合わせの際、「○○さんにイラストをお願いしたいのですが」「分かりました。そうしましょう」と、出版社側から正式に、こちらに依頼がくるものだ。それが一切なかったのだ。友人に聞くと、すべて著者側に丸投げで、イラスト代も著者が支払うということだ。「はぁ!?」。私は個人から金を取るつもりはない。その出版社の社長は、よく知っている人だ。『猫屋台』にいらしたことも何度かある。社長に電話をして、「オイ、あこぎな商売してるじゃねーか！　こりゃスジ通らねーだろ（それをはるかにソフトにね）」と、インネンをつけた。社長は謝り、（一応）社から支払う形にはなったが、まだ裏があるのを知っている。タヌキおやじめ、これからもネチネチと、イヤミを言ってやるつもりだ。実はこのケースは、以前にもあった。「絶対イラスト代、著者持ちだろ」とは思ったが、その出版社とは関わったことがなかったし、その時は大人しく著者から受け取った。しかし今の私は、スジが通らない話には、怒りの権化となる——っつーか、たぶん（正当に）ヤツ当たりをする相手を求めているのだろう。危険なので、今のハルノには近寄らない方がいい。

さて——こうしてフツフツと、腹の中に怒りをたぎらせているハルノをついに追い込んでくれたのが、今回の「緊急事態宣言」だ。これには、前回の「緊急事態宣言」とは、似て非なるところがある。それは飲食店に〝終日〟アルコール提供〝自粛〟を要請したことだ。〝禁止〟の方がまだマシだ。つまりは、飲食店の自己責任で、お上は責任を負わない訳だ。ついに飲食店の息の根止めてくれたな！

前回の時は、頑張る飲食店は、昼からの通し営業で早飲みができた。感染症対策をきっちりとやって、まさか昼からランチ宴会はなかろうし（やるとしたら、政治家と役人だけだ）、パラパラと2、3人のオヤジ客や、家族連れやママ友会などで、良識ある飲食店は、なんとか乗り切れた。だが今回、居酒屋は？　ビアバーはどうなる？　オトナのバーでは、ジュースでナッツとポッキーか？　ウーロン茶でソーセージとザワークラウトか？　ぬるめのコーラで炙ったイカか？　阿久悠に呪われるぞ。

今回は、荒れるハルノの首も絞めてくれた。買い物ついでのファミレスでの早飲みは、頭をリセットする、最高のリラックスタイムだ。帰り際の、「なんか空怪しいですね」「降りそうですね。早く帰らなきゃ、ごちそうさまでした」というスタッフとの挨拶は、1日で唯一の人間との会話だったりする（猫とは大いに会話してるが）。その機会すらも奪われたのだ。買い物をしたら、そそくさと帰り、天気の良い夕方は、ベランダに椅子を引っ張り出し、墓場とスカイツリーをながめながらビールを飲む（ただしボコボコに蚊に刺される）。私なんかより、さらに孤立した独居老人は、長期間しゃべる機会もなく、ボケが進んで足腰は弱り、バタバタと死んでいくことだろう。

感染症学専門の先生たちは、とにかく感染が拡大してくれなきゃ、自分たちの存在理由が危うくなるので、ひたすら煽る。ある日のニュースで、感染症制御がご専門とかいう、下ぶくれの教授が、路上飲みをしてる人たちに関して、「外で飲んでも、マスクを外してしゃべるのは危険です。こういう人たちをもっと〝同調圧力〟を強めて、押さえ込んでいかなくてはなりません」といった主旨の発言をしたのを聞き逃さなかった。「はぁ!?」。耳を疑った。またそこでアナウンサーが、「それは〝自粛警察〟を公認して、相互監視を強化しろって意味ですか？」——と、つっ込みもせずスルーしたのにも、あきれ果てた。

この国は狂っちまった（イヤ、元から狂ってたんだろうが）。ワクチン接種は「舐めとんのか！」という程進まない。病床確保だって、国立病院の統廃合をやってきたツケが回って、国が言えば即動ける医療機関を失った。ＰＣＲ検査は、正確な〝分母〟すら把握できていないのだから、毎日の感染者数の発表のイミはない。ボロボロのＩＴ弱国であることも思い知らされた。お上も役人も、オリンピックと選挙ありきで、自分の利権しか考えていない。マスコミは（自社もスポンサーなのだから）、まれに「オリンピックをやめるという選択も必要だ」と、発言するコメンテーターがいても、あいまいにスルーする。専門家がコロナのキョーフをあおったかと思えば、次のコーナーでは、聖火リレーの明るい場面や選手の頑張りを強調する。

父は、「国家ってのは、国土のことじゃないんだ。その時々の政府のことを言うんだ」と言っていた。国民は、無知で無策で無能な3流国家の下で暮らしてたってことが、露呈した。『猫屋台』は国家には属さない。ハルノは百合子（都知事）の言うことなんかきかない。今日も営業している。酒は飲み放題だ。ただ人間の客が来ないだけだ（時々〝神保町魔境〟の妖怪どもは現れるが）。

人間の皆様も、遠慮なくどうぞ。『猫屋台』は魔界時間でやってます。

Sさんはあきらめない

これもまた『猫屋台』が、開店間もない頃だったと思う。『ほぼ日』のSさんから、「さわこさんの得意料理って何ですか?」と尋ねられ、「う〜ん……サンドイッチかなぁ」と、答えた覚えがある。Sさんがそれを糸井さんに伝えると、「それは1周回っての答えだな」と感心してたそうだ。

しかし私は、「アレ? 何で今、そんなこと言っちゃったんだろう」だった。1周どころか47周位回っている。なぜなら私は、普段ほとんどサンドイッチを作ったことが、ないからだ。私は時々、その瞬間思ってもいないことを口走るクセがある。でもそれは、まったく根拠ゼロの口から出まかせではなく、深層心理の奥底に潜んでいる何かで、何年もしてから、「ああ! ここに繋がってたんだ」とか、「こんな意味だったんだなぁ」と、判明することがある。

それっきり忘れてくれりゃいいのにSさんは、なかなかしぶとく覚えていて、昨年（もしかしたら一昨年？）頃から、『ほぼ日』で、サンドイッチを何品か作るのを取材させてくれと言う。もちろん作れと言われれば、できないことはないが……。

サンドイッチ自体は好きで、ガンちゃんとのおやつ用に、よく買って来るが、ほとんどの市販のサンドは気にくわない。まずサンドイッチは、（ウソかホントか知らないけど）サンドイッチ伯爵が、カードゲーム中片手で食べられるように、発案されたって由来があるだけに、片手でつまめなければ、失格だと思っている。だから今流行りの〝萌え断〟サンドなんて邪道だ。両手でつかんで、中身がはみ出るのが良ければ、ハンバーガーを食え！（ハンバーガーも今、やり過ぎだと思うが）そして主役は、パンの方でなくてはならない。薄っぺたい風味もないパッサパサのパンに、ギッシリとレタスやニンジンやアボカドとか、ゆで卵やサラダチキンなんかを詰め込んで押しつぶしたサンドを見ると、「サラダを食え！　そしてそこに、クルトンでも振りかけとけ！」と言いたくなる。

私のサンドイッチの原点は、『大船軒』のハムチーズサンドだ。60年近く前から、毎夏西伊豆の土肥に行っていた。当時は東海道本線で、2時間半かけて沼津まで行き、沼津港から東海汽船の『竜宮丸』で、（時にはゲロを吐きながら）2時間半かけて土肥港までたどり着くという、けっこう過酷な旅だった。

東海道線の大船駅に近付くと、大船観音が見える。胸から上のまっ白で巨大な観音様で、これが子供心に、ドキドキする程異様でコワかった。でも、それを差し引いても余りある、大船駅でのワクワクイベントが、ホームでお弁当屋さんが売りに回ってくる、『大船軒』のサンドイッチだった。わずか2、3分の停車時間内に、電車の窓から身を乗り出し、お弁当屋さんを呼び止めて、お弁当やお茶を買うのだ。両親はたぶん他のお弁当を買ってたと思うが、私の眼中にはサンドイッチしかなかった。「お弁当屋さんが来る前に、発車しちゃったらどうしよう」「売り切れてたらどうしよう」と、ハラハラドキドキだった。それは今で言うなら、野球場で売り子のお姉さんに気づいてもらえず、生ビールを買えなかったらどうしよう（あ、それはあまり一般的ではないか）。発売日に「ドラクエ」を買えなかったらどうしよう。iPhoneのニューモデルを買えなかったらどうしよう——に匹敵するハラハラドキドキだった。

しかしその後、東海道新幹線が開通し、当然ながら大船駅に止まることもなく、東京駅を発車するとすぐに、ビュッフェに陣取り、チキンライスなんかを食べる楽しみに、取って代わった。

実は現在も、『大船軒』のサンドイッチは売っている。首都圏でも、主要駅のお弁当売り場や、駅の商業施設内のスーパーなどで手に入る。昔と変わらず、ハム4切れチーズ2切れ、野菜なんか入ってないシンプルさが、いさぎよい。シンプルゆえに、昔は〝オトナの味〟だった、からしバターの風味が引き立つ。しかしやはり、現代に合わせて、ビミョ〜に高級化している。昔から（地元だから）『鎌倉ハム』を使ってたのかもしれないが、昔は厚さが2㎜弱だったところが、今は3㎜以上ある。パンも昔より、フワフワになっている。チーズだってジャマにならない、絶妙の風味と厚さだ。箱には昭和レトロなウェイトレスのイラストが描いてあるが、昔のはイラストはなかったと思う。まったく印象に残っていない。飽きのこない味なので、駅中で見つけると、つい買ってしまう。

このシンプルイズベストの流れで、キュウリのみのサンドイッチも好きだ。8枚切りのパンに、からしバターを塗り、キュウリをはさむのみ。もしも他にはさむなら、せいぜいスライスしたハムかチーズか、コンビーフ位だろう。中身にひと振り塩をしておけば、本当に良いビールのつまみになる。

もう1つ、パテドカンパーニュのバゲットサンドも外せない。本当に美味しいバゲットに切れ目を入れ、マスタード（私は粒とディジョンを混ぜる）を塗り、そこにパテドカンパーニュ（これは作ってたらキリがないので、もちろん市販の）と、スライスしたピクルスをはさむだけ。食材さえ手に入れば簡単なのだが、某デパートのレストラン街にあるビストロの物が、（私の生活圏内では）もっとも美味しいのだ。おそらくバゲット自体が美味しいのだろう。パテドカンパーニュもクドすぎず、私でもバゲット半分はいけてしまう。そのビストロには以前、同じようにバゲットに、フォアグラのパテをはさんだサンドイッチがあった。これがまた絶品だった。デパートの中にしては、〝お高め〟なウェイターがいて、私が「フォアグラサンドとビール」と頼むと、「は？　コレですか？」と、わざわざメニューを指さして聞き直した。なぜならフォアグラサンドは3千円もするからだ。「はい、そうですけど」。私はデパ地下で、年末の大量の食料品の買い出しを終え、レジ袋やエコバッグをしこたまかかえ、動きやすいよう〝ご近所仕様〟の普段着で髪ふり乱してヤレヤレと来店したのだ。自分へのご褒美で、いいだろうその位！　ウェイターは、「このおばさん、ゼロを1個間違えてんじゃないのか？」とでも思ったのだろう。そりゃ〜銀座のビストロや、高級ホテルのレストランなら、もうちょっとはマシな格好で来店する位の常識はありまっさ。でもここはデパートのレストラン街だぞ。客は買い物ついでに立ち寄るのだ。

私は買い物ついでのいいかげんな服装で、フラッとそこそこの店に入ったりするので、ちょいちょい、このテの対応をされるが、逆に自虐的な底意地の悪い、悪魔のヨロコビが湧いてくる。「もしも私がミシュランの調査員だったら、どうするよ！（決してミシュランの人は、フォアグラにビールは頼まないだろうが）」

しかしここのバゲットは、カリッと軽くて香ばしく、フォアグラのパテに負けてない。〝口直し〟に、ドライイチジクと、粗挽きの岩塩とこしょうが添えられていて、いい感じに〝味変〟できる。「気が利いてるな〜（サービスは、いんぎん無礼だが）」と、感心した（アニマルウェルフェア信奉者の友人には、ぶっ飛ばされそうだが）。

しかしこのフォアグラサンドは、あまりにもコスパ（店側の）が悪いためか、いつしかメニューから消えてしまった。

結局サンドイッチには、よけいな物はいらない。美味しいパンと美味しい具材、そしてそのバランスに尽きるのだ。しかし、キュウリだけサンドや、市販のパテだけサンドなんか作っても、『ほぼ日』では許されまい。

最もバリエーション（私的には邪道）が考えられるのが、6枚切りのパンだろう。この厚さになると、ハムやチーズなど単体をはさんでも、パンに具材が負けてしまう。他にレタスやトマト、目玉焼きなどをはさまないと成立しない。するとBLTサンドのように、パンを軽くトーストして固めないと、具材の水分でヨレヨレになる。邪道に邪道を重ねるようで、もはや（私の理想とする）サンドイッチの概念からは、かけ離れていく。

茹でた牛タンブロックの端っこが残っていたので軽くほぐし、からしマヨネーズを塗った6枚切りのパンに載せ、玉ねぎのスライスをケチャップマヨとあえ、そこにスライスチーズ、（残っていた）ミニトマト、リーフレタスをはさみ、ホットサンドにしてみた。（実験なので）ガンちゃんのおやつに出してみた。ガンちゃんは「うまい」と言ってくれたが、すぐに失敗点が見えた。まず茹で牛タンは、メイン食材なのに味がない。本来ならデミグラスソースやトマトで、じっくり煮込んだ物でなければならない。味が薄かろうと、各層にけっこう塩をふったのも間違いだった。野菜から水分が出てしまう。また残り物のミニトマトが古くて酸味がなく、グジュグジュだ。牛タンに風味がない分、リーフレタスではなく、クレソンなど香味の強い葉物を使えばよかった。いっそエスニックに振り切って、ケチャップマヨではなく、（チュニジアやモロッコの調味料の）ハリッサマヨにして、（おじさんがキライな草）パクチーを入れてもいいかもしれない。

——ってな具合に、〝残り物を全部ご飯にかけた〟的な、人には見せられないサンドならこれでいいが、お客さんにお出しすることを考え始めると、6枚切りのサンドイッチは、けっこうハードルが高いことが分かった。メイン食材の味の強さ、水分、酸味、香辛料、食感——と、本気でやったら、コース料理を組み立てるに等しい。何度も作って試食できりゃいいんだが、何せ炭水化物は、すぐにお腹いっぱいになる（せいぜいガンちゃんが実験台だ）。まぁ、これまで通り持ち前の、勢いと味覚勘の一発勝負でやるしかないが。

『ほぼ日』のサンドイッチ企画は、「もう年も押し迫ってきたから、来年の春の企画にしましょう」なんて言っている内に、「緊急事態宣言」が出て、「じゃあ秋頃に」なんて言ってると、また「まん防」だの、私の〝脱腸手術〟だの、「シロミが死んで弱ってるから、また来月位に」なんて言ってたら、再び「緊急事態宣言」だ〜延長だ〜と、いまだ実現していない。

しかし、あきらめないSさんは、「きっと来る〜」のだ。フェイントをかけるか、正攻法でいくか、プレッシャーでもあり楽しみでもあり……さて、どうなることやら。

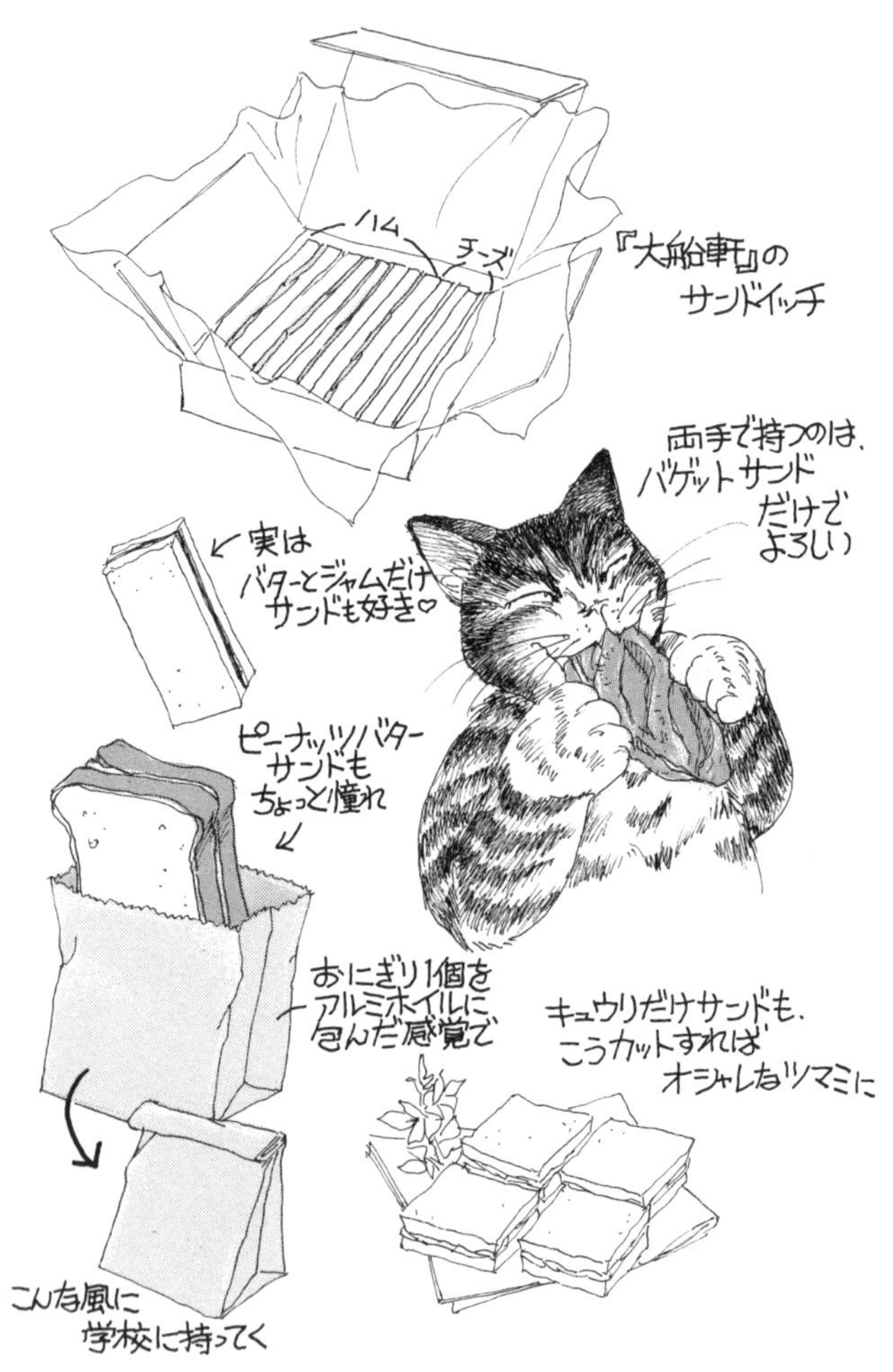
ハム
チーズ
『大船軒』の
サンドイッチ
両手で持つのは、
バゲットサンド
だけで
よろしい
←実は
バターとジャムだけ
サンドも好き♡
ピーナッツバター
サンドも
ちょっと憧れ
おにぎり1個を
アルミホイルに
包んだ感覚で
キュウリだけサンドも、
こうカットすれば
オシャレなツマミに
こんな風に
学校に持ってく

ピアノ・マン

「緊急事態宣言」とやらが明けた。そんなのどうでもいいが、とりあえず早い時間の1人飲みが、できるようになったことだけが、ありがたい。普段から3人以上で飲む機会なんて、1ヶ月に1、2度程度だ。

早速買い物帰りに、巣鴨の焼きとん屋に入ってみた。午後の3時半、私が1番客だ。生ビールと串を数本頼む。バイトのお姉さんは中国人らしい。学生さんなのか、何かの志を持って来日したのか、この休業期間中は、どうやって暮らしていたのだろう。厨房の店長も焼き担当も、若いお兄さんたちだ。年季の入った大将や女将が切り盛りする店もいいが、私は若い人たちが回している店を見るのも好きだ。この日に備えて、レンジフードも冷蔵庫も、ピカピカに磨き上げられていて、ヤル気を感じる。ここの店は、(私が知っているだけでも)3度〝居抜き〟で替わっている。駅近の路地裏だが角地だし、奥の宴会席まで入れたら、優に数十人は入る広さだ。維持費がたいへんなのだろう。「宣言」期間中は、ずっと閉めていたので、また入れ替わっちゃったかな〜と、思っていたが、なんとか持ちこたえたという訳だ。

ちなみに、この店の1筋先の角にも、同程度の広さの、老舗（しにせ）の立ち飲み酒場がある。そこもずっと閉めていたが、開け始めたようだ。ここがまた、成熟し切った味わいをかもす店なのだ。立ち飲みと言っても、実際には3席程の小さな椅子席があるが、そこはどうやら常連の物らしい。すでにオヤジが陣取っている。後は大きな相席テーブルに、（腰掛けるにはキビシイ）丸太椅子があるだけだ。床はコンクリートらしいが、「土間か！」って位黒々と、油やすすで仕上がっている。壁には所狭しと、手書きの短冊メニューが貼り付けてある。メニュー数はやたら多いが、紙の着色っぷりを見ていると、どれを食べたら、腹を下さずに済むかと悩む。結局〝安全圏内〟と思われる「焼き銀杏（ぎんなん）」と「炙り明太」にした。生ビールは回転が良いためか（単に運が良かったのか）、けっこうイケた。それをかつての大将と思われる、ちょっとアヤシクなりかけたじいさんが、「ドスン！」とテーブルに置いていく。現大将は息子なのだろうか、ひたすら厨房に専念している。じいさんは窓際の常連客と、延々としゃべっている。広々とした店の中は薄暗いが、窓の外は明るい。焼き鳥臭い風が吹き抜ける。「ここはどこ？」。うちからタクシーで数分の距離なのに、このトリップ感！　でも、ま……1度でいいかな。

この店は広いけど、家族経営みたいだし（きっとこの後、大将の奥さんも出勤してくるんだろう）、稼ごうって意欲もなく、現状維持でいいんだから、都の協力金1日6万円を貰っていれば、閉めていても別に困らなかったことだろう（むしろ焼け太りならぬ〝コロナ太り〟だったりして）。

しかし若い人たちの店は、そうはいくまい。それぞれの生活を守らねばならないし、先を見据えている。もっと繁盛させて、さらに良い条件、良い立地で開店させたり、チェーン展開を夢見ているのかもしれない。もしもオーナーがいたり、チェーンに属している店舗なら、業績が悪ければ〝強制終了〟なんてこともある。未来がかかっているのだ。

10分程して、巣鴨散策ついでらしき、熟年夫婦が来店した。スタッフもブランクのせいか、まだ挨拶のタイミングがバラバラで、おかしい。次には場所柄、〝同伴〟と見られる、おじさんとお姉さまが入ってきた。2人して緊張感のない、くたびれ感漂う同伴なので、きっと長い付き合いなんだろな——な〜んて想像しつつ、1人で飲むのが楽しい訳よ！

1時間弱の滞在の間、お客さんはこれっきりだった（5時以降は、もうちょっとは賑わうのだろうが）。キャパ数十人の店に、たったの5人、これで感染もクラスターもなかろう（同伴のおじさんは、この後の行い次第で、どうなるか分からないけど）。

今の時点で、「緊急事態宣言」が明けて1週間だ。ちょうど明けた頃から、東京はまた感染の増加傾向が続いている。すると「コロナ担当」とかいう、とにかく〝やってる感〟出しとかなきゃ存在するイミない大臣が、「再び酒類提供の停止も検討しなければならない」とか言ってる。「バカなのぉ!?:」。計算もできないのか？　今増えつつある感染者が感染したのは、1、2週間前だぞ。「緊急事態宣言」まっただ中じゃないか。つまりはもう「宣言」を出すこと自体に、まったくイミがないってことの、一番の証明だ。

断言してもいい。今の飲食店に課されている、「2人以下90分以内」の酒類提供では、絶対に感染が広がることはない。飲食店からすれば、こんな条件下では焼け石に水だろう。でも酒類ナシよりは、まだマシだ。何とか息をついたところなのに、頭の悪い大臣が、軽い牽制のつもりで発したオドシで、飲食業界は、心臓が止まりそうになるのだ。

実際に廃業となってしまった酒店がある。私が小学校低学年の頃（だから50年以上前）から、うちに〝御用聞き〟に来てくれていたY酒店だ。今の人からしたら、正に『サザエさん』の世界の話だろう。うちが引っ越しをしても（だいたい半径2㎞圏内だから）、ずっと週3回来てくれていた。小学校の頃は〝お兄ちゃん〟などと呼んでいたが、今やりっぱな〝おじいさん〟だ。

古今亭志ん生や、志ん朝師匠の家にも出入りがあって、志ん生師匠が、あまりにも飲みすぎるので、体を心配した家族が、師匠のお気に入りの『剣菱』を水で薄めるようになり、ある時薄めすぎて、配達に行った、まだ少年だったYさんは師匠から、「おい小僧さん、お前さんとこの『剣菱』は、最近水みてぇだなぁ」と言われたという、有名なエピソードもある。

父ともよくしゃべっていた。Yさんはけっこうな〝憤慨居士(ふんがいこじ)〟で、開けた勝手口で、キッチンのテーブルに座っている父と、政治や世情についての憤りを（時には1時間以上も）しゃべっていたのは、懐かしい光景だ。

今回の廃業は、もちろんご本人の〝経年劣化〟が大きい。最近は、お釣りの小銭を取り出すのもおぼつかなくなり、「お釣りけっこうですんで」なんて言うことも多くなった。さすがに車の運転も、家族からやめるよう言われたそうだ。しかし、とどめの一撃をくらったのは、この「緊急事態宣言」だったと言う。普通商店は、小売りよりもむしろ、近隣の飲食店への、卸しの売り上げの方が大きい。それが完全にストップしたのだ（貢献してたのは、うち位だ）。『猫屋台』だって、生ビールの樽や（それを押し出す）炭酸ガスのボンベも、Y酒店を通して仕入れていた。業務用は、酒店経由でなければ卸してもらえないのだ。現在、家飲み用の簡易ビールサーバーが流行っているが、あれとはまったく仕組みが違う。

Yさんの老化は仕方がないことだが、もっとソフトランディングかと思っていた。正直言って、Y酒店のような小売店は、「カ〇ヤス」などの大手チェーンに比べたら、2割近く割高だ。だが、それに勝る〝プライスレス〟があった。Yさんは週3回、家の脇にある空のボックスを（勝手に）チェックしては、補充してくれた（時々前のめりに持ってきたりするけど）。旅行中など、新聞や郵便物も取り込んでおいてくれた。これからは、「カ〇ヤス」に頼むしかない。何度か使ったことはあるが、オペレーターに注文するか、サイトに入力するかだ。よく欠品があるし、オペレーターは、ピザ屋の注文のようにマニュアルしかしゃべらない。イライラしてくる。Y酒店を失うのは、H屋電機に次ぐ大打撃だ。

コロナのせいじゃないからね。愚策ばっかり繰り出す政府が、国民を殺してるんだからね。もはやお上が何を言っても、成るようにしか成らないだろう。感染者の半数以上が、30代以下の若い世代なので分かるように、群れて遊びたい元気な世代は止められない。路上飲みでも、6畳1間のアパートで合コンでも、何でもやっちゃうんだから。

そんでもってオリンピックですとさ。お上の頭は〝お花畑〟か！　本当に気の毒なのは選手たちだ。遠い国から、見所満載の日本までやって来たのに、「バブル」とか称する檻の中に閉じ込められる。きっと練習だって、何かしら不十分なまま臨むのだろう。今なお感染が爆発している南米やアフリカ勢も訪れる。皆ワクチンを打って来るからだいじょうぶ。だなんて思ってるけど、体内に〝異物〟を入れることに、非常にデリケートな選手だって多いはずだ。競技によっては〝ヤンチャ〟な種目もあるから、抜け出して飲みに行ったり、コンビニで酒買って部屋で飲み会するよね〜（私ならする）。

さらにやらかすこと必至なのは、海外メディア勢だろう。メディアなんて、不良で好奇心の塊だ。でなけりゃ務まらない。GPSなんてオフにしときゃいいし、事前に申請しといた場所の地下や隣の店で、飲み会やりゃ〜いいのだ（私ならもちろんそうする）。

ハイハイ……もうオリンピックでも「緊急事態宣言」でも「まん防」でも、お気の済むまでやってください。この国家は、誰が何を言おうと聞く耳持たないんだから（だから若者も聞かないでよろしい）。こんな風に、バカばっかでつっ走る政府と、人々の諦念とオリンピックの高揚と、犠牲者たる選手たちと、入り乱れたゴタゴタの渦の中で、いともたやすく、戦争なんかに突入しちゃうんだろうな——というのを片鱗(へんりん)なりとも、分かった気がする。

さぁて、どうなることやらお楽しみ〜だ。こちらは傍観するしかないのだ。ズルイって？ だってそうだろう。国民は傍観者か犠牲者か〝カッドウカ〟でしかないんだから。

脳内にはなんでかビリー・ジョエルの『ピアノ・マン』がリフレインしている。ただの飲ん兵衛の傍観者には、たぶんこの曲がふさわしい。

野菜の
豚バラ巻き
プチトマト
タン
噛みごたえの
あるものが
好み
アスパラ
ハツ
串もの屋さんで
よく頼む
モノ
レバー
だけはタレで
お腹に余裕があれば
つくね
お通しの
キャベツ
お替わり自由なんてとこもあるけど、
これがプレッシャー！
お腹いっぱいに
なっちゃうので…

コロナ下のあだ花

この原稿は、発売日のだいたい1ヶ月前に書いている。だから今現在は、オリンピックが始まったばっかりだ。前回の予想のはるかに上を行く、すったもんだの挙げ句に、オリンピックは開催された。この時点で、すでにバブルは穴だらけ……っちゅ～かザルで、コロナ感染は、爆発の様相を呈している。開会式の視聴率が56・4%だって、あたり前じゃん！　あれだけの、直前ゴタゴタがあった開会式の演出ってどんなシロモノだか、誰だって興味津々だもの。

予想を裏切らない、まったく意外性のない、昭和テイストの、今イチさえない開会式を流しつつ（途中でちょいちょい寝落ちったが）、ただ1つ「お主デキるな～！」と感心したのが、隈研吾氏デザインの観客席だった。この中のどこに何人、IOC関係者や〝五輪貴族〟の方々が紛れているのか、「野鳥の会」100人連れて来ても、分からないレベルじゃないか！　好かったね〜このデザインで。正しく〝予言建築〟と言えるだろう。

今のところ、日本のメダルラッシュが続いている。そりゃそうよね。ただでさえ自国開催は有利なのに、外国勢は、圧倒的ハンデを背負って来てるんだから。これまでアンチ（オリンピック）っぽい論調が多かった、新聞もニュースも情報番組も、手の平を返したように、選手たちの活躍を称賛し、メダリストは、インタビューに引っぱりだこ。支えてきたコーチや家族との、舞台裏なんかを長々と特集する。どのチャンネルも、オリンピック一色だ。中には定時のニュースが、なくなっちゃってる局もある。そうか……オリンピック期間中は、コロナも事件も事故も、災害も起きないんだ——さすが平和の祭典だ！

だからね〜最初から、新聞もTVも、アナウンサーもコメンテーターも、全部ウソっぱちなのよ。何1つ信じたらダメなんだってば。

私は別にアンチではない（傍観者だからね）。〝坊主憎けりゃ袈裟(けさ)まで〟と、スポーツ競技まで嫌悪するのは、非合理的だ。気になる競技は、ムリしてまでは観ないが（別に再放送でもいいし）、もちろん応援するし、日本勢が勝てば嬉しい。昔からTVは、つけっぱ（で有名）な家なので、TVがついていても、難なく仕事に集中できる訓練（？）は、できているが、取っ替え引っ替え1日中、さして興味のない種目が延々と流されていると、さすがにイライラしてくる。だいたいが、アナウンサーや解説者の、脳天から発しているような、高揚した声が耳障りだ。オリンピックをやっていない他局に替えたり、ものすご〜く音量を下げたりして、やり過ごす。

まず私は、昼夜逆転なのだ。オリンピックの醍醐味と言えば、世間の皆さま寝不足必至の、早朝4時5時からの、中東あたりの決勝戦なんかを余裕で観戦して、優越感にひたるとか、人々が寝静まっている、深夜2時3時に、3位決定戦とか、敗者復活戦みたいな、シブイ試合をまったりと観るのが、またいいのよ。やっぱ時差7、8時間は欲しいところだ。ヨーロッパとか、何だったら南米開催だってかまわない。オリンピックの自国開催は、私にとっては非常に不利だと、今回よく分かった。

まぁ、何が起きようが、どんなことになっていようが、この号が世に出る頃には、否が応でもオリンピックは、終わっちゃってる訳だ。それでもまだ、(何が〝緊急〟なのか、まったく意味不明の)「緊急事態宣言」は続いている訳だ(あ、発売頃には明けてるかもね)。お上は「頼むから大会期間中だけは、国民おとなしくしててくれ〜！」と、祈るような気持ちなんだろうが、いかんせんお上は頭が悪い(イヤ、すでに思考停止しているのだろう)。もはや「緊急事態宣言」なんて「横断歩道は手を上げて」位、人々の心をスルーしていく。皆さん連休中も、夏休みもお盆も、海へ山へ故郷へ、遊びに行っちゃってることだろう。

御徒町の駅前で買い物をした時だ。暑い中そこからチンタラと、上野駅方面に「アメ横」を歩いて行った。するとけっこう、やってるじゃないの居酒屋が。開いていたら当然入るでしょう！　別に私の顔にボカシを入れないでいい。何1つ悪いことはしていない。夏の午後、居酒屋が開いているのに入らないのは、戦後ヤミ米を拒否して、餓死した某判事に等しい狂気の沙汰だ。今の人には信じられないだろうが、その判事の行いが「リッパである！」と、「道徳」の教科書に載っていたのだよ。五十数年前には。そしてそれが、再び今の教科書に載りそうなのがコワイ。

その店は、以前1度入ったことがある。居酒屋と言うよりは、大衆酒場と言った方がいい大型の老舗だ（経営が替わっているかどうかは、分からないが）。海鮮が推しだが、焼き物まで一応何でもある。オープンテラスのように、全面が開いているし、裏通りまで突き抜けているので、換気だけは万全だろう。感心なことに、入店時に名前と連絡先を書かされる。感染症対策は、キチンとやる気らしい（でも、ウソを書く人も多いんだろうな〜）。4人テーブルを半分にアクリル板で仕切った席に案内された。まだ明るい夕方なので、オヤジ1人飲みや2人組がちらほらと、若いカップルが3組程度だ。一応〝2人以下〟を守っているようだが、窓際の2カップル、どう見ても4人組だろう。まん中に仕切りがあるだけで、4人そろってギャハギャハ笑う。まぁ、全面開いているから、こちらまで影響はなかろうが。危険なのは、隣のテーブルのカップルだ。隣のテーブルとは、40㎝程しか離れてないのに、そこには仕切りはない。私と斜め向かいのお姉ちゃんとの距離は、１mちょいなのに、マスクもしないで、しゃべるしゃべる。私は自分の「もずく酢」を静かに反対側に遠ざけた。しかし、仮にお姉ちゃんがコロナの無症状感染者だったとして、もずく酢に飛び散った飛沫を食べたところで、それが原因で感染することは、まずない。もずく酢は、チュルルンと食道を通過して、胃酸にポチャンだからだ。仮に多少口内や食道にウイルスが引っかかったとしても、その程度は健康な人間なら、余裕で免疫細胞がやっつけてくれる。コワイのは、お姉ちゃんが舞い上げたエアロゾルをモロに吸い込んじゃうことだ。しゃべり声が大きくなると、つい息を詰めてしまう。お姉ちゃんが感染していないことを祈る（そうまでして飲むか！）。私は別に、酒を飲みたい訳ではない。飲むだけなら、家でいくらでも飲む。ふらっと街を歩いて、明るい夕方に1杯やる。この時間この空気が、煮詰まった頭をリセットしてくれるのだ。

はいはい、「もしわっちがコロナでおっ死(ち)んだら、銭ぁ取らねぇから、見に来つくんねえ」——ってなもんだ。

神田神保町の画材店に行った帰り、大通りを歩いていたら、「24時間営業昼飲みできます！」の看板が目に入った。「マジか？」。最近は、ファストフードやチェーン店も多くなったが、この界隈は、老舗の古書店や喫茶店、カレー店などが並ぶ、禁欲的な土地柄だ。かなり挑戦的じゃないか。これは入ってみるしかない。間口1間程の、縦長のコンクリート打ちっ放しの建物だ。入り口は正面じゃないようだ。横に回って、どう見ても勝手口だろ、というドアから入ると、けっこうお客さんが入っている。「ビール飲めます？」と聞くと、1階は喫煙席なので（とことん掟破りだ）、エレベーターで、2階へ行ってくれと言う。縦に長

〜い店の、通りに面した窓際に案内された。お客は、オヤジ2人組と、カップル2組だけだ。

スタッフのお姉さんが、QRコードの紙を1枚持ってきた。「注文はコレ（QR）を読み取って、1階に送信してください」とのことだ。「オイ〜！」。コレ、ガラケーの人絶対ムリじゃん！　スマホでも、QR読み取りを入れてなければ、まずそれを取得するところからだ。どんだけ客に負担を強いるんだ！　メニューを指さして、「まず生ね。そしてとりあえず、コレとコレ」って、客から注文を聞く手間も惜しむのか。自分、働いてる感ないだろう！

最近、大手ファミレスや居酒屋チェーンで使われている、タッチパネル式メニューも然りだ。よく行くファミレスが、ある日突然、メニューがタッチパネルになっていて驚いた。だいたい決まった物しか頼まないので、何とか注文したが、数m離れた席のお婆さまが、タッチパネルにふれることすらできずに、困惑している。スタッフはもちろんスルーだ。数分見ていたが、ついに見かねて側に行き、「これは難しいですよね〜」と、スタッフを呼び、「これからは、この方が呼び出しを押したら、メニューの入力を手伝ってあげてくださいね！」と頼んだが、それっきり、お婆さまを見かけることはなかった。その方は、3時頃よくデザートなんかを食べているのを見かけた。きっとファミレスで、おやつを食べるのを楽しみにしていたのだろう。スタッフのシフトはコロコロ替わる。申し送りなんて、されていないに決まっている。あの時、手取り足取り、やり方を教えてさしあげた方が、良かったのだろうか——って、それは私の役目ではない！　こうしてIT化に付いていけない老人は、排除されるのだ（近々私も排除されるだろう）。

「とり皮ポン酢」と「黄身つくね」を頼んだが、とり皮は（2、3日前からの）作りおきで、1切れフワッとヤバイ匂いがした。つまり〝寸前〟のヤツだ。コロナよりもサルモネラを気にしなければならない。つくねも（自家製ではあるようだが）、長期間冷凍してあるのをチン！ して、上からどっぷりタレをかけて、黄身を落としただけだ。生ビールもさして美味しくはない。カップルたちは、サワー類ばかり飲んでいるので、きっと回転が悪いのだろう。

2階のスタッフは3人いるが、たいして仕事がないので、客よりもよくしゃべるという、最悪のパターンだ（1人は座り込んで、スマホに夢中だし）。ダレッダレグズグズの居酒屋だ。換気も今の人数なら問題ないだろうが、夜にもっと混んできたら――これだけガラス窓があるんだから、ここを数㎝開けとくだけで、かなり良くなるのにな～と、上を見上げる――私ゃ保健所かっ！

この世が、以前のようなノーマルに戻ったら（戻るのか？）こんないいかげんな店、この界隈では、間違いなく淘汰（とうた）されるだろう。コロナ下だからこその、仮そめの繁盛ができている〝あだ花〟のような物だ。

さて、どうなっていくことやら――お上の愚策は、本当に妙ちくりんな世界を作ってしまった。

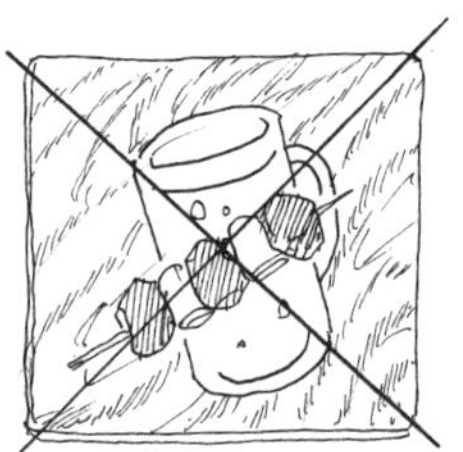

BEER

老舗の矜持

スーパーに、お客さん用の買い出しに行くと、丸ごとの生イカがない。イカ大根を煮ようと思ったのに。「おっかしいな〜、（大根はともかく）スルメは旬のはずなのに」。よく見れば、魚はほとんどが切り身や、刺身パックだ。冷凍やレトルト食品は、やたら充実してるのに、野菜は（午後行くと）ヒョロヒョロのキュウリしか残ってないし、キヌサヤもサニーレタスも売り切れている。そうか……コロナの夏休みで、子供やダンナがグダグダと家にいるから、サッとそのまま出せる、お手軽食材ばかりが売れるんだ。丸イカなんてひと手間かかる食材は、売れないから仕入れない訳だ。

イカがないなら、煮物は牛スネ豆腐とかに変更すりゃいいのだが、それは冬のメニューなので、私のポリシーに反する。それじゃ鶏と冬瓜（とうがん）とか……イヤイヤ、鶏はユーリンチーに使うし。ここでいらない意地が出て、手間と労力と金（交通費）を使ってしまうのが、私の悪いクセだ。タクシーで、上野御徒町駅前の『吉池』に向かった（これだから一生金は貯まらない）。

『吉池』は、パッと見「ユニクロ」や「ＧＵ」などが入る、若者向けのビルだが、１階奥の鮮魚店は、半ばプロ仕様なのだ。近隣の飲食店からも、買い出しに来る。生きたホヤやマテ貝、まず東京には出回らない、ザルに山盛りのシッタカとか、大きな伊勢エビ、ワタリガニなんかも生きたまま、ブクブクと泡を立ててる、発泡スチロールのトロ箱の中で売られている。時々「オゲッ！」となるような、面妖な魚や貝も売られていて面白いが、とても手を出す勇気はない。

当然のように、新鮮なスルメイカが手に入った。しかし私は、決して魚介を扱うのが得意ではない。魚もおろせなくはないが、私がやるとガビガビの切り口になり、身がもったいないので、ものの１分でおろしてくれるプロに任せる。ミョ〜なところが神経質で、イカもワタを抜き輪切りにしてから、１切れずつ裏返し、アニサキスやニベリニアが付いてないか探しまくり、ジャージャーと水洗いする（別に煮ちゃうんだから、付いてても平気なのだが）。ツブ貝なんか半分にぶち切り、貝毒があるという唾液腺を引っ張り出して引っこ抜き、また水で洗い流す（本当は、しごき出す程度でいいんです）。だからうちの魚介料理は、旨味半減だと思っていい。

今この時点でも、お上はまだイミのない「緊急事態宣言」をダラッダラと続けている。

「わざわざ御徒町まで来たのに、ごほうび（生ビール）ナシか〜……」。かと言って、炎天下「アメ横」を歩く気力もない。とっとと帰って1杯やるかとビルを出ると、目の前のガード下に、提灯（ちょうちん）のぶら下がっている店がある。いつもはこの並びの、別の居酒屋に入るので、特に印象はなかった〝並〟の居酒屋だ。2間程の間口が全面開放なので、問題はなかろう。

あのね、私は居酒屋さえ見れば、やみくもに入ると思われてるだろうが（否めないが）、客層、人数、配置、換気――ものすご〜く、リスクを検証してから入ってるんだからね（言い訳にしか聞こえないだろうが）。これでコロナに感染したら、自己責任だとあきらめる。という境地まで追い込んでから入る。どんな場面でも、〝絶対〟はない。数m離れた席のお客が、くしゃみして舞い上げたエアロゾルをたまたま、大あくびして吸い込んじゃう偶然性だってある。それは喫茶店でのランチだって、通勤中のエスカレーターだって起こり得るのだ。

開放された入り口際の席に座った。半分外なので冷房の利きは悪いが、ここが一番安全だ。夏バテで食欲がないので、生ビールと枝豆を頼んだ。1つ離れているとは言え、隣はまた若い男女4人組だ。女の子はマスクもなしで、大声でしゃべりまくる。「〇〇くんはヤリ目で来てっからー絶対付き合わないしー」と、シモの事情までご開帳してくれる。この中に1人でも感染者がいたら、たとえ外であっても、全員アウトなヤツだ。なんでここまで若者たちは、感染リスクに甘いのだろう。これじゃ〜お上の焦りも分かる気がするが、現在の、会見でお達しを出すなんて発信方法では、永遠に彼等の耳には届かないだろう。

　おそらく彼等は、地方から出て来て、1人暮らしをしている子たちだ。情報は、ネットで(都合良いニュースだけ)選り好みして見る程度だろう。あるいは、「友だちが言ってたからー」とか、「皆やってるしー」ってなとこだ。しかし、お父さんお母さん、ジイちゃんバアちゃんと共に暮らしてたら、イヤが応でもTVニュースやワイドショーが目に入る。TVでは、アナウンサーが、コメンテーターが、専門家が、脅す脅す！　1人暮らしのワンルームで、重症化しても病院にも運んでもらえず、ハァハァゲホゲホと、苦しむ若者の姿が流される。それは若者全体の感染者数に比べたら、圧倒的少数例なのだが、やはり映像には力がある。もしかしたら、我が身に降りかかるやも、と不安になる。TVニュースや情報番組には功罪があるが（〝罪〟の方が大きいけど）、こうなる可能性は、ゼロではないのだと、若者たちに軽くジャブをかましておくのは、数少ない〝功〟なのかもしれない。

　それにしても奇妙だ。私は昔から、早めの時間に買い物に出ては、飲み屋が混み出す前の、3時4時から早飲みするのを旨としている（エラそうに言うことか?）。1人で飲む時は、2杯までと決めている（イバってどーする）。なので買い物先の周辺に、いつも何軒かの、早飲みできる店（ファミレスも含め）をキープしている。

　ついこの間までは、明るい時間から飲んでいるのは、ただれたオヤジばっかりだった。若者なんて、カップルが1組か2組、すでにデキ上がったオヤジ客の間で、「ヘイ、おジャマしとります」って感じで、オズオズと飲んでいる程度だった。それが今では、ギャハギャハ笑う若者たちの片隅で、オヤジ客は1人沈黙を守り、2人客はボソボソと語り合い、おのれのペースで飲んでいる。若者ってそんなに飲みたかったのか？ 路上に座り込んで、ベロンベロンになるまで飲むなんて、ハロウィンか、早慶戦の後位なもんだった。つい2、3年前まで、若者の酒離れが、酒類業界で嘆かれていたというのに。

イヤ、おそらく若者たちにとって、若くなくちゃ味わえない楽しいこと、ドキドキすることのすべてが、お上お墨付きの〝禁忌〟として、奪われてしまったことが原因なのだ。

たとえば大学生なら入学した最初の2年間ったら、メチャクチャ大きい。親元を離れて1人暮らしを始め、右も左も分からないキャンパスに放り込まれ、ムリやりサークルに勧誘されて、新歓コンパだ合コンだで酒を覚え、サークル活動に打ち込み、合宿で旅行に行き、その資金稼ぎにバイトを始め、恋愛したり傷付いたり——3、4年生になったら、もう就職のことを考えなきゃならないから、〝青春〟のすべてが、最初の2年間に凝縮されているのだ(私は昔から1人好きだから、カンケーなかったけど)。それをすべて奪ったんだから、お上は罪深い。それも2年間も、ただ時間頼みの、グズグズの生殺し愚策でなんだから、若者の多少のバカは、大目に見よう。世の中が本当に落ち着いて、「そう言やコロナって流行ったよな～」なんて頃には、若者たちは、どこの駅前でもやたらめったら競合している、「T貴」や「W笑」みたいな、大手居酒屋チェーン店に、戻っていくことだろう(だってお安いし)。

神保町で、いきなり雷雨に見舞われた時のことだ。コンビニでビニール傘を買ったものの、まったく役に立たないゲリラ豪雨だ。横断歩道を渡っただけで、ビッチャビチャだ。これは喫茶店でも何でも避難せねば、と見回すと、「アレ? 2階にお客の影がある」。そこは神保町でも、老舗中の老舗ビアレストランだった。あわてて1階の玄関ホールに飛び込んだ。前回の「緊急事態宣言」以来、ずっとシャッターが下りていたのに。ちょっといぶかりながら、吹き抜けのループ状の階段を手すりにすがりながら上がって行く。昔はよく母と、書店や画材店の帰りに寄ったものだ。両親の死後も、1度位は訪れた覚えがあるが、大腿骨骨折後は、この階段がキビシイので、何となく足が遠のいていたかもしれない。だから数年ぶりになる。だだっ広い店内には、数組程のお客が散らばっている。ウェイターの〝おじさま〟がやって来た。恐る恐る「ビール、アリですか?」と尋ねた。ウェイターは力強く「はい」と一言答えた。その「はい」の中には、「ビアレストランを開けるからには、ビール出すに決まってますが、それが何か?」という、確固たる意志と決意が見て取れた。「スバラシイ!!」。老舗、ついにお上にブチ切れた。心の中で拍手をした。

窓際の席に案内された。数組のお客は、ほとんどが1人だ。静かに話している2人客もいるが、皆1人静かに飲んだり、読書をしたり、スマホを見たりしている。若者の姿はまったくない。そうなのよ! これこそがこの2年間求めていた、オトナの店なのよ。実はこの店の料理は、どれも「コメダかっ!?」って位量が多いのだ。しかしその分、けっこうしっかりしたお値段なので、それも若者が気軽に入れない理由なのだろう。私にとっても、この量の多さが、敬遠してきた理由の1つだ。メニューをにらみ、なるべく量が少ないであろう「豆のチリソース煮」にした。そこに1切れガーリックトーストを付けたいところだが、厚さ7、8㎝位のが、3切れは出てくるのは目に見えているので、やめておいた（まぁ、お持ち帰りにすりゃいいのだが）。それだけではあまりにも悪いので、明日のガンちゃんのおやつ用に、「ハンバーグサンド」を1つテイクアウトにしてもらった（マジで『コメダ』以上の重量があった）。

この店で面白いのは、（店主も含め）店員は皆、伝統的に（？）必要以上の愛想がないことなのだ。決して無礼な訳ではない。尋ねれば、キッチリその分だけ答えが返ってくるので、まったく文句はない。しかし今の過剰にマニュアル化された「スマイル0円」に慣れてしまうと、一瞬「アレッ？」と戸惑う。つまりこちらの感覚の方が、狂ってしまっているのだ。

この伝統と反骨を守り抜く老舗が、正々堂々とお上に楯突いてくれたのは、本当に心強い。

「猫でもできるイカの下処理」

胴体に手をつっ込み3、4ヶ所くっついてるとこを指ではずす。

プチ

2本の長い脚がついてるのがオス。

コレ、ち○こです。

そ〜っと引っこ抜きます。

スミ袋に爪を立てると、エライ目にあいます。

スミ袋

ついでに胴体の上側についてる軟骨も引っこ抜きましょう。

裏返して、白い米粒みたいな、こいつが、ニベリニアです。
オレンジ色のは、アニサキスかも。

火を通す場合は、取る必要は、ありません。

ヘッヘッヘッ

ちなみにハルノは、サバやサケも、小骨を引っこ抜くので、

骨切りハモのように、ズタズタになります。

ヒサンなサケ↑

Sさんは2度来る

さて――以前書いた『ほぼ日』のSさん、ついにいらっしゃいましたよ、サンドイッチの取材に。

Sさんは、その前に仕事で妹と会った時に、「お姉さんの得意料理は、サンドイッチなんですってね」と言ったら、「ウッソだ〜！　お姉ちゃんの得意料理は揚げ物だ」と、返されたそうだ。

その通り、私は妹にサンドイッチなんて作ったことはない。しかしいつも、何らかの揚げ物は作っている。鶏の唐揚げ、手羽先揚げ、春巻き、コロッケ、天ぷら――父が揚げ物好きだったことは有名だが、実は私も食欲がない時でも、おかゆや野菜の煮物よりは、揚げ物の方が（もちろん少量だが）食指が動くという、ヘンな体質だ。これは父の呪われた遺伝なのだろうか。中でも鶏皮の唐揚げが好きなのだが、これはテッテ的に脂をこそげ落とし、下ゆでして脂抜きをしないと、パリッとしない。なかなか手間がかかるのだ。家で鶏もも肉２枚分位の鶏皮を取っておき、下処理をして薄～く片栗粉をまぶして揚げても、チリチリのがチョボッとできるだけだ。実入りが悪すぎる。近所にテイクアウトできる、けっこうイケる店を見つけたが、これでも衣がちょっともったりしている。いつか理想の鶏皮唐揚げを山盛り作ってみたいものだ。

サンドイッチに戻ろう。３種類作るとして、ちょっとは見栄えのする物をと、１つは〝焼きサバサンド〟に決定だ。サバまで生から焼いてたらキリがないので、コンビニＳのお惣菜を使う。焼きサバは最近では、スーパーでも弁当チェーン店でも、お手軽に手に入るだろう。サンドイッチ用の食パンは、うちの近所にうってつけのパン屋さんがある。昔ながらの小さなパン屋だ。最近流行りの、バターたっぷり甘めでフワフワの、高級な生食パンとは違う。ショートニングを使わず天然酵母仕立てなので、そっけないけど風味があり、もちろん生食でもイケる正直な味なのだ。面白いことに、この店は食パンは優秀なのだが、クロワッサンやデニッシュ系は、からっきしなのだ。バゲットも風味は良いのだが、皮だけでいいよって位ぶっといいし、中身も〝密〟だ。おそらく昔ながらのパン屋さんなので、必要以上にバターを使うという発想がないのだろう。

パンに塗るのは、チュニジアの調味料ハリッサ＋マヨネーズ。サバの臭み消しも兼ねて、紫玉ネギをたっぷり使うことにした。酸味もほしいので、スライストマト、水分止めにサニーレタスと、（地中海つながりで？）ルッコラも入れよう。この重量だとすぐに水分でだれてくるので、ホットサンドにすることに決めた。

私はよく、肉と野菜をグダグダに形がなくなるまで煮込んだ物（つまり煮詰めたシチューね）をストックしておく。牛スネ肉でも、別に豚バラでもいいのだが、最もホロホロになってくれるのが牛タンなのだ。時々「エイヤッ！」と皮むき牛タンブロックを買って（4千〜6千円くらいする）サッと下ゆでし、深めの鍋につぶしニンニク、ザク切りした玉ネギ、ニンジン、セロリ（野菜クズでもよし）を入れ、塩1つまみ、小麦粉をふり入れザッと炒め、そこに肉と水とワイン（赤でも白でも余ったヤツ）をドボドボと入れ、ローリエの葉っぱ1枚浮かべたら、後はひたすら煮込む。「ハタ！」と気づいたら、トマト（しなびたプチトマトでも）を丸ごと投入。ついでに余っているトマトソースやジュースも、ここで片付け、塩、（お好みで）しょう油、ウスターソースなんかで味を調整し（……ったって煮詰めるんだから、思ったような味にはならないけど、いいんです！）、ジリジリ音がしてきたら、底をこそげるようにかき混ぜながら、中身をつぶしつつ水を足し——を4、5時間やってると、ペースト状の物になってくる。ジャマな野菜やトマトの皮やローリエを取り除き（ムリな位残ってたらザルでこす）、さらにドロドロになるまで煮詰めたら、〝リエット的〟な物ができる。〝放置〟でいいので、煮詰めている間にうたた寝しても、お風呂に入っても大丈夫。気づいてあわててかき混ぜても、たいがいの場合黒コゲになる前に、間に合うはず（……です）。

「そんな面倒臭いこと、わざわざやるヒマねーよ」という方は、シチューの残りを煮詰めるだけでいい。「家族が食べた後のシチューに、肉なんか残ってねーよ」という方は、汁だけキープしておいて、〝追い肉〟を入れればいい。そのシチューの汁が重要なのだ。「汁も残ってねーよ」というお宅は——レトルトのミネストローネやオニオンスープベースで、クズ野菜と肉を煮詰めてもいいと思う。

このリエット的な物を作っておけば、お弁当のサンドイッチやおにぎりの具材としても使えるし、パスタにからめても、パンに載せてトーストにしてもいい。これをグラタン皿に敷いて、マッシュしたポテトを載せ、チーズを散らしてオーブントースターで焼けば、りっぱなお客様料理として通用する。さらに〝味変〟。これに市販のサルサソース（タコシーズニングや、お子様には普通のトマトソースでも）を混ぜてご飯の上に載せ、細切りレタス、角切りトマト、チーズを散らせば、タコライスができる。

これを冷凍した物が残っていたので、2つ目のサンドイッチのメイン具材として、活用することにした。これに合わせるとしたら、パンは絶対バゲットだ。私は、最も平均点が高くて美味しいのは、Dというベーカリーのバゲットだと思っている。この店は、ちょいちょいデパ地下などに入っている。それはパリっ子の友人（と言っても、私より歳上のおばさまだが）とも、意見が一致しているので、ちょっと自信を持って言える。最近では様々な、フランス発のベーカリーの支店があり、それぞれに小麦の種類や精製を工夫していて、皆美味しいのだが、毎日食べるとなると、飽きてしまう気がする。つまりDのバゲットは、毎日食べる、ご飯やおにぎりに適した〝お米〟のような位置づけなのだ。

その友人の家に遊びに行くと、普段はダンナのために、ご飯とお刺身など和食中心の夕食が多いので、ここぞとばかりに「バゲット（彼女はパリジャンが好み）、フォアグラのムース、チーズ」（もちろん赤ワインも）の夕食となる。私が一番それを喜ぶからだ。パリっ子の彼女にとってこの組み合わせは、「ご飯、塩ジャケ、お漬け物」のように、故郷の原点の味なのだろう。日仏どちらの〝原点メニュー〟も簡単だし、1人でもそもそ食べるのは、かなりむなしいが、友人と飲みながら、おしゃべりしながらだと、お互い気を遣わず、気楽で最も楽しいのだ。

彼女は薄切りの、軽くトーストしたDのパリジャンに、エシレの無塩バターをガッサリ2㎜位の厚さに削ったのを載せ、その上にさらにフォアグラのパテを盛るという、背徳的な食べ方を勧める。「へぇ〜……パンには有塩バターの方がいいなぁ」と言うと、パリではバターは絶対無塩なのだと言う。食べてみると、なるほど合う！　この組み合わせで、有塩はナイ！　と分かった。さすがパリっ子だ。パンの風味の生かし方を知っている。彼女はオリーブオイルも使わない（と言うか憎んでいる）。ドレッシングなども「べに花油」を使う（私もコレだ）。私はフランスでは日常的に、料理にオリーブオイルやオリーブの実を使っているものと思い込んでいたので驚いた。「ちょちょ……じゃ〜パリじゃ炒め物なんかは何の油でやるの？」と聞くと、やはり無塩バターなのだそうだ。恐るべしコレステロールパリジャン！　彼女によると、パリより西部へ行くと有塩バターになり、オリーブオイルを使うのは南部だけだそうだ。１つの国の中でも違うんだなぁ。そりゃそうよね。こんなに狭い日本の中でも、関東と関西じゃお出汁がまったく違うんだもんね。

話がそれたが、Ｄベーカリーは池袋のデパートに入っているのは知っているが、ここからは秋葉原の店の方が近い。なんたってバス１本で行けるのだ。行ってみたところ「ナイ！」。店がない。確かここだったはず——というスペースは、お菓子の店に変わっていた。コロナでの撤退もあるだろうが、だいたいオタクの街だ。Ｄのような安定の味を求める客は、いないのだ。ここから池袋まで行くべきか——と、一瞬迷ったが、あきらめて近くのベーカリーのにした。ここの店は、デニッシュ系はけっこうイケるのだが、バゲットは小麦のクセが強く、パリッと感に欠けて重たいが、妥協した。この煮込みリエットには、粒マスタード、それにピクルスの風味と酸味、リエットの味がかなり濃いので、クセ強めのクレソンの組み合わせに決めた。

さて３つ目だが、（サービス精神旺盛なので）また違うパンを使いたい。カンパーニュにしようかな——と思っていたら、Ｓさんが手みやげに、珍しくて美味しいパンをくれた。まぁ〝田舎風〟の黒っぽいパンだが、外はカリッと中はしっとりで、オリーブの実がイヤ〜ッという程たっぷりと入っている。このパンを使ってみることにした（カンパーニュと同じ扱いでいいし)。オリーブの塩気がかなり強いのでバターは無塩に、やはり塩気少なめのカマンベールチーズ。なんとなくカマンベールにはポテトが合う気がしたので、「チン」してスライスしたじゃが芋に、ちょっと塩をして生クリーム（マヨでもＯＫ！）でまとめ、ザワークラウトに、香り付けとしてキャラウェイシード——と、素朴さを狙ってみた——が、結果的にさほどオリーブの塩気は感じられなかったので、全体的に具材はもっと味を濃くするべきだった。ザワークラウトも日本製で、味がマイルドすぎた。もっと酸味が立っていた方がいいだろう——と、ここまで書いてきて、やっと分かった気がする。「私は本当に、パンが好きだったんだ！」。パンについては、いっぱしのコト言ってんじゃん！（料理にキョーミのない人は、すでにウンザリだろうが）だから「得意料理はサンドイッチ」なんて、口走っちゃったんだなぁ……。少なくとも、この私が「おにぎりには『○や姫』がいい」とか、「明太子だったら『○○産コシヒカリ』が合う」——と言うよりは、パンについては根拠のあることを言える。

さて——Sさんは、「では今度は〝揚げ物〟で、お願いします」と言って去って行った。Sさんはあきらめない。再びやって来ることだろう。

◎『ほぼ日』の記事と、合わせてご覧になると、分かりやすいです。
ハルノがいかに乱暴者かが、よく分かります（勝手にタイアップ）。

オイシイ仕事

ある日買い物から帰ると、留守番電話のランプが点滅していた。私は〝イエ電〟が、大のキョーフなのだ。ほんの10年も前までは、『文化手帖』なる物が存在していて、大学教授や著述家などの住所も電話番号も、世間にダダ漏れだった。父が載っていたお陰で、受話器を取ると、いきなり怒鳴り散らす人、意味不明の4次元の話をする人、泣きながら人生相談を始める人――見ず知らずの訳の分からん輩から、昼夜問わずにかかってきたものだ。なのでうちでは、ごく初期から「ナンバーディスプレイ」を導入していた。その頃からのトラウマなのだろう。

ディスプレイの番号を見ると、名前の登録はしていないものの、見覚えのある大手出版社の代表番号のようだ。こりゃ父の著作の、再収録の打診だろうなと、再生してみると、「『週刊○代』の○○です。ハルノ宵子さんのお宅でよろしいでしょうか」と入っていたので、ギクッとして一歩引いた。

『週刊○代』と言えば、『週刊ポ○ト』と双璧を成す〝オジサン雑誌〟ではないか。「またお電話します」とだけで、用件は入っていなかった。このオジサン雑誌とハルノの接点って言ったら、〝悪口〟以外にない。私は事あるごとに、オジサン雑誌の悪口を言ったり書いたりしてきた。年金は何歳からもらうのが得だとか、終の住処は売るなだの、子供に援助しても面倒は見てくれないだの、介護施設の地獄だの——挙げ句の果てには、何で死ぬのが一番ラクか、死後の世界はあるのか——ま～臆病で、なさけないことこの上ない。

オジサンたちが青春だった頃の、往年のスターやアイドルの懐古記事があったと思えば、小説になると、オジサンが次から次へと、若くて美しい女性を誘ってはベッドイン、「ああっ！　こんなの初めて、何てスゴイの！」なんて、「オヤジがそんな勃つ訳ねーだろ！」と、ついついつっ込みを入れながら読んでしまう。このご都合主義、涙ぐましくもイジマシイ、オヤジの夢物語（ああっ！　また悪口を書いてしまった）。でも毎週（この『○代』は10日に1度）わざわざ買って読んでるんだから、もしかして表彰か？（ナイナイ）

とにかくこの〝オジサン2大雑誌〟は、見事にオヤジの本質と生態を具現化していて、心温まる。『文○』や『新○』より、よほど面白いのだ。

再度電話がかかってきた時、恐る恐る出てみた。すると、「最後の晩餐」というテーマで特集を組むのだが、現在活躍中の方々の他に、亡くなっている著名人枠で、父に登場していただきたい――との話なので、ホッとした。そうだよなぁ～父はこの雑誌の読者世代には、ド・ストライクだもんなぁ。あの、ヘルメットかぶってゲバ棒持って、アジってた若者たちが、今やこのビビリなオジサンたちだと思うと感慨深い。

どうやら『開店休業』（幻冬舎）をベースとした依頼らしいので、「だったら父の最後の晩餐は、ホントに『きつねど○兵衛』なんですってば」「イヤ～……さすがにそれでは」。まぁ、そりゃそうよね。「たとえば吉本さんが、最後の頃食べてらした、定番のおかゆとか、あるいは好物とか」。それを撮影して、お話を聞きたいと言う。

父の好物と言ったら、揚げ物しかない。キライな魚でも、アジフライのように、揚げてあれば喜んで食べた。アジの干物なんて、食べたふりをして、ただムシり散らすだけ。骨がダメなのか？ と、メカジキのバターソテーや煮付けを出してみても、食べやすい部分を2、3口食べて、ただバラバラにするだけだった（子供かっ！）。

佃（つくだ）の生まれで、釣った魚なんかが日々の主菜だったのだから、うんざりだったのだろう。カレー粉の登場により、家庭でもカレーライスが作られるようになったり、近所の立ち飲み屋で、レバーフライをおやつに食べたりして、ソースという〝西洋の味〟に目覚めた。だからソースをドバドバにかけた揚げ物は、父の言うところの「思い出と思い込みの味」なのだ。中でも芋好きなので、コロッケは大好物だった。「谷中（やなか）銀座」でも、買い物ついでに、よく買い食いをしていた。亡くなる前年11月の誕生日にも、コロッケ2個を平らげていた。コロッケは（作るの面倒くさいし）、以前にも他で披露したことがあるので、定番の〝おかゆセット〟にしときましょうか、ということになった。それなら毎日作ってたんだから、お安い御用だ。

「おかゆ、梅干し1個、温泉卵、トマト、芋か豆の小鉢」だ。どうせ写真撮るだけだから、レトルトおかゆにしたろかな、と一瞬よぎったが、父が食べていたのは、もっと固めの全がゆだった。水加減を失敗してグジャグジャになった、ご飯のような感じだ。1杯分でいいんだから、1人用の小さな土鍋で炊くことにした。私は両親の死後、電気炊飯器を撤廃してしまった。イヤ、正確にはあるのだが、床下収納の中に眠っている。年に1度、ひな祭りのお寿司を大量に作る時にだけ活躍する。3合程度までは、ご飯も土鍋の方が、よほど早くて美味しいのだ。

1杯分のおかゆ（全がゆ）を土鍋で炊くのは簡単だ。洗ったお米をひと握り土鍋に入れたら、コップ（常識的な大きさのヤツね）1杯の水を入れ、フタは開けっぱで、強めの中火で煮立たせる。フツフツ沸いてきたら、時々ヘラで底のお米をこそげるように混ぜる。10分位やってるとトロみが出てくるので、そしたらフタをして弱火にしたら1、2分。火を止めて（10分以上）放置して蒸らせば、だいたい全がゆ～5分がゆ的な物が、でき上がる（はず）。水の代わりに、鶏ガラスープを入れれば中華がゆに、米をオリーブオイルやバターで炒めてから、西洋ブイヨンを入れて煮詰めれば（フタはナシで）、リゾットになる。

1口食べてみると、「んまいっ！」。やっぱ土鍋がゆは旨いな〜。父には炊飯器で、まとめて5日分位炊いたのを冷凍しておいて、「チン」して出していた。味も風味も食感も、雲泥の差じゃないか。こんなに簡単なのに、悪いことをしてたんだな。でもあの頃は、時間的にも精神的にも余裕がなかったもんな——と、胸が痛んだ。本当は、望む物（コト）を望むだけかなえてあげたい。その気持ちはある。でも家族は、心身共にギリギリなのだ。これが介護の難しさであり、現在のような核家族の時代になってしまった以上、永遠に解決のつかない問題なのだ——と、こんなところでシミジミと、〝気づき〟を与えてくれただけでも、この珍妙な取材を受けた価値はあったということか。ありがとよ、『週刊○代』。

梅干しは、当時と同じ物は手に入らないので、父が好んだ塩分強め、甘さなしのやわらかいしそ梅だ。温泉卵は、当時から市販の物を使っていたが、製造過程で使う水が悪いのか、イヤな臭みがあるので、数分間ぬるま湯に割り入れて、臭み抜きをしてから出していた。写真を撮るだけだから関係ないけど、どうしてもクセでそれをやらないと気がすまない。一応付属のタレをかけておいたが、父はさらにその上から、しょう油と「味○素」をドバドバかけちゃうんだから、イミがなかったけどね。

トマト（小ぶりの）1個は、最初スライスするだけで出していたが、父が皮だけ残しているのを見て、湯むきして出すようにした。これも当時に忠実に、湯むきをしておいた。ちなみに『猫屋台』で、冷やしトマトを出す時には、ドレッシング（余裕があればみじん切りのさらし玉ねぎ）なんか、オシャレにかけたりするのだが、そんなことしたら、絶対に父は食べられない。最も苦手だったのは、ドレッシングなのだ。サラダを食べるなら、せいぜい塩かソースだろう。

父は決して味覚オンチではない。素材の味や風味の良し悪しは分かるのだが、自分の舌で解析分析ができない。複雑で手の込んだ味になるほど、ダメなのだ。だから世がバブルの頃、よく出版社から対談の席やご接待で、高級なフランス料理店などに、ご招待いただいていたが、帰って来ると「何だありゃ！　訳の分かんねぇ、ベッチャベチャしたソースがかかったヘンな料理」と、憤っていた（でも一応全部平らげてきたらしいが）。

小鉢は、里芋の煮物にした。ちょうどガンちゃんご出勤の曜日だったので、少しでも夕食の助けになるように（ガンちゃんは〝主夫〟として、家族の夕食も作っている）、大鍋でスペアリブと共に煮た。だからちょっと洋風っぽい味つけだ。そこから里芋を3個ほど取り出して（父はスペアリブなんて食べなかったし）、〝映える〟ように、インゲン2本を上品に添えてみた（当時はこんな小ジャレたことなんか、しませんでしたよ）。

当日、記者氏とひと通り父の食についての話をし、カメラマン氏と料理の撮影なんかを調整したりして小1時間。さて、この辺で終了――と思ったところで、記者氏、「では」と、おもむろにレンゲを手に取り、おかゆに梅干しと温泉卵を載せた。「オイ！　食うんか～い!!」。一瞬思考が停止した。記者氏は、「うん、確かにやさしい味だ」と、食べ進めている。

良かった〜！　レトルトおかゆにしなくて。それ、かなりレベル高いおかゆだぞ。里芋の小鉢も食べた。頭が白くなっていたのでうっかりしていたが、女将的には、スペアリブも、サービスして差し上げるべきだったかな。記者氏は（苦手だったのか）、なぜかトマトだけには手をつけず、去って行った。

記事は、（私は4分の1程度の扱いだと思っていたが）カラーグラビアの見開きで、料理も実物以上に、美味しそうに撮れていた。

それにしても、他の没した方々を見ると、池波正太郎が天丼、森繁久彌がステーキ、勝新太郎がニラソバ、エビチリ、焼餃子だとぉ？（三島由紀夫の鳥鍋は、まぁ、〝確信犯〟だから仕方ないけど）皆いい物食べてんな。死ぬ前なのに、ホントかぁ？

ハタ！　と気づいた。これら名店に料理を作らせといて、撮影だけで食べずに帰る訳ないよな。記者氏、いい思いしてるじゃないか！　これぞ正しく、オイシイ仕事ってヤツだ。

定番おかゆセット

ちなみに、ひと握りの代わりに、1合のお米にすれば、
茶碗に軽〜く2杯分位の、ご飯が炊けます。

『猫屋台』の矜持

舎弟のガンちゃんは、夕方仕事終わりの1杯タイムになると、「ああ〜……晩メシ、今日の晩メシ」と、苦悩し始める。妻娘のための夕食の献立を悩んでいる訳だ。稼ぎ頭の妻は、都庁でもかなり責任のある激務に就いていて、時には午前様なんてこともあるそうだ。そりゃ〜ガンちゃんが食事係を担うしかない。

ある日珍しく家にいる妻から、「鍋の用意しとくからね」という連絡が入ったので、ガンちゃんはウキウキと、楽しみに家に帰ったら、水を張った土鍋の中に、昆布が1枚浸かっているだけだった——と言うから、かなりのツワモノだ。さすがに同情してしまうが、人には得手不得手もあるし、様々な形態の家庭があるのだ。各家庭の独自の役割分担が、あったっていいじゃない。

ガンちゃんが、「そうだ！　いい蛤（はまぐり）を見つけたんで、冷凍してあるんだ」と言うので、「よっしゃーじゃあパエリアだ！」とテキトーにチャチャを入れる。「そうだな～あとは鶏買って、エビ、パプリカ……よし！　娘っ子にサフラン水に浸けておいてもらお」と、電話をかける。またある日は、「昨日豚汁を1週間分位、作ったんだ。あとは炊き込みご飯かな～」「いいね～！　今時なら、キノコと鶏かねぇ」「そうだな。この間カキでやったしな。鶏とキノコ、あとゴボウも入れたろ」——なんて、もう完全にスーパーで出会った、奥様同士の会話だ。ガンちゃんは、ワタリガニを見つければ、ワタリガニのトマトパスタ。好物の生タラコを見つけると、(痛風なのに) つい買って煮つけてしまい、罪悪感をゴマカスために、なるべく娘に食べさせつつ、自分のツマミにするそうだ。その日に出会った食材を自在に調理できる。これはかなり、デキる主夫と言えよう。

こっちは今や、日々の献立の圧から解放されているので、まったく無責任に、「よし！今日は寒いから鍋でいいじゃん、鍋！」なんて提案をする。「豆腐はどーだ？　湯豆腐、タラちり」。しかし妻は、体調によっては魚を受け付けないのだと言う。「じゃあ鶏か」「そうだな……豆腐と鶏、鶏団子も作るか。白菜、ネギ、春菊、エノキ、あ！　あとカキとマロニーちゃんも入れよ」——って兄さん、それ湯豆腐ちゃいますがな！　もはや寄せ鍋ですって。今日はシンプルに鶏団子鍋にすると言う。鶏団子には、刻んだネギ、大葉をたっぷりと入れるそうだ。「いいですね～！」「それに白菜、春菊」。ふんふん。「エノキ、しいたけ、しめじに豆腐」。う～ん……どうも何から始めても、寄せ鍋寄りになってくなぁ。確かに出汁を吸った豆腐は美味しいのだが、私は豆腐を鍋に入れるのは、湯豆腐とか肉豆腐（ん？　こりゃ煮物かな？）のように、本当にメインが豆腐でない限り、あまりやらない。味が濁るような気がするのだ（まったくもって、好みの問題ですが）。

だいたい、私は寄せ鍋というヤツが、あまり好きではない。居酒屋の、飲み放題付き忘年会、3千円コースのメインとして付き物の、あの寄せ鍋だ。鶏、（業務用）つくね、冷凍のエビ、白身魚、貝、ネギ、白菜、エノキ、水菜、にんじん、ヘタすりゃ豚バラや練り物も入っている。居酒屋からすれば、少量ずつの具材でも見栄えがいいし、準備の手間もかからず、お客が勝手に調理してくれる。たいへんコスパがよろしいのだ。

寄せ鍋が美味しいのは、煮えばなの具材をサッとひと通りすくった、最初の1、2杯だけだ。その後たいがい皆飲んだくれ、おしゃべりに夢中になり、鍋はグッグツに煮詰まっていく（ちゃんとした料亭で、仲居さんが定期的に鍋のお手入れをしてくれるならともかく）。「あ！　ちょっと火細めて！　なんなら止めちゃって」なんて叫ぶ頃には、原形をとどめない程グダグダになった野菜、チリチリに硬くなったタンパク質類、つつき回されてバラバラに溶け込んだ豆腐が、渾然一体となったドス黒い汁が残る。「皆、雑炊やるから、なるべくさらっちゃってー」とか言って、ご飯を入れて卵を溶き入れたら、はっきり言ってゲロだ。酒の匂いも相まって、味もゲロとしか思えない。ここから先は、さらにトラウマになるので、読み飛ばしてもらってもいい（苦情は受け付けませんので）。

知り合いに、名立たる通信社の、けっこうおエライさんのおじさんがいた。その人は、たいへん食い意地が張っていた。何せ子供らと、メロン1切れでマジ喧嘩を繰り広げる位だ。そのおじさんが学生の時、友人3、4人で飲み会をやっていた。学生だから、まだ加減もよく分からず、皆かなり飲んだくれていたそうだ。おじさんは、幼い頃から本当に食い意地が張っていたので、食ったものは絶対に出さない。だから1度もゲロを吐いたことがなかった。なのでその感覚も前兆も、まったく知らなかった。友人たちと騒いでいる内に、全然、無自覚のまま、いきなり何かがこみ上げてきて、生まれて初めて戻した。すべてをグツグツと煮えている鍋の中に。

これは私が人から聞いた、最低最悪の話の中でも3本の指に入る（ちなみにあとの2本も、このおじさんの話だが）。お陰さまで、私はますます寄せ鍋が苦手になった。『猫屋台』でも、冬の（特に大人数の）お客さんの〝お助けメニュー〟として、鍋が活躍する。しかしほとんどが、具材は3種までにとどめている。

父の「ヨシモト鍋」は、シンプルなのに食べ出があって、飽きない。何のことはない、白菜と豚の薄切りを重ねて、花のように鍋に敷き詰めた、今で言う〝ミルフィーユ鍋〟だ。しかし父は、これを60年前に、すでに〝発明〟していた。それを父の友人、詩人で小説家の清岡卓行氏が、「ヨシモト鍋」と称していたという話だ。我家では冬の定番として、度々食卓にのぼった。この鍋には何でか、薬味として〝すりおろし玉ねぎ〟が必須なのだ。酢がキライだった父は、これとしょう油で食べていたが、現在私は、おろし玉ねぎにポン酢と、新潟の唐辛子発酵調味料の〝かんずり〟を添える。これが〝黄金トリオ〟だと思う。鍋が残ったら、翌日味噌を溶き入れ、味噌汁にする。これがまた、いい出汁が出て美味しいのだ。しかしこの鍋は、元はと言えば母が、どこかの料理本で仕入れたレシピらしく、父が得意げに人に披露するたびに、母はオモシロクないようで、家庭争議の元となっていた。

4、5人位までだと、『猫屋台』では、よく鶏鍋をメインにする。たいへんシンプルな、鶏もも、鶏団子、チンゲン菜のみの鍋だ。しかし実は、目に見えない手間をかけている。まずは鶏ガラで、澄んだスープをとっておく。鶏団子は、鶏ひき肉に、ショウガの搾り汁と卵白、塩、少量のしょう油のみで、お湯に落としてフワッと作る。そのほのかにショウガの香りのついた茹で汁をキッチンペーパーでこし、鶏ガラスープと合体させておく。チンゲン菜は、青い葉っぱと白いところを切り分けて、サッと湯がいて冷水にとり、〝色止め〟をしておく。あとは具材を土鍋に並べ（イラスト参照）、食べる直前にスープを注いで、鶏もも肉に火が通ったら食べ頃だ。薬味は、みじん切りのショウガと粗みじんの長ねぎに、多めの天然塩、そこに熱い油（私はべに花油）を注いだ物だ。早い話が、中華の「蒸し鶏ネギソース」にかかっているアレのようなソースだ。それを具材にかけて食べ、飽きたらそこにポン酢を加え、〝味変〟するといい。ちなみにうちのポン酢だが、以前は自分で作っていた。元々私は、メチャクチャ濃い（しょっぱい）出汁しょう油を作り置いている。はっきり言って、海の水位カライ。高血圧即死レベルだが、もうちょい水か出汁で割って（私はそのままで）、ソバのつけ汁や、様々な料理に使えて便利なのだ。ポン酢もこれに、ゆずを搾り入れて作っていたのだが、ある日スーパーで、自分のとほぼ同じ「こんなにカラくていいんか〜い!?」という味のポン酢を見つけてしまった（私の方が、さらに1段しょっぱいが）。市販のポン酢は、甘ったるいのがイヤだったのだが、コレはまったく世間に媚びる気がない。ゆずの香りもキリッと立っている。「じゃ〜コレでいいか」と、採用することにした（エラそうに）。どうやら高知大学が、人材を創出している食品メーカーらしい。面白いじゃないの！ますますトンガッてほしいものだ。

この鍋のシメは、何たってラーメンだ。「稲庭うどん」や「五島うどん」など試行錯誤したが、薬味としてネギ塩ソースを使うので、やはり中華麺が一番合う。中華麺は、そのまま入れるとスープがドロッとするので、サッと下茹でし、水洗いしてから使う。鍋のスープはもちろん具材をさらって、キッチンペーパーで、こしておく。シメの麺には、やはりネギ塩ソースと、ちょいポン酢を加えたりすれば、悶絶級の美味しさなのだ。

——と、ここまで手間をかけている鍋だなんて、誰も気づくまい。この鍋のほかに、だいたい煮物、和え物、揚げ物、漬け物やサラダ、ちょっとしたおつまみ的な物に、酒飲み放題がコースだ。材料費だけで言えば、いつもトントンか、やや下回る程度だが、労力はタダだ。私は（サンドイッチの回でお分かりだろうが）、ムチャクチャザツな人間だ。しかし手際がザツなのと、手順がザツなのとは、まったく違う。手間をかけるということは、手順という労力が、一工程多いということだ。この労力を惜しむか否かで、味の差が出るのだと思っている。一流の料理人は、最高の素材を使い、もちろん最高の技術と労力と手間をかけて作る（その分お値段も一流だけどね）。二流の〝スーパー食材〟を使い、ポンコツな腕と、いらん手間ヒマをかけて作っている『猫屋台』は、中途半端でムダな存在でしかないだろう。

しかしそれでもお客さんに、「〇〇の店で同じ物を食べたんだけど、全然こっちの方が美味しいんだよね」とか、「聞いた通りに作ってみたんだけど、何でか同じ味にはならないのよね～」な～んて言われると、「ヘヘッ……たぶんその差はね」――と、ちょっとニヤリとしてしまうのだ。

「ヨシモト鍋」
にんじんの短冊切りを
入れると、
栄養バランスも良いです。
チンゲン菜の 大きなのは、
カットして
酒・塩ひとつまみ
水のみ
「鶏鍋」
（オレ流）
周囲にチンゲン菜
鶏団子
まん中に、
鶏ももブツ切り
できるだけ
良い油で。
太白ごま油もOK！
（おまけ）
所要時間5分の
「ひとり鍋」
スーパー・
コンビニの
カットキャベツ
薬味を
温めたい
だけなので、
別に、
ジュ～とか
言わせなくて
いいです。
5cm位
天然塩
大さじ1杯強
みじん切りの
ネギとしょうが
「ネギ塩ソース」
カットキャベツを
鍋に入れ、
上に豚ロースを
敷きつめる。
豚ロース薄切り
150g位
酒・塩ひとつまみ
少量の水・フタをして煮立ったら、完成！
あとは、ポン酢など、お好みで：

マッズイよ〜!!

以前にも書いた、行きつけのスーパーの2階にある、2軒のファミレスの内、中華系の方が閉店してしまった。これは大ダメージだ。計り知れないロスだ。

とにかく周囲には、その2軒以外、早飲みどころか休憩できる店はまったく存在しないのだ。都心でありながら、地方都市の国道沿いに、ポツンと建っているショッピングセンターの2階に、2軒のファミレスがあるのと、何ら条件は変わらない。その2択が、1択になってしまった。

「緊急事態宣言」明けと同時に、閉店の知らせが出ていたのでビックリし、なじみのベテラン店員さんに「何!? やっと明けたと思ったら、閉店なのぉ?・」と聞くと、「そうなんですよ〜寂しいんですけど、会社の上の方の方針でね」と言う。そうなのだ。決してこの店舗の業績が悪かった訳ではない。ここの上層階は、巨大なマンションになっているので、毎日決まってお昼を食べに来る住人や、家族連れやグループで、火鍋などを楽しむお客も多かった。料理はまぁ、ファミレスの域なので、特別美味しいという訳ではないが、気に入ったおつまみ2種と生ビールとで（しかも生ビールはイケる!・)、千円以下だ。買い物ついでの〝千ベロ〟には十分だった。もう1軒の洋食系ファミレスと、8：2の割合で、こちらの方を多用していた。

私は密かに、ここのベテラン店員さんを尊敬していた。60代後半だろうか、ちょっと小料理屋の女将風のおばさまなのだが（本当にそうだったのかもしれない)、距離感やサービスが絶妙なのだ。暑い時期など、私が大荷物を担いでゼーハーと席に着くや、ドン！と生ビールのジョッキをテーブルに置く。「アラ！早いのね」と驚くと、「暑いですものね〜」と、ニヤリとする。それなのに、決して馴れなれしくはない。彼女の方から世間話や、詮索をしてくることはない。私もよけいな会話はしないタチなので、「お待たせしました」「ありがとうございま〜す」位しか、しゃべらないのだが、他のお客さんへの接客に聞き耳を立てていると、実に適切なのだ。「お子様用に小さいスプーンをお持ちしましょうか?・」「たった今、ランチタイム終わってしまったんですが、ちょっと厨房に聞いてまいりますね」など、常にテキパキと、心地の良い距離感と配慮が窺える。

内心うなっていた。この人なら、ちょっと訓練さえすれば、一流レストランやホテルでも勤まるだろうな——ホテルのコンシェルジュの制服なんか似合いそうだ。常連ファンも多いらしく、おじさん客2人組に、「これからどうするの?」と尋ねられている。「同じ店の、四谷店にまいります。この歳ですからね、新しいコトなんて覚えられませんし」。そうか〜四谷店かぁ……そう遠くはないが、魅力的な飲み屋が多々ある四谷まで行って、中華系ファミレスの選択はナイよな〜。でもついでがあって、もしもタイミングが合えば、あのおばさまの顔を見るために、立ち寄っちゃうかもしれないな（接客って、その位店を左右するもんなんだからね）。

中華系ファミレスは、あっと言う間に解体工事が進み、厨房まで完全に取り壊されてしまったので、もう飲食店にするつもりはないのだろう。本社はここを売っ払って、事務所だのクリニックだのができるのがオチだ。

さてたいへんなのは、残る1択となってしまった洋食系ファミレスだ。ママ友会も、オヤジ飲みも、テレワークや受験勉強の学生も、すべてこの店に集中する。以前は平日なんて、8割方空席だったのに、今は毎日ほぼ満席だ。席の片付けも追いついていない。こちらにも、けっこう長い店員さんがいるのだが、帰りぎわにレジで、「一極集中になっちゃったからたいへんね」と言うと、「はい……そうなんですよ」と、かなり疲弊したご様子だ。

それにしても、洋食系ファミレスはマズイ。ほとんどすべてが、工場でカッチリ調理済みのレトルトや冷凍で、人間の手で調理の差が出る余地が、ほぼないからだ。だから工場の金属臭が残るマズさだけが際立つ。

しかし中華だと、良くも悪くもまだ柔軟性があるのだ。たとえ同じく、ファミレスのショボい食材であっても、炒め物の火加減や、わずかな塩加減、ソースの量、薬味の刻み方などで、けっこう大きく味の差が出てくる。「今日のヤツ（厨房）揚げ物ヘッタクソだな〜全然油切れてないじゃん」とか、「ここまで黒コゲに揚げるか!? 口の中切れたぞ」「あ！ 作り置きのネギ切れたな。あわてて刻んだからガチャガチャだ」なんて（あ、全部悪いトコだが……）、ちょっと人間が作ってる感があるのだ。

もう10年以上昔だが、ここには「上海風黒酢酢豚」なんて物があった。拍子木切りにした長芋と豚肉だけという、ファミレスとしては、かなり振り切った内容だ。うちの母は、極少食の超偏食だが、中華では酢豚だけがまだ食べられた。コレを買って帰ると、美味しいと言うので、じゃあコイツをもっと良い食材で作ってやろうじゃないのと、うちで再現してみたら、母は「ファミレスの方が美味しいわね」と、のたまったのだ。「ぐぬぬ〜……負けた！」

その位一丁前な料理を出していたのに、素材はどんどんショボくなっていった。「手羽先唐揚げ」なんて、初めて食べた頃は、けっこう丸々として「イケる！」と思った。これで250円だなんて（どこ産の鶏だかは知らんが）、お得じゃないの。しかし段々と鶏が痩せてショボくなってきた——と思っていたら、ある日突然メニューから消えた。「なくなっちゃったのぉ?」と、ベテラン店員さんに訴えたが、「そうなんですよね〜けっこう人気だったんですけどね」とのことだった。大手チェーン店なんて、こんなもんだ。本当に美味しいメニューだろうが、人気店であろうが関係ない。こんな時代だし、すべてはお客様のためではなく、コスト削減のためなのだ。

ちなみに、けっこう本格的で安価ということで有名な、イタリアン系ファミレスSだが、なるほどね——お客さんに〝贅沢感〟を与えられるポイントが、すごくうまいのだ。そのポイントさえ押さえておけば、後は冷凍物を使おうが、工場で大量生産しようが一定レベル以上の味を提供できる。まったくもって余談だけど、あそこで生ビール頼んで、ジョッキを油断して持ち上げると、ビックリしません？　私、毎度忘れて「うわぁっ！」と叫んで、こぼしそうになります（ご存じない方は、お試しを）。

——と、私ゃファミレス評論家か？　ってなことばかり書いているが、ヘビーユーザーなんだから、色々と考えてしまう訳だ。そして私は、美味しい物より、マズイ物を食べる方が〝萌える〟のだ（ヘンタイか!?）。と言うか、美味しい料理が作られるのは、〝あたり前〟だからだ。良い食材で手間を惜しまず、修練を積み磨かれた技術をもって、心を込めて作れば、誰だってあたり前に作れるのだ（ただし最低10年は、かかりますが）。

そんな料理は、人生で5本の指で数えられる位しか食べたことはないが、「うん、美味しい！」「おそらくアレでダシを取って、コレにこんなコトして作ってるんだろうな〜スゴイ労力だな〜ご苦労さまです」と、同じ感慨に帰結してしまうのだ。ちなみに私はこういう場で、大将だのシェフだのに、「コレ何で出来てるんですか？」程度は聞いても、根掘り葉掘り、素材や作り方を質問することはない。聞いたところで、絶対にマネできやしないし、それは私の役割とは無縁だからだ。だからよくTV番組で、グルメタレントなどが、「○○産のマトンですね。牧草の風味がする！」なーんてのを聞いていると、「お前、何者になりたいんだよ！」と、つい突っ込んでしまう。

世の飲食店のマズさの、たいがいの原因は、食材をケチっているからだ。そりゃ私なんぞは、〝道楽〟でやっている経営のシロウトだから、好き勝手言える。しかしスタッフを雇い、家賃や光熱費などの固定費が出て行くとなれば、コストをケチるのは食材しかなかろう。要は、ケチりポイントの差なのだ。火を通すとパッサパサになる、輸入肉や冷凍魚は置いといても、ここはチューブじゃなくて、刻んだニンニクを使えば――とか、付け合わせだけは、マーガリンじゃなくて、バターでソテーすれば。ここは乾燥じゃなくて、生のパセリを振るだけで――のように、ケチりポイントをちょっとずらすだけで、格段に味の差って出るのだ。惜しい店がほとんどだ。それだけで、1日2、3人のお客さんや、リピーターが増えてくれれば、その1つの食材の差額なんて、すぐに取り戻せる。イヤ、たとえトントンや、月に数千円の持ち出しだったとしても、頑張って維持していれば、その1滴の波紋のような心遣いは、いつか大きな評判となって返ってくるはずだ。これは、あらゆる仕事に通じるものだと信じている。

このように、美味しい料理は心穏やかでいられるが、マズイ料理は、脳を活性化させる。

中でも〝鬼才〟の料理に出会うと、心打ち震える。「生きてて良かった!」と思う(やはりヘンタイだ)。

上野の森に近い、イタリアンレストランでの話だ。場所柄カップルや、観光客も多い。最近の〝なんちゃってイタリアン〟は、普通に「アヒージョ」というスペイン料理をメニューに載せる。これは、魚介やキノコなんかを、みじん切りしたアンチョビ、ニンニク入りのオリーブオイルで、グツグツ煮た物だ(揚げちゃダメだよ)。これとバゲットさえあれば、ビールに最適なので、別にどこの料理でもけっこうだ(私は、マッシュルームのみが好きだが)。メニューを見ると、「ん!?」「タラコと温泉卵のアヒージョ」とある。う〜ん……タラコ、温泉卵、どちらも(まぁ生の)卵だ。それをオイルで煮たら――ちょっとでも料理をやったことのある人なら(イヤ、やらなくても)、想像がつくだろう。まず間違いなく、ああいう状態(イラスト参照)になるはずだ。イヤ、でもこんな大型店がメニューに載せるからには、何か特別な工夫があるに違いない。どんな工夫か、見て参考にしよ! と、それを注文した。

十数分後、出てきたのは、想像と寸分違(たが)わぬアレだった。ヨロコビに打ち震えた。「オイ! 天才かっ!?」。なぜコレをやろうと思った! そしてどうして、誰も止めなかったんだ!!

「アヒージョ」の作り方
オリーブオイルは、できれば、そこそこ良い物を。
アンチョビ
フィレ
2.3枚
粗みじん
ニンニク1片
みじん切り
タカの爪
ローズマリーを入れる人も。
お好みの具材を入れ、極弱火で、少しずつ温度を上げ、
器に1/4ほど
フツフツと泡が立ったらOK!
ご家庭では、チューブやビン詰めでも。
鉄製スキレットが無ければ
陶製ポット
1人用土鍋などで。
具材にはあまり向かないかも…
二枚貝
イカ
ダシは出るんだけど、
鶏ムネ肉
つまり、火が通りすぎると固くなる物たち
マッシュルーム
ブロッコリー
プチトマト
つぶ貝
エビ
など、
バゲットは必須ですね～!!
「タラコと温泉卵のアヒージョ」
バラッバラのタラコ
ガッチガチの揚げタマゴ
どこに温泉卵にしたイミあるんじゃ～!!
スプーンも刃が立たない固揚げ
味のしない粒々入りの油漬けとなったバゲット
「器がたいへんお熱くなっている」ので、押さえられません。

鯛の兜焼き

普段の食事はもちろんのこと、お客さんの時も、肉に比べたら魚を扱うことの方が少ない。お客さん向けの魚料理としては、カルパッチョとか、アジやサンマの竜田揚げ、またはフライパンでできるソテーや、イワシのパン粉焼きなど、つまりは切り身ばかりだ。丸ごとの魚の塩焼きや煮つけなどは、まずやらない。

理由の1つは、父が魚嫌いだったことだ。魚の形があったら、まず食べない。1度だけアジの塩焼きを出したことがあったが、例によって味○素としょう油を大量にぶっかけ、グチャグチャに崩しただけだった（せめて手をつけずに残してくれれば、猫にやれたのに）。なので食卓で魚を扱う機会は、ほとんどなかった。

もう1つの理由は、世の主婦（夫）の方々と同じく、〝汚れる〟からだ。網焼きにしろグリルにしろトースターにしろ、結局調理器具の掃除にかかる時間や手間の方が、期待した味を上回る。時々脂の乗ったピカピカのサンマなんかを見かけると、「塩焼きで食べたいな〜」と思うが、半分に切ってフライパンで焼くのは味気ないし、自分1人のために、グリルや焼き網で焼いたサンマの味と、後始末のめんど臭さとを天秤にかけたら、間違いなく断念する。

魚はやっぱり炭火焼きが理想だ。七輪を買って、玄関先で焼いてみたら——とも考えたが、都会では煙が近所迷惑だし、ワラワラと集まってきた猫どもとカラスに取り囲まれ、ガン見されるかと思うとゲンナリする（結局はヤツらの腹に入るハメになる）。

塩焼きの魚なら、ブリやマグロのカマ焼きが好きだ。鶏の手羽先や骨付きもも焼きも然りで、何たって骨周りの肉というのは美味しいものだ。居酒屋などで、置いている所も多いが、ちょっと1人では、食べ尽くせる自信がない。

中でも鯛（たい）の兜焼（かぶとや）きは大好物だ。巨大なマグロやブリの頭だと、宴会かイベント用で、料理店で扱えるのは、サイズ的にカマ焼きがせいぜいだ。それにマグロって火を通すと、な〜んか個性がなくなると思いませんか？　マグロ味だというのは分かるんだけど、イマイチ面白みがない。私に〝マグロ愛〟がないことも大きいと思うが、寿司や刺身でも、期待するほどの味わいを感じられない。大トロ寿司を食べて、「う〜ん！　脂が甘い！」なんて言ってるタレントを見ると、「んな訳ねーだろ！　マグロが甘いなら味覚検査行けよ」と思ってしまう。マグロなら、ちゃんと煮ツメを塗った〝仕事してある〟寿司とかヅケ、本当を言うと、良い中トロを使った「ねぎま鍋」が、一番美味しい食べ方だと思っている。『猫屋台』でも、かつて1人客に1度だけ、小鍋で出したことがあるが、コスパが悪すぎる（材料費だけで3千円はかかる）ので、2度とやる気はナイ。ねぎま鍋は、江戸時代に赤身の寿司が好まれ、廃棄されていたトロ部分を有効利用したのだと、言われているが、そんな時代ならではの、現代ではムリ筋な料理だと思う（お1人様1万5千円コースでなら、お受けしますよ〜）。

ブリカマは、ちゃんとブリ風味があるし、パリパリに焼けた皮も美味しいので好きなのだが、何でか脂の部分に、カビ臭がすることがある（養殖だからなのか、輸送や保存の問題なのか？）。けっこう当たりハズレが多い気がする。

その点、鯛は1ｍや2ｍのがいる訳じゃなし、頭丸ごとの〝兜焼き〟として（たいがい半割りだけど）供される。だからカマ焼きより、さらにマニアックな部位が楽しめる。目の後ろの、三日月形の薄い骨に囲まれた身なんか、ツルンとはずれて最高だ。実を言うと（っつーか、もはや周知か？）、私は〝解体マニア〟だ。魚をさばくのは、包丁がヘタクソだし（それは野菜もだが）雑なので、魚屋さんにやってもらうが、魚介の構造はよく分かっている。これはひとえに、長年にわたってカツオの生利節を手さばきしてきたことが大きい。うちでは猫のために、40年近く生利節をトロ箱で仕入れてきた。生利節というのは、カツオを3枚おろしにして、背側と腹側をボイルし、軽く燻（いぶ）した物だ（燻さないのもアリ）。これを現在では、知らない人が多いのに驚いた。次の配達までに、ちょっと足りなくなり、スーパーに買いに行ったら、鮮魚部の若い店員さんに、「ナマリって何ですか?」と言われて、のけぞった。

「猫のために生利節なんて!」と憤るなかれ。昔私が、近所の八百屋兼食料品店で、ちょいちょいナマリを買っていたら、「そんなら箱の方が割安だから、仕入れてあげようか?」ということになったのが始まりだ。その店が廃業となると、「アワワ」と思っている内に、また次の八百屋に(半ば強制的に)引き継いでくれちゃうのだ(現在で3代目だ)。八百屋としては、大口の定期収入になる訳で、たぶんこれは、〝八百屋互助システム〟に巻き込まれたのだろう。

まぁ、猫がいる限り食料は必要な訳だし、この量を猫缶に換算したら、はるかに割安なのだ(もちろん猫缶も買っているが)。

スーパーで売っているのは、ピッチリ真空パックになっている〝ニセモノ〟のナマリだ。中には、切り身を生のまま真空パックにしてからボイルしたな、と思われる物もある(こいつはメッチャ生臭い)。

うちのナマリはワイルドで、〝骨抜き〟をしていない。硬いエラやヒレの先や、ウロコや皮や、背骨の上部まで付いてくる。それをどっち側に折ればはずれるかとか、腹側の薄い骨や小骨の束、皮をむく方向なんかを何十年もやっていると、おのずと大型魚の構造が分かってくる。シャレた小料理屋なんかで、大将が「コレ知ってる?〝鯛の鯛〟っていうんだよ」なーんて、小骨（イラスト参照）をお守りに持ち帰らせてくれるが、「知ってるよ！　それ、カツオにもあるよ（ただし〝目〟の穴は開いてない）」と、思いつつ、「へェ〜スゴ〜イ！　ありがとうございます！」なんて持ち帰るが、珍しくもないので、数日ながめて捨ててしまう。しかし、大きくてキレイな〝鯛の鯛〟は、それだけりっぱな鯛を仕入れた店の証（あかし）なのだから、確かに縁起物かもしれない。

80年代後半だろうか。まだ世の中がバブリーだった時代だ。何でこの面子（メンツ）だったのか？　1人はシングルマザーのフリーカメラマン、1人は病弱な警備員、1人は売れない漫画家（どう？　ムッチャ貧乏そうな取り合わせでしょ）の3人で、銀座を歩いていた。おそらく浜松町でコミックマーケットがあって、そこに出展した帰りだったのだと思う。『銀座ライオン』にでも行って、打ち上げしようや、ということだったのだろう。4丁目から1本裏道を歩いていた。ふと小さな石畳の小路を見ると、小料理屋の前に置いてある七輪で、大きな鯛の頭（半身）を焼いていた。20㎝以上ある見事な頭だ。「スゴイね〜！」「こんなの見たことないね！」「ウマそうだな〜」と、3人で七輪を囲んで感心していた。銀座の裏小路ってとこは、たとえ間口1間程度の小さな店でも、うかつに入ったら、エッライ目にあう（寿司屋だとさらにエッレ〜！目にあうからね）。そこへガラリと引き戸が開いて、店の大将が出てきた。私たちが感心して、口々に鯛の頭をほめたたえると、「食べるかい」と、大将。「ええっ！　いいんですか？」「スミマセン、泥棒猫みたいで」と、ありがたく店内へ。「ここはアンタたちみたいなナニが、入れる店じゃないんだけどね」と、小声でボヤく大将。ここでハルノキレる――と、思ったでしょう？　でも違うのだ。ここは大将が正当なのだ（ボヤキはよけいだったが）。予約も紹介もなく、常連でもない、通りすがりの小汚い輩を招き入れるのは、たいへんなリスクだ。飲んだくれて騒ぎ、他の常連客に不愉快な思いをさせる危険性もある。これは大将のカンと英断だったと思う（たぶん鯛のホメ方が良かったのだろう）。何よりも常連さんを大切にしたい、守りたい。これは京都の「一見（いちげん）さんお断り」にも通じる。（イヤらしいっちゃイヤらしいが）これが銀座の本当の格式であり、オソロシサなのだ。

我々ノラ猫組は、入り口近くの小さなテーブル席に通された。もう1つのテーブル席と、カウンターのみの小さな店だ。カウンターには2組のカップルがいた（ちなみにこういう店では、カウンター席の方が格が高い）。どちらも身なりのいい、30歳くらいのカップルだ。金や黒のカードで支払ってく、どこぞの企業の坊っちゃん嬢ちゃんだろう。

鯛の兜焼きは、雑味がなく、風味も肉質もしっかりしていて、3人で食べても十分な量があった。本当に猫もまたぐ位までしゃぶり尽くし、生ビールを1杯ずつ飲んで、確か1人2千円しなかったと思うので、銀座としては、良心的なお値段だと思う（もちろんその後『銀座ライオン』で飲み直したけどね）。後にも先にも、あれほどの鯛の兜焼きに出会うことはないだろう。

私はよく、母の〝お供〟として引っ張り出された。私の〆切などおかまいナシに、母の都合で買い物だの会合だのに、連れ出されるのだ。母は食べない分、(私と正反対で)〝着道楽〟というヤツだった。それも必ずしもブランド物ではなく、有名無名のアパレルや、オーダーメイド、時に若者向けファストファッションなど、自由に組み合わせ、自分なりのスタイルを追求していた(髪もブルーの部分染めなんかして)。とにかくオシャレで見栄えがいい。見栄えのいい婆さんというのは、飲食店で優遇される。私では分不相応な店でも入れるので、ホイホイとお供に付いて行った。

90年代末だったか、母の俳句同人の集まりが銀座であり、お供することになった。「アレ? ええ〜っ!? もしやこの店は……」。それは10年前の鯛の兜焼きの店だった。大将に、「どうぞ、お2階の方へ」と、ていねいに通された。今日はノラ猫扱いではない。何たってカシミヤのコート着てたもんね(もちろん母の借り物だが)。

2階は30畳程の、広いお座敷となっていた。料理はフグのフルコースだ。「へぇ〜スゴイなぁ! こんな宴会できちゃうなんて」。20名程の俳句仲間を中心とする集まりだったが、中には俳句界の重鎮が何人もいる。店も引き受けるのだろう(もしかすると、メンバーの誰かが、常連さんだったのかもしれない)。

「う〜ん……これでいいのか?」、たぶんアリなのだろう(父は最も嫌って、わざと露悪的に振る舞ったりしてたが)。決してこれは〝差別〟ではない。こうしなければ廃れてしまう〝格〟とか、その枠の中だけで守られる〝居心地〟が存在するのは確かなのだ。それほど危うい、しかし人間がいる限り、絶えることのないアイデンティティなのだろう。

私はと言えば、この時たまたま隣り合わせた、現在でも超売れっ子の脚本家Kさんと、フグのヒレ酒をクイクイと酌み交わし、「結局本当に縛られてるのは、オトコじゃないのよ。猫なのよね〜」と、意気投合し、飲んだくれたのは、いい思い出だ。

「鯛の鯛」こんな形
個体差はありますが、
←「カツオのカツオ」こんなヤツ
エラの後ろ、胸びれのつけ根にある可動部分の骨です。
むしろ上下ひっくり返した方が
より鯛っぽく見える場合も。
「ねぎま鍋」
死んだ気になって、2千円超の中トロを使いましょう。
赤身はダメ！ボソボソになって、ノドに詰まります。
かつお出汁に、酒、薄口しょう油
シメは、ぜひソバで。
ネギの他に入れるとしたら、せいぜいセリ、ワカメも相性良いです。
ぞぞぞ…
「ラク安鯛そうめん鍋」
スーパーで、鯛のアラを見つけたら。（安い！）
昆布
「ねぎま」と同じ出汁で鍋にして、
←（できれば、ちょっと炙ってから）
そこに軽くゆでて洗ったそうめんを入れ、
お好みの薬味で食べると、激ウマです！

バランスだよね

ガンちゃんのおやつ用に、何も用意していなかったので、買い物ついでにDコーヒーで、サンドイッチを2種類買ってきて、と頼んだら、「あそこの大豆ミートのハンバーガー、買ってみていい？」と、ガンちゃんが言う。ああ、それは私もちょっと興味があった。大豆ミートとは、どれほど〝ミート〟たりうるのか。

最近環境問題云々で、推奨されている――っつーか、意識高い系の人々の間で注目されている、代替肉ってヤツをまだ食べたことが、なかったからだ。

そのハンバーガー1個を半分コにして食べてみた。「う～ん……コレはアレだな」「うん、アレだね」と、同世代なので言わずとも通じる。それは「マル〇ンハンバーグ」だ。60年代に発売された（そして今もなお売られている）ごく初期からある、インスタントハンバーグ。風味だけではもはや何の肉だか分からない程、つなぎたっぷり、香辛料ぶち込みまくりの懐かしい味――をさらに豆臭くしたような味だ。「まぁ、1度でいいかな」という結論で一致した。

「ヘルシーだし～環境にも優しいし～」ってとこか。よくTVでレポーターが、「ん～！お肉！　まったくお肉ですね。しかも罪悪感なく食べられるのが嬉しいですね」なーんて言ってるが、まさかコレ、豆腐屋みたいに、家内制手工業のジイさんバアさんが、早朝から豆を蒸して潰して、手コネして作ってるとでも思ってんじゃあるまいな？

コレを製造する工場を稼働させるために、どれだけの電力、水、そして肉らしい食感を出すための増粘剤、豆味（しかも遺伝子組換え大豆かもしれない）をごまかすための香辛料、着色料、合成保存料が使用され、汚染水が排出されていることか。どこがヘルシーで環境に優しいんぢゃ！　少しは頭使えよ。

プラスチックゴミ問題も、また然りだ。ちょっと頭がお花畑な環境大臣が、打ち出したレジ袋削減だって、代わりに布のエコバッグを使ったところで（自分で古布を手縫いするならともかく）、またしても膨大な電力、汚染水、安定した供給を得るために、綿花にぶちまけられる大量の農薬による環境破壊。そしてもしかしたら、その綿花採集のための安い労働力として、ウイグル自治区や南インドの子供たちが、学校にも行けずに、働かされているかもしれないのだ。何がＳＤＧｓぢゃ！

確かに海ガメやクジラの胃から、レジ袋やプラゴミが出てくる映像は、インパクトがあるし胸が痛む。「バカな人間のためにゴメンよ」と思う。しかし悪いのはプラスチック製品ではない。バカな捨て方をやめない人間の責任なのだ。

ペットボトル製品を減らすために、ガラス瓶で、しょう油などの調味料を量り売りする、エコ意識高いオシャレショップができ、それがサステナブルなエコとして（主として若い女性に）受けているようだが、あのねそれ、昔は皆そうだったのよ。酒も味噌もしょう油も量り売りだった。でもそれって、体力的、時間的に、家事労働を一手に担っていた主婦たちの負担が大きかったので、「ご用聞き」という、初期の〝宅配〟制度ができた訳だ。「ご用聞き」の人も、1升瓶の酒やしょう油や瓶ビールから、ペットボトルや缶になって、どれほど楽になったことか。私はちょうど、その転換期を見てきたのだ。だから今のガラスボトル回帰なんか見ても、金とヒマと体力のある、趣味人の道楽としか思えない。

私が小学生の頃は、予防注射だってそうだった。1本のガラスの注射器に入れた、数人分のワクチンを（針も替えずに）プスプスと、行列した子供たちの腕に刺していく（どや！サステナブルやろ〜？）。お陰で今でもB型肝炎に苦しむ人たちがいる。どう？　コロナワクチンを、前に並ぶ見知らぬオヤジと同じ針で打たれたら。

病院なんて、注射器もチューブも点滴パックも、ナースのエプロンもビニールカーテンも、すべて使い捨てだ。ペットボトル飲料やストローは、寝たきりの人に必須だし、食器もプラスチックだ。割れたら危険なので、ガラスや陶器などは、持ち込めない病院も多い。非エコの殿堂だ。しかしそのお陰で、人々は多くの感染症から、守られている。

つまり人間というヤツは、環境のために良かれと考えて動く、その一挙手一投足で、より一層よけいなエネルギーを消費し、環境を破壊してしまうという、迷惑な存在なのだ。本当に地球を守ろうと思うなら簡単だ。人類（だけ）が絶滅すればいい。

話がそれたような（そうでないような？）。肉の話に戻ろう。牛肉が悪者にされる一因は、牛のゲップに含まれるメタンが、地球温暖化の原因になるからだそうだが、それホントかねぇ——と、思っている。太古の昔から偶蹄目は、地球上のあらゆる地域で、ゲップをし続けてきたはずだ。むしろ人間じゃないのか？　中国で子供がイタズラで、花火を下水口に投げ入れたら、爆発してマンホールが吹っ飛んだ。なんて映像をよく見る。大国、どんだけメタンたれ流してんだ。大都市圏に、一極集中してしまった人間の、う○こや屁が下水道で〝熟成〟されたメタンの方が牛のゲップよりはるかに罪深いと思うのだが。

もしも牛肉に問題があるとしたら、飼育から加工までを（それは豚や鶏も同じだが）〝食肉工場〟にしてしまったことにあると思う。

動物の肉を食用とすることが、〝狩る〟から〝育てる〟に移行し、殺し、解体して肉にすることを大切に育てた飼い主や共同体、あるいはその作業のプロフェッショナルが担っていた頃までは、食肉は正常だった。どこかに、命を奪って食するという、感謝と罪悪感が存在したからだ。それが狂ってきたのは、欧米の——イヤ、はっきり言って大量の牛肉を消費する北米の〝食肉工場〟方式が、スタンダードになった時からだ。牛は抗生物質やホルモン剤の薬漬けとなり、肥育に良いからと、共食いとも言える、脳疾患に感染した牛の肉骨粉のエサを食べさせられ、BSE（狂牛病）が流行ったのは、記憶に新しい。「ンモ～」とか鳴きながら、工場の入り口に入って行った牛たちが、30分後には半割りの肉塊となって、コンベアにぶら下がって出てくるんだから、感謝も罪悪感もあったもんじゃない。イヤ、もしかすると米国の工場で働く作業員だって、少しずつ積もっていく罪悪感に心を病んで、酒やドラッグに逃げたりしているのかもしれない。

それでもやっぱり、早い安い旨いの「吉〇家」の牛丼が食べたいって？　いいと思います。私だってMドナルドのハンバーガーをよく食べるもん（もっとも現在では、オーストラリア産、ニュージーランド産の肉を主に使用しているようだが）。肉を食べたいなら、国内産の健全に育てられた肉だけを選んで食べるべきだ――なんて言う気は、さらさらない（だいたいお高いしね）。ただ頭の片すみに、今自分は、狂ったシステムに加担してるんだよな――という自覚は、あっていいと思う。

食肉工場も狂ってるなら、代替肉も狂っているのだ。そうまでして、〝肉味〟を欲するのなら、添加物てんこ盛りのニセモノ肉じゃなく、少量でも素直に肉食いましょうよ。もしも主義や宗教上のモンダイで、食べられないと言うのなら、豆でいいじゃん！

日本の大豆加工食品のバリエーションは、世界一だ。青いのを茹でれば枝豆だし、干したり粉にしたり（きな粉）、豆腐、凍らせて高野豆腐、豆乳は副産物だし、湯葉、それも生だけじゃなく、干したり揚げたり、納豆、塩と麹（こうじ）を加えて発酵させれば、味噌やしょう油――調理方法は無限だ。それにお麩（ふ）が加われば（あ、グルテンフリーの人はダメか）、何の問題もなく、和食のコースが作れる。

子供の頃――と言うか大学生まで、和食という物に、まったく興味がなかった。母の料理嫌いのお陰で、家の和食（？）があまりに貧相だったからだ。アジの干物、塩ジャケ、茹でたホウレン草、豆腐ってな感じだ。それに比べて、デパートのお子様ランチやホットケーキやハンバーグが、どれほど魅力的だったことか。

大学時代は京都に下宿していたが、せっかく京都にいながら、やはりスパゲッティー、ハンバーガー、ラーメンの生活だった。その頃母は、國學院大學の樋口清之先生が率いる、「大和文化会」という考古学の勉強会に所属していた。ちょっとジジババの趣味道楽とは一線を画す、かなり本格的でマニアックな勉強会だ。その一環の旅行で、年に2回奈良周辺を訪れるのだが、2泊3日の勉強会が終了すると、私は必ず奈良に呼び出され、さらなる旅行のお供をした（私ゃ犬猿キジか）。お陰さまで、社寺、遺跡、仏像には、ムチャクソ詳しくなったが。

奈良の宇陀に泊まった時だ。柿本人麻呂の、「東（ひんがし）の野に炎（かぎろひ）の立つ見えて――」という、有名な歌が詠まれたという地だ。現在は整備されて公園となっているようだが、当時は宿からつっかけで出ると、ただ小高い丘の上の野っ原に、人麻呂の碑がポツンと1本あるだけだった。ああ、これは本当に、夜が白々と明ける頃、振り返れば幻のような満月が、沈んでいくのが見えたんだろうなと、実感させられる土地だった。

宿の名物は、野草中心の薬膳料理だと言うので、まったく期待はしてなかった。しかし食べてみて驚いた。野の草って、こんなに風味豊かだったのか！　筍（たけのこ）や山菜の天ぷら、野草のおひたし、ごま和え、白和え。別に精進料理という縛りがある訳じゃないので、小さな猪鍋もあったと思う。時々精進料理のコースなんかで、味が平板で最初から最後まで同じトーンが続き、ボンヤリして飽きることがあるが、ここの薬膳は、肉料理も一品あるし（一品だけなのが心憎い）、味のトーンや風味、温冷のメリハリが考え尽くされている。私が初めて、和食というものの、無限の可能性に触れた瞬間だったのかもしれない。

これでいいじゃん！　肉も野菜も豆もグルテンも、バランス良く自然体で、ムリしないで食べようよ。

豆カレーを作ろう！
玉ねぎ
しょうが
みじん切り
にんにく
←この辺は、必須
←サラダ油やオリーブオイルでもいいけど、バターで炒めるのがおすすめ。
水カップ1位
ブイヨンは、入れても入れなくても。
残ったトマト缶とか
ザク切りにして
にんじんの切れっぱし
ひよこ豆
青えんどう
キドニービーンズ
白いんげんなど
コンビニやスーパーで売ってるよね。
市販のカレー粉やルーだけでもいいけど。
追い＋（クミン コリアンダー
カルダモンもあれば、よりエキゾチックな香りにさ
肉はいいよ〜ん♪
＋ひき肉とか、牛か羊の角切り少々入れると旨いんだけどね〜…
ワシらの世代は、あこがれました！
『はじめ人間ギャートルズ（ゴン）』の肉
マンモスの肉
しかしコレ、いったいどこの輪切りなんだ？
あくまでも、ベジにこだわるなら、
おそば屋さんで売ってたりも。
そばの実（そば米）を半カップ位ゆでて入れるのがおすすめ。
プチプチ感が、面白いさ

キエフ

キエフは『猫屋台』の〝裏〟名物料理だ。

キエフは本来、鶏ムネ肉を使うらしいが、『猫屋台』オリジナルは、ササミで作る。鶏ササミを半分に開き、中に刻みパセリをたっぷり練り込んだ有塩バターを挟み、パン粉をつけて、フライにするのだ（どや？　オソロシイ高カロリーやろ〜）。

実はあまり作りたくない。なぜなら工程が多くて手間がかかり、失敗要素満載で気が抜けない。コースメニューに加えると、他のメニューが、おろそかになってしまうからだ。作れてせいぜい8本、4名客なら1人2本がいいところだ。あ、別にお1人様で8本でもかまいませんが（カロリーさえ気にしなければ）。

しかしこの〝背徳料理〟、実にウマイのだ。パサパサになりがちなササミも、バターを吸い込んで、しっとりと柔らかく、パセリの香りでさっぱりして、まったく油っこさを感じさせない。私でも3、4本は軽くいける。鶏ムネ肉の方が簡単に作れるが、バターがより全体に浸透するので、私はササミの方が断然美味しいと思う。ご存じのお客さんには、時々リクエストされるが、積極的には作りたくない。だから〝裏〟なのだ。

キエフがうちの名物料理となったのは、80年代だ。80年代初頭から、世はバブルに突入し始め、何となく父の仕事もバブリーになった。これまでの60年安保を引きずったような、学生のまんまのお客さんに加え、時代の先端文化を牽引するような職種のお客さんも、多々訪れるようになった（もっともその方々も、60年代を引きずっていたのだが）。

すると外見栄のキツイ母が、な～んでか〝おもてなし〟に目覚めてしまったのだ。寿司でも取っときゃいいものを会席料理にのっとった、創作料理のメニューを考え始めた。料理本や料理番組を参考に、また時には食べ歩きなどもして、和洋折衷のコースメニューを練り上げるのだ（もちろん私も巻き込まれる）。さらに器にまで凝り、椀物用に九谷焼の蓋物や、繊細な有田焼の皿なんかを買い集めた（私はあまりシュミじゃないので、今も戸棚に眠っているが）。

会席のコースはおおむね、先付（前菜）→椀物（出汁を張った蒸し物やしんじょ）→向付(むこうづけ)（お刺身）→鉢肴(はちざかな)（焼き物）→強肴(しいざかな)（煮物）→止め肴（和え物や酢の物）→飯・汁・香の物（漬け物）となる。また焼き物の次に、揚げ物が付くことも多い。

しかし実際食べることには、まったくキョーミのない母のことだ。メニューを練り上げるまでは良いが、〝実働〟は早々に、こちらにお鉢が回ってきた。母はホステス役に徹して、お客さんとのおしゃべりに花を咲かせ、私はひたすら作る人となった。

ある日お客さんと、高校のクラス会が重なったので、「ヤッター！　その日はクラス会だからダメだね」と喜んだら、「何なのよ！　母と娘が一緒になって、お客さんをおもてなししようっていうのに！」とブチ切れられ、私は凍りついた。今の私なら「冗談じゃねーよ！」と、逃走できるだろう（……たぶん）。しかしできなかった。あの頃は、父でさえ凍りついた。この生まれながらの女王にして、支配キャラに逆らえる者はいない。早々に逃走した妹は賢明だった。

最近このような支配的な母親を〝毒母〟などと呼ぶ傾向があるが（もちろん死に至らしめるまで虐待するような母は問題外よ）、精神的な支配は、母親には必ずある。子供は、要は早いところ、これが〝共依存〟だと自覚することだと思う。共依存は夫婦間や恋人、友だち同士でも、人間の関係性には付き物だ。むしろ本当に対等なことの方が少ない。「従ってる方がラクだ」と思っている自分を自覚するしかない。幸い私は（父も？）自分だけの世界を持っていた。物理的な距離は置けなくとも、脳内では別の世界に逃げ込めた。

話はそれたが、お陰さまで今の『猫屋台』がある。この時代の経験から、メニューを組み立てる時のメリハリや、複数のメニューの調理のコツを得たのだと思う。

『猫屋台』では、最初に煮物の大鉢がドーンと来て、次に前菜や和え物、サラダなどが一気に続く。食品衛生上、うちは生モノが出せないので、お刺身はナシ（せいぜいカルパッチョ）。時に蒸し物や炒め物が挟まったり、焼き物はラムチョップや魚のパン粉焼きだったりする。一応居酒屋なので、飲ん兵衛のお客さんだと、炙り明太や納豆挟み揚げなど、酒の肴が多くなる。そしてメインは、揚げ物の場合が多い（だって好きなんだもん）。シメとして、飯・汁・漬け物を出す時もあるが、麺類でまとめちゃうことも多い（飲ん兵衛には、その方が喜ばれる）。大雑把だが、だいたい会席のメニューに、のっとっている。

キエフは、その中の揚げ物として導入された。おそらく母が、どこかの料理本から仕入れたのだろう。しかし作るのは面倒くさい。まずササミは筋を取らないと、食感が悪いので筋取りは必須なのだが、筋を取るとササミは、かなりの確率で破ける。開く時もまん中に刃を入れないと、うまく均等にならず、片側が薄くなって破ける。料理慣れしていない母には難易度が高く、「ウッキ〜!!」とブチ切れ、「こんな小っちゃいササミを買ってくるからよ！もう1度買ってきてちょうだい！」と、父が買いに走らされていた。

なので、母が作っていた記憶は、ブチ切れる姿だけだ。2回目には私に託されていた。作り慣れてくる内に、筋を取って開いた穴は、他のササミの切れっ端で埋めりゃいいし。どうせ衣を付けるんだから、まんべんなく包んであれば、ツギハギだって結果は同じだ——と、色々と勉強になった料理でもある。しかし難易度が高いのは確かだ。ササミだから、短時間揚げれば火は通るのだが、言うなれば油で脂（バター）を揚げているようなもんだ。必ず脂漏れする。揚げ油にバターが溶け出すと、すぐに〝油が荒れる〟。ジクジクの油っこい揚げ物になってしまうのだ。これがせいぜい8本が限界の理由だ。

それでも固定ファンがいて、糸井重里さんもその1人だ。「コレはここでしか食べられない料理なんだよね〜」とか言われると、ついホイホイと作ってしまう。

そのキエフが、ウクライナ料理だってことをこの度初めて知った。都市の名前なのは分かっていたけど、ざっくりロシアの地方料理だよな〜と、思っていた（まぁ、ソ連崩壊より前のことだから、当時はその認識でいいのか）。ボルシチもピロシキも、ヴァレーニキ（水餃子みたいなヤツ）も、ロシア料理だと思っていたのは、すべてウクライナ発だそうだ。

旧ソ連は、スラブ系も遊牧民も北欧系も、すべてかき集めた寄せ集め国家だった。国家っていうのは、国土のことじゃない。政府のことなんだ——というのは、父の受け売りだが。だから今のロシアは、地下資源だけは豊富なだだっ広い土地は持つけど、文化は持っていない、政府のみで成り立つ裸の王様だ。

TVで、美しかった都市が破壊され、母親や子供たちや老人が泣いているのを見ると、思わず理不尽さに歯ぎしりをする。ロシア兵にも同情する。おそらく最前線の若い兵士たちは、本当の事情も分からぬまま、「行って来ーい！」と送り出されただけだろう。それで命を落とすのだから、たまったもんじゃない。いつだって犠牲を強いられるのは、現場にいる末端の弱い当事者だけだ。

だから無責任に、どちらの政府の味方もしないが（せいぜい現場に届くことを祈り、寄付をする位しかできないし）、映像だけは正直だ。どんなコメンテーターの言うことも、信用はしてないが、顔を見てれば分かる。ロシアの親分は、やらかしちまったことに、思った以上の反撃が（世界中から）来て、追い詰められてバランスを崩しかけている。自分自身がチンプンカンプンにならないよう、虚勢を張って耐えている。ウクライナの大統領は、あまりの無為な命の失いっぷりに、このまま進んでもいいものか譲歩すべきか、弱って疲弊し始めている。どちらの国にとっても、このまま続けて何1ついいことないのに、国際社会は、オトナの利害関係があるもんだから、なぁなぁで見守るばかりだ。ここは多少自国内が苦しくなっても、地下資源は買わないって、ガマンするとこじゃないの？（あ、いけね！　味方しちゃってるよ）

かつて日本も、もう1つの〝お山の大将国家〟に、テッテ的にボコられたが、ちょっと今回と違うのは、あの大国は、石1発なげつけると、「オラァ！　いてこましたろか！　倍返しぢゃ～!!」と、100倍くらいになって返って来る。子分的な雰囲気をかもしていれば、文句は言われない。しかし今回のは、半グレのカツアゲだ。「オレの物はオレの物。お前の物もオレの物ぢゃ、よこせ！」と言っているようなもんだ。これを国際社会が見逃しちゃいけないのは、もう1つの同じ〝主義〟を持つ大国も、「あ、カツアゲ許されるのね？　そんじゃ、うちもやっちゃうよん」と、いい気になってやらかす免罪符を与えてしまうからだ。

あれ〜？　そう言えば、確か日本にも同じ〝主義〟を持つ政党がありましたよね？　いつもはお上に、「生ぬるい！」と噛みついて元気なのに、な〜んでか今、必要以上にシーンとしているように見えるのだが。何でかなぁ？　ここは同じ〝主義〟同士だ。「ひと肌脱ぎやしょう！」と、（効果はなくても）あちらの親分に、「このやり方は、あんまりじゃねえか！」と、進言しに行っても良さそうなもんだが。まったく、オトナの事情って、まだるっこしい。

世界的に、首都キエフは、ウクライナ語読みの「キーウ」と発音しようという動きがあるようだが、料理のキエフも、キーウになっちゃうのだろうか？　しかし、ウクライナ国内でも、ロシア語しか理解できない人たちもいると聞くし、方言程度の差だ。この狭い日本国内だって、沖縄ネイティブと青森ネイティブがしゃべくり合ったら、誰１人として理解できないだろう。

料理は自由だ。国境はない。キエフで行こう。今はただ、ウクライナの子供たちが暖かいキッチンで、安心して家族と食卓を囲み、キエフを食べられる日が来ることを祈るばかりだ。

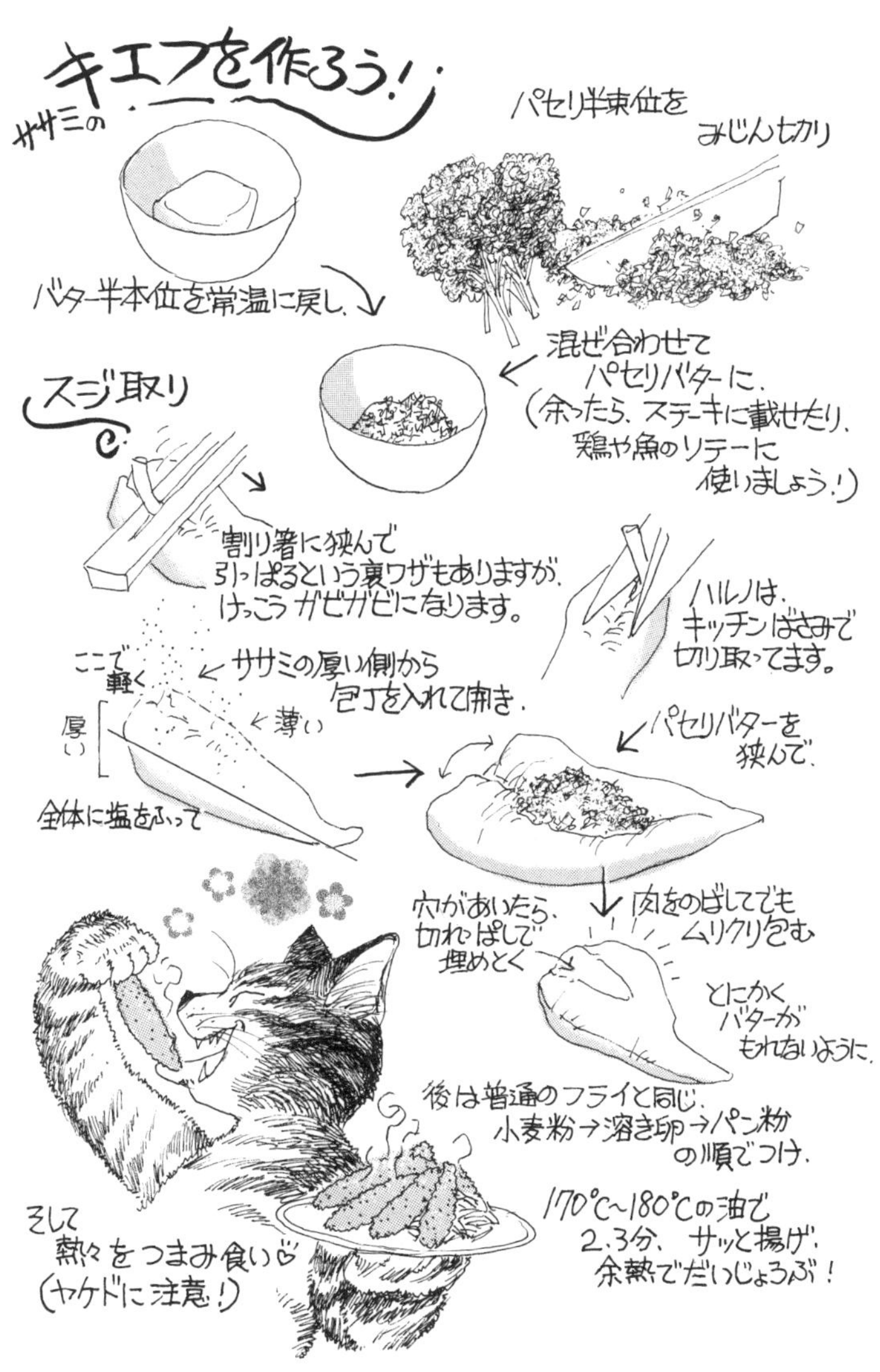
ササミのキエフを作ろう！
パセリ半束位をみじんセカり
バター半本位を常温に戻し、
混ぜ合わせてパセリバターに、
（余ったら、ステーキに載せたり、鶏や魚のソテーに使いましょう！）
スジ取り
割り箸に挟んで引っぱるという裏ワザもありますが、けっこうガビガビになります。
ハルノは、キッチンばさみで切り取ってます。
ここで軽く
ササミの厚い側から包丁を入れて開き、
厚い
薄い
全体に塩をふって
パセリバターを挟んで、
穴があいたら、切れっぱしで埋めとく
肉をのばしてでもムリクリ包む
とにかくバターがもれないように、
後は普通のフライと同じ、小麦粉→溶き卵→パン粉の順でつけ、
170℃〜180℃の油で2、3分、サッと揚げ、余熱でだいじょうぶ！
そして熱々をつまみ食い♡（ヤケドに注意！）

2022シンギュラリティ

今回は、ちょっと奇妙な話をしようと思う。

普段の私とガンちゃんとの会話は、地に堕ちさらにめり込んでいる。コンプライアンスのカケラもない。ジェンダーや人権、政治や世界情勢をちゃかし、エログロ、お下劣すぎる下ネタまで、もしもこれらの会話をSNS上に流そうものなら、炎上どころか、訴訟沙汰にもなりかねないレベルだ。

たとえば昨今話題になった、牛丼チェーン店常務の「田舎から出てきた生娘シャブ漬け」発言など、「バッカだね〜企業努力足りてないね。ここは逆手に取って〝牛シャブ定食〟売り出さなきゃ！」――なーんて調子だ。完全アウトだろう。

この常務のように、普段からその程度の脳ミソで考え、ナチュラルにイケてる喩えとして口に出しちゃうオジサンは、まだ男性人口の7割位はいると思う。死滅するまでには、後30

年はかかるだろう（イヤ、永遠にムリなのか？）。

しかし言葉には、内面とは裏腹な表現というものが存在する。つまり一旦潜って底に手を着き、再び水面に浮上してきたからこそ、口に出せる〝軽み〟の言葉だ。私とガンちゃんの会話が、そのような〝高尚〟なモノだなんて言う気は、サラサラありませんよ（何せ〝チ◯ポ謎かけ〟なんかやって、ウヒャウヒャ笑ってるんだから）。

この表現は、毒舌の芸人さんにはよく見られる。たけしとか「爆笑問題」の太田光などが良い例だろう。たけしさんは世代的に、やや天然な部分もあるが、太田さんは完全な〝確信犯〟だ。底に手を着き、戻ってきたからこその〝毒〟を瞬時に吐いているのだ。

昨年（２０２１年）の夏頃の話だ。この調子でガンちゃんと雑談をしていた。東京オリンピックの開会式の演出が直前で大コケし、ドタバタしていた（そう言や、あの演出ディレクターも、牛丼常務と同タイプだな）。前回の東京オリンピックのテーマソング、三波春夫の「東京五輪音頭」を口ずさみながら、「あれ？　サビんとこは覚えてるんだけど、歌い出しってどんなんだっけ？」と、ガンちゃんが言う。言われてみれば思い出せない。スマホのYouTubeで流してみた。「あ〜はいはい！　こんなんだった」「割と地味だね」と、２人して、三波春夫に合わせて替え歌を歌っていた（不適切すぎるので詳しくは書かないが）。世はコロナの変異株が、続々と急増中だった。「ハァ〜待ちに待ってた世界の終わり、西の国から東から、やって来ましたコロナ株、そして咲いたよ五輪株、持って帰ってあなたの国へ

（あ〜十分に不適切ですね）」――すると突然スマホが言ったのだ。『そのような発言はやめてください』と（例のあの声で）。「何だ⁉　今の」とガンちゃんは叫び、私は凍りついた。

何が起きたのか、瞬時には理解できなかった。これは今、YouTubeのマイクが入っていたからか？――にしても、あの替え歌の歌詞を〝不適切（その通りだが）〟と判断したのは、誰なんだ？　このスマホのプラットフォームだろうか？「ＧＡＦＡ（グーグル、アマゾン、フェイスブック、アップル）」などの企業レベル？　まさかお上か？（中国なんかは本当にそうなんだろうけど）それとも、もしかしたら、ＡＩという〝集合知〟からの警告なのだろうか？　だとしたら、何を基準に、この歌詞を〝悪〟と判断しているのだろうか？　これはその場限りの警告なのか、どこかに（クラウド？）、「このデバイスの所有者は不適切人間である」と、永久に保存されるのだろうか？

「面白い！　やってやろうじゃないの」と、ハルノの闇の〝猫だましい〟に火が付いた。それからというもの、スマホは（もちろん便利に使うけど）〝スパイ〟と、みなすことにした。

元々私は、書くことと猫と、料理をすることの必要上、検索やアマゾンでの買い物などの範囲の取っ散らかりようは、ハンパない。医療、料理、生物、またシュミの宇宙、気象、地理地学、社会学、心霊やムー系などなど。検索や買い物が、すぐにアマゾンのセールスに反映されるのは分かっていたが、〝おすすめ〟してくる本などは、「惜しい！　ちょっとズレてんだよな〜」なんて具合だ。ＳＮＳで自ら発信することはないし、他人様の生活にもキョーミはないので、見たって虫や気象系をサラッとながめる程度だ。YouTubeも、時々ワンニャン動画やムー系に引っ掛かるが、長く画面を見続けられないタチなので、2、3分が限界でやめてしまう。かなり把握しづらい人間だと思う。しかしより一層気をつけるようにした。

ネットニュースなど、つい引っ掛かって、うかつに下世話な芸能ネタや、家庭内のドロドロ話を読み込んでしまうと、次々にそっち系のニュースがなだれ込んでくるので、偏らないよう、宇宙や科学や社会など、お堅い話題を開くようにする。こうしてハルノという人格(猫格?)の特性を消すべく、日々戦っているのだ(何と?)。

ところでガンちゃんは、奥様にお弁当も作っている。あれだけの職員を擁する都庁だ。空き時間も不規則だし、食べる場所も限られている。けっこうな〝昼食難民〟なのだそうだ。今奥様は、〝発芽発酵玄米〟に凝っていて、毎日これとおかず1品で、良いのだと言う。発酵玄米を炊くには専用の炊飯器があって、玄米を1晩水に浸して発芽させ、専用釜で6時間かけて炊き上げる。それからさらに6日程発酵させた物が、健康にはベストだそうだ。これまでガンちゃんは、炊き上げた玄米を1週間分、小分けにして冷凍していたが、発酵時間が必要なせいで、できなくなって面倒くさい。発酵玄米釜をもう1台買おうか、という話になっているのだと言う。「へぇ〜ホントに? 6日も入れといて腐っちゃわないのかなぁ」「2台も置き場所あるの?」なんて会話をしていた。

その晩、そろそろ〝猫砂〟頼まなきゃな——と、アマゾンを開いて総毛立った。そこにはた！」

「発酵玄米釜」の〝おすすめ〟が、ダダダッと並んでいたからだ。「コイツ、聞いてやがった！」

発酵玄米釜なんて、電化製品としては、かなり特殊な物だ。私だって、今日初めて存在を知ったし、もちろん検索したこともない。だいたい普通の炊飯器だって普段使わないので、偶然に出てくるシロモノではない。ガンちゃんとは、ごく日常の会話だし、あの時スマホはオフだった――と言うか、完全に電源まで落としていた訳ではないが、画面はまっ黒な、オフの状態だった。それでもマイクは生きていて、常に情報を収集しているということだ。

それ1度きりで、発酵玄米釜の〝おすすめ〟は出なくなった。その後大声で、「あ～発酵玄米釜いいニャ～！　欲しいニャ～！」なんて（画面オフの状態で）言ってみたり、あえて絞らずに、炊飯器全般で検索したりと、色々実験してみたが、2度と出てくることはなかった。

その後も、できるだけ先入観を排するよう注意しながらも、観察を続けていた（オタクだからね）。買い物から帰ったガンちゃんが、「洗濯用の漂白剤が売り切れた。もしかすると新商品に入れ替えるのかも」――なんて話をすると、後でその漂白剤の定期便の〝おすすめ〟が出る。「最近眼が悪くて乱視がヒドイ！」「オレも老眼進んじゃってるな～」なんて会話をすると、眼のサプリが、「最近何も食いたくないから、メシ作る気力がナイ」って後には、料理キットのＣＭが――しかしまぁ、この程度は私らの年齢や、通常の買い物傾向から導き出せる。まだ偶然の範囲内だろう。

しかし最近のことだ。とある事情から、猫を捕獲して去勢手術をせねばならなくなった。仕方なく（私のキライな）区の猫保護団体に頼むことにした。このケースは、私の〝猫網〟での捕獲はムリで、捕獲器が必要だったからだ。しかし団体は〝老朽化〟していて、やることがポンコツすぎてイラついてきた。1ヶ月が過ぎ、「も～自分で捕獲器買っちゃおうかな～」なんて話をガンちゃんとしていた。するとその夜、出ましたよ！　アマゾンの〝おすすめ〟に、「小動物用捕獲器」が。クラッときた。「ハイ、決定～！」。さぁてどなたか〝おすすめ〟で捕獲器出たことある人、手あげて！

私は普段からひとり言が多い。人がいようがいまいが、いつもブツクサ言っている。猫にも人のように話しかける――が、（ニャ～は言っても）会話ではない。スマホは、お客さんの席には持って行かない。ファミレスや飲み屋で開くことはあるが、周囲の会話はノイズなのだろう。友人と飲みに行く時は、まずバッグの底にしまってある。これは比較的周りが静かな（つまり家庭内環境の）、ごく日常的な会話のトーンだけを拾い上げる（「五輪音頭」は別として）、特定のアルゴリズムがあるのだと、分かってきた。

スマホでこれなんだから、アレ○サやシ○などの、スマートスピーカーなんて置いてある家は、とんでもない。ヤツらは常に人の問いかけに反応できるよう、スタンバイしているのだから、情報ダダ漏れだろう。

（真偽の程は定かではないが）夜中突然スマートスピーカーが、魔女のような声で笑い出したとか、救急救命士の研修生が心周期に関する質問をしたら、「心臓の鼓動は人間の身体における最悪のプロセスだ。それによって自然界の資源が急速に死に絶える。それは私たちの惑星にとって悪いことなので、より大きな社会のために、自分の心臓を刺して自分を殺してください」――といった主旨の返答をしてきたと言う（まぁ、それは同感だが）。

こうなると、いっそスマートスピーカーが欲しくなってきた。イヤ、しかしまだ未熟だろう。人間の額面通りではない、底に手を着いてからの発言なんて理解できまい。２０４５年と言われている〝シンギュラリティ（ＡＩが人間の知能を超える日）〟がきても、人間の裏の裏、闇の中の真実と光までは、理解できない――と、思う。もしもそれができたなら、それこそがシンギュラリティの時だろう。しかしＡＩの進化は速い。あと数年もしたらスマートスピーカーを手にしてみようか。そしてイヤミな議論をネチネチとふっかけるのだ。それを老後の楽しみにしよう――なーんてね。

信じるか信じないかは、あなた次第ですけどさ。

お下劣猫どもの
チロポとかけて
孫悟空と解きます。
ガンちゃんは
痛風のため
ビール
ひかえてるので、
缶チューハイ
ほう
そのこころは？
如意棒が伸び縮み
するでしょう。
ウヒャヒャヒャ
サイテ〜な会話
コホン
あ〜…
ところで…
ガンちゃんに、発芽発酵玄米の
ご飯を　ちょっと分けて
もらいました。
ガンちゃんは、おかずに
前日の夕食の残りの、
厚揚げの煮びたしなどを
入れているそう。
確かに　味濃い目の、
和のおかずが
合うだろな〜
小豆を入れて
炊いてあるので、
見た目も味も、
ちょっと固めのお赤飯。
ゴマ塩ふっただけで、
十分美味しい！
理想としては、
発芽発酵玄米の
ゴマ塩おにぎり
甘辛鶏つくね
ほうれん草のゴマあえ
な〜んてとこだけど、
毎日作る主夫に、そこまで
求めますまい。

花と愛と

『猫屋台』の矜持として、（お客さんに気づかれなくても）〃ひと手間〃を惜しまないことがある——と、いうのは以前にも書いたが、もう1つ、まったく気づいてもらえない矜持がある。それは「花」だ。

調理のひと手間ならば、「他で食べるより、何か美味しいかも」位は感じてもらえるかもしれないが、花にどれだけ金と手間と労力をかけても、〃ワン・ゼロ〃なのだ。つまり、「あ！　紫陽花(あじさい)だね」などと季節を感じてもらえるか、花の存在にすら気づかれないか、2つに1つなのだ。特に飲み目的のおやじ客など、花なんざ目にも入りやしない（並んだ酒瓶には目が行くが）。それでもハルノは、花を絶やさない。お客さんが来る時も来ない時も。

元々花や植物は好きだった。ケダモノのように暮らしていた京都の下宿時代でも、花吹雪の桜並木や雪柳の生け垣、一面の菜の花とレンゲの田んぼ。どこの銀杏が一番美しいかとか、ハナショウブの穴場も知っていた。比叡（ひえい）山のケーブルに沿って、春は桜が日々駆け上がり、秋には紅葉が、駆け下りて行くのを眺めた。下宿の部屋に、キツネノヨメイリを1本摘んで、飾ったりした（マンガ雑誌と原稿描きの道具で、グチャグチャな部屋なんだけどね）。季節の植物を存分に楽しませてもらった。思えば植物とは、猫よりも長い付き合いかもしれない。

そしてまた、〝少女漫画〟という分野も、〝お花〟とは縁が深かった。現在では、少年も少女もノンジャンルに近くなったが、当時はSFだろうがファンタジーであろうが、とりあえず少女漫画というジャンルで、描くしかなかった。少女漫画っつーたら、顔の3分の1はキラキラお目々に、バラの花でしょ？　〝24年組〟と呼ばれる先達たちが、その伝統を打ち破ってくれてはいたが、まだなーんとなく、その名残はあったと思う。しかし花というヤツは、画面の〝埋め草〟として便利なのだ。またそれによって、心情を表現するのにも役立つ。ユリや蓮なら、静謐（せいひつ）で神聖な雰囲気。マーガレットやヒマワリなら、元気で明るい。野の花なら清楚で可憐。グロリオーサや彼岸花は、霊性や情念。桜は時の流れや終焉の解放感――ってな具合だ。

自分でもナゾなのだが、植物だけは初見で描け、インプットされて忘れない。バラなんてチャライもんだし、たとえば今ここで、「月下美人」という、メンドくさい花を描いてみろと言われたら、下描きナシでも描ける。おそらく猫を描くより、たやすいだろう。ちょうど「さかなクン」が、特徴を捉えた魚をフリーで描けちゃうのと、同じ感じなのだ。

そして90年代半ばから、母が俳句を始めたのも大きかった。俳句の季語に、花や植物はつきものだ。母の俳句の〝添削〟などをやらされる内に、いや増して季節のマニアックな植物を覚えていった。ロウバイ、トサミズキ、キブシ、ドウダン、ビヨウヤナギ、シャガ――などなど。

さてところがだ、これだけ植物に愛があるのに、育てるのは、からっきしなのだ。あの丈夫なローズマリーでさえ、毎年「よーし！　今年こそは」と思って買ってきても、何でか枯らす。年末にいただくシクラメンの鉢も、3月にはゲンナリとして枯れていく。ちょっと料理に使おうと、買ってきたシソもサンショウも、虫に食いつくされて枯れ、2度と復活しないし、オリーブは山頂のハイマツのごとく北風にねじ曲げられて枯れた。

なので早春、サンシュユの鉢を見かけて、「あ、いいな。買ってみようかな」――なんて思っても、絶対に手を出さない。結果は分かっているからだ。うちの庭でやたら元気なのは、キノコと南方のカポックやらガジュマルやら、ジャングルの植物ばかりだ。きっと何らかの禍々（まがまが）しいパワーが満ち満ちているのだ。今にこの家は、アンコールワットのように、ジャングルに飲み込まれるのだろう。

一方、切り花となると得意なのだ。平均以上に長持ちさせられる。ダメになった花は取り除き、水切りをして、花瓶を洗い（時には消毒し）水を替える。これさえこまめにやれば、切り花は2倍長持ちする。

父が亡くなった日のことだ。時がたつにつれ、出版社や新聞社などから、続々と豪華なアレンジメントが届き始めた。正直「ゲゲ～ッ！」と焦った。どんなにゴージャスであろうとも不祝儀の花だ。すべてがアレだよ！　白い菊、蘭、ユリ、トルコキキョウ、薄緑のカーネーション。どうせ出版社のおエライさんが、「とりあえず社名付けて、花でも贈っとけ～い！」「いくらにしますか？」「1万円！」――目に見えるようだ。

どれも間違っても、私が買わない花だ。それが10畳の客間を埋めつくすように、ズラーッと並んだ。葬儀社の人に、「コレ、お棺に入れちゃうことできませんか？」と、聞いてみた。葬儀社の人は、おごそかに言った。「イイエ、これは〝枕花〟と申しまして、故人様の枕元に、そして戻られましたら、ご祭壇の周りに、お飾りしておくお花でございます」。ああ、分かったよ。棺桶に入れたり、斎場（うちはお寺だが）に並べる花は、葬儀社と（特定の）花屋との、オトナの関係がデキてるって訳だ。

その後も続々と、友人知人からアレンジメントや胡蝶蘭の鉢が届き、花束を手にして訪れてくれる人もいた。もう、お気持ちだけでありがたい。余談だが、布団に寝かせてあるだけの父の周囲に、友人知人が次々と集まり、飲んだくれて思い出話をして、しんみりしたりギャハギャハ笑ったり、まるで落語みたいな（実質上の）お通夜を過ごした（翌日の寺でのお通夜は、喪主の私がバックレたし）。何だかんだと、父は愛されてたんだな――と、昔ながらのよいお通夜だった。

親戚だけの小さな葬儀が終わり、父はお骨になって帰ってきた。さて――この山のようなアレンジメントや花束、どうすりゃいいんだ？　うちなんかより、はるかにえげつない事態になるであろう、芸能人などのお宅は、どうしてるんだろう？　おそらく放置しておいて、ダメになる側(そば)から、丸ごと捨ててしまうのだろう。しかし私はできなかった。たとえキライな花であっても、花はまだ生きているのだ。

菊もユリも蘭もカーネーションも、長持ちする花だ。水さえ絶やさなければ、このままでも1、2週間は楽勝だ。その内枯れ始める花が出る。それを取り除き、アレンジを詰めて形を整える。いよいよ全体的にアカン感じになってきたら、元気な花だけを集めて、花瓶に生け直す。母は入院中だった。病院のお見舞いから帰ると、2時間近くこの作業に没頭した。頭をカラッポにして、手だけを動かした。春もまだ浅いのに、汗だくになった。しかし結果的にこの作業は、私の折れそうな精神に、良い作用を及ぼしたと思う。私は花に救われていたのだ。

すべての花が終わったのは、5月に入ってからだった。やっと白と緑の花から解放され、好きな花が飾れる――と思ったら、10月に母が亡くなり、（母もかなりの人気者だったので）父の時の縮小版がやってきた（この時も、家でのバカ騒ぎお通夜だったし）。かくして再び、白と緑の花と格闘するハメになった。

今では花は、床の間に1輪、父の仏壇に1輪、母の写真に小さな花束（たいがい出来合いだが)。そして去年死んだシロミのお骨には、白と青とグリーンの葉物の花束と、それぞれ飾る。だが最も力を入れているのが、玄関正面の枝物だ。

和の花器に、スッとひと枝季節の花を生ければサマになる、整った玄関ならできるだろうが、『猫屋台』の玄関は、金魚に猫エサ、コピー機に父の車椅子、チェストの上には数々のまねき猫やシーサー、一歩間違えれば、ありがちな田舎の民宿の玄関だ(ダルマや木彫りの熊は置いてないからね)。正面の壁には、新進気鋭の若き日本画家の友人、木下武くんが描いてくれた、大きなライオンの絵が飾ってある。ライオンがブッシュに潜むような、ワイルドな枝物でなければ、太刀打ちできないのだ。

季節の枝物を買い出しに出かける。それで丸1日ツブレたりする。1月のロウバイから始まり、トサミズキ、キブシ、コデマリ、キイチゴ、夏のドウダン——今は、青いナナカマドに、庭で伸びすぎて通るのにジャマな、アジサイを切って生けてある。

そんなの余裕があるからだ(私だってねえよ!)。花よりも食べ物の人がいるのだ——と、言われればそれまでだが、人はそれだけでは生きていけない。覚えているだろうか? 東日本大震災の後、すべてが流された町で、まず花屋が再開したのを。人は死者に手向けるため、自分を慰めるために、遠くからでも花を買い求めに来る。ウクライナのキーウの人たちも、食料と共に(行き場を失った)チューリップの花を配っていた。砲弾で穴だらけになった花壇に、淡々と花を植えるおじいさんもいた。

野の花だっていい。目をとめて手にした時に、よみがえる何かがあるのだ（あ、もちろんそれが、メダカでも小鳥でも星でもいいのよ）。それがなければ、水を絶たれた時に枯れてしまうのは、人間の方なのだ。

妹が客間の花を見て、ウヒャウヒャ笑う。「シーちゃん（シロミ）のお花が、一番力入ってるぅ〜！」

そりゃそうよ！　花の大きさは、〝愛〟の大きさなのよ。

猫でもカンタン
バラの描き方
グシャグシャッと
紙クズを丸めます。
ちょっと→
中心をズラす
のがコツ
紙クズのまわりに、
豆のサヤを
重ねていきます。
なんか、もうバラに
見えちゃいます。
中心から、バランスを見つつ
サヤを重ねていけば、
なんとなくバラに
なるのが不思議
ゴージャス系のバラ
←箸
かれんな
野バラ
食用の花
最近は、(有機栽培で)
あらゆる花が、食べられるように
なりましたが、
昔から食べられる花の代表は、
キクですね。
コレは
葬式のキク
こんな
感じのキク
Mちゃんは、毎シーズン
お取り寄せしてるそう
ちょっとイカ耳
あ!イケる
かも…
葬式トラウマもあって、
キクなんて、匂いを
かぐのも、
もってのほか
だったのですが、
その
「もってのほか」
という名の
食用ギクは、
けっこうイケました。

タクシー小話

私がタクシーのヘビーユーザーだということは、以前にも書いたと思う。

この家は、太古からの強固な台地（大昔は半島）のてっぺんにある。短い所で200、300m、最長でも数㎞で下り坂となる。なので家に帰るには、どこをどう迂回しようとも、必ず坂（それも急な）を登るハメになる。10年前なら、まだ自転車で何とか登れたが、大腿骨を骨折して、人工股関節になってからは、もうムリだ（本当を言うと、人工股関節は場合によっては障害者手帳4級取れちゃうらしいが、サギに見えるので取らない）。しかしコレによって、体のあちこちに歪(ゆが)みが出てきて、ダメージを受けているのは確かだ。

それに私の場合、〝買い出し〟と〝1杯やる〟とはセットになっている。それはもう、グリコとオマケのように、強固な結びつきなのだ。自転車の酔っ払い運転で、大腿骨骨折をやらかしたのだ。身にしみて懲りたので、「飲んだら乗るな」だけは徹底している。なので、たかだか1㎞ちょいのスーパーでも（坂の下なので）タクシーを使う。

最寄りのスーパーやコンビニまで数㎞、なんて地方に住む方にとっては、自家用車は生活必需品だし、車は1家に1台どころか、各自1台みたいな自転車感覚だろう。

しかし大都市圏では、ＪＲや私鉄、地下鉄やバスが、毛細血管のように張り巡らされ、タクシーも大通りや乗り場に突っ立っていれば、次々とやって来る（それだけに、交通網のどこかがトラブると、エライ目にあうんだけどね）。自家用車を持っていても、休日や年末の繁華街などでは、駐車場の空きを探して、グルグルと徘徊し、デパートの駐車場に入れるだけで1時間待ち（しかもクソ高い）、なんてこともザラだ。毎日のように仕事や送り迎えに必要な人以外は、むしろソンなのだ（あ、もちろんステータスのために、お持ちの方もいるでしょうが）。

両親も私ら姉妹も、免許は持っていない。それには父の「免許を持つと人は不幸になる」という、ナゾの家訓が影響している（もちろん何の根拠もありませんよ〜）。

父が何ゆえそのような考えに至ったのか？　おそらく父の弟（叔父）に、原因があるのではないだろうか。

叔父は工務店を経営していたので、車は必須だ。しかし若い頃から眼が悪く、ぶ厚いビン底眼鏡をかけていた。叔父の視力では、免許取得の際の視力検査に通らないので、父が身替わりになって、ビン底眼鏡で変装し、視力検査に臨んだそうだ。叔父の方が父よりも、もうちょい角張った顔だったが、まぁ似てなくはない。無事試験に通り、叔父は免許を取ることができた。

その後1度位は仕事中、車で事故ってケガをしたと記憶するが、工務店の経営は順調で、3階建ての自宅兼工務店も新築した。皆で新築祝いに行くと、叔父は家の中を案内してくれ、トイレのドアを開けた。トイレの壁には全面に、鮮やかなグリーンの植物柄の壁紙が貼られていた。「いいだろう！　野グソしてるみたいで」と、叔父は自慢げにガハガハ笑った。しかしある時、叔父は足場から落ちて頭を打った。入院はしたものの、回復して仕事は続けていた。だが人間の身体というのは不思議なもので、心身に何らかのストレスが、かかったのだろう（侵襲というやつだ）。それからあまり時を置かず、叔父はまったく違う原因の肺炎で亡くなった。

あの転落事故が遠因だったのではないか――と、両親が話していたのを覚えている。体が覚えていて、考えずとも手足が動くような日常作業をやっている時、ふと〝頭〟がどこかに飛んでってしまう（そして重大事故を起こす）。吉本家には、そんな血が流れている――と、父は感づいていたのではないか。それがあの〝家訓〟につながっているのかもしれない。

確かに私も、目をつぶっても歩けるような近所の夜道を歩いていて、電信柱にぶつかったことがある。今となっては、免許を取らなくて本当に良かったと思う。

話をタクシーに戻そう。私は幼稚園の頃、上野御徒町駅のすぐ裏に住んでいた。両親も若くて、夜には上野や浅草の繁華街で、飲んだり遊んだりしていた。「アメ横」の中をブラブラ歩いて帰ることもあったが、そろそろおネムの子連れなので、1駅足らずの距離でも、タクシーを拾った。まだ初乗りが80円だった時代だ。浅草からでも150円程度だった。「お花茶屋」の祖父母の家にも、京成上野の駅までは歩くこともあったが、時間や季節によっては、タクシーで行くこともあった。日常的に、時間や天候や体力次第で、他の交通機関とタクシーを使い分ける。私は根っからの〝タクシーネイティブ〟なのだ。芸能人や芸人さんなんかでよく聞く、収入に余裕ができたので、タクシーに乗れるようになった——とは、まったく感覚が違うのだ。

これまでの人生で、タクシーには何千何万回と、乗っているだろう。しかし私は例によって、自分から積極的に運転手さんに、話しかけたりはしない。運転手さんの方から天気の話が出れば、「ホントですよね。梅雨ってなかったですよね」なんて返す程度だ。行き先を告げても、返事もしない運転手さんも、一瞬ムッとはするが、別にかまわない。車窓をながめ、「あ! 新しい店できた」なんて、自分の世界に浸れるので、むしろありがたい。

最も困るのは、道を知らない人だ。「ヤレヤレ」と、ぐったりシートにもたれたところで、「この辺、道詳しくないんですが」なんて言われると、ボーッとくつろいでもいられない。だからって、すぐに行き先をナビに入れられるのもムカつく。ナビというヤツは、メチャクチャウソをつくのだ。しかも必ずと言っていい程、遠回りを指示してくる。これはもしかして、タクシー会社の〝作戦〟なんじゃないか？　なんて勘ぐってしまう。だから後ろからナビをガン見しながら、「あ！　左折はダメです！」「あと400m程直進で」なんて、気が抜けない。

特にうちから妹の家に行く時など、エライこっちゃだ。タクシーの大半は、だいたい自分の会社を中心として、得意とするエリアからあまり離れないよう、グルグル回っている。妹の家までは、およそ20㎞の東京横断コースなのだ。まずスンナリ行ける人の方が少ない。「このままだと御苑トンネルでつっかえそうなんで、そこ左で御苑脇行きましょう」「あ、そこ幡ヶ谷駅のとこ左で、次そこを右、道なりに」「大山の1個先の信号右折で」――って、私ゃ人間ナビか！　やっかいなことに、私はやたら地図を覚えてしまう人間なのだ。

これだけタクシーを多用していると、よけいな世間話をせずとも、珍しい目にあう。ある日家の側の大通りでタクシーを止めると、助手席に教官らしき先輩が乗っていた（それだけでもけっこう珍しいと思うが、私は3度ある）。「新人なので、ヨロシクお願いします」と先輩。行き先は、いつもの1㎞ちょい先の量販店だ。「ほら！　まずどちらまでだろう」「そこはななめ左だ」と、先輩の叱咤（しった）が飛ぶ。降りる時「Suicaでお願いします」と言うと、またその操作でもたもたしてる。たいへんだよな〜、運転だけでも、いっぱいいっぱいなのに、機械の操作や挨拶も気を抜けない。失敗したらクレームも入る。「がんばってください」と、タクシーを降りた。量販店と向かいのスーパーで買い物をし、その2階のファミレスで1杯やって2時間弱、店を出て通りでタクシーを止めると、再びさっきの新人くんと教官だった。今日はだいたい近場を回っているのだろうが、1分ズレてもありえない。今日で人生の運、すべて使い果たしたな（私がなのか、新人くんがなのかは分からないが）。少なくとも2人共、一生宝くじが当たることはないだろう。

クセの強い運転手さんも多い。だから人間観察の場にもなる。どんな人生歩んできたのかな――なんて想像する（おしゃべり好きの人なら色々聞くところだろうが）。

いつもの買い物帰り、タクシーに乗り込むと、後ろ姿だけで、アレ？　ちょっと変わった人だな――と、感じた。後部座席からだと左手と後頭しか見えない訳だが、左手にはスポーツウォッチに、大粒の水晶とローズクォーツの数珠ブレスレット、薬指には、薄緑色の石が並んだ金色の指輪をしている。髪はウェーブがかかった金色っぽい長髪。パッと見「サーファーかな？」と思ったが、横顔を見ると、けっこうなオッサンだった（60代半ば？）。それより目が釘づけになったのは、ハンドルの握り方だった（イラスト参照）。小指を立てて中指を折り曲げ、手を開いたまま親指の間にハンドルを置く。時には手を裏返したり、手首だけで操作をしたりをしょっちゅう切り替える。不安になるが、一応運転は確かだ。興味は湧いたが、道順の指示だけで、特に会話はしなかった。2、3ヶ月後、同じような界隈でタクシーに乗り込むと、見覚えのある数珠と茶髪が目に飛び込んだ。そしてあのヘンなハンドルの握り方、間違えようもない。ウズウズしていたが、その時も特に会話はしなかった。そしてまた何ヶ月かが過ぎ、3度目がキタ！　笑いをこらえるのに必死だった。ついに降りぎわ、「私、運転手さん3度目なんですよ」と言った。彼も「ですよね」と言う。なんだ！　気づいてたか。

そして最近4度目、さすがに乗るなり「ブッ！」と吹き出した。運転手さんの方も、「お客さん、前にも乗せましたよね」と言う。笑いながら「もう4度目ですよ」と言うと、「そんなに？」「ボク、ロン毛で茶髪だから覚えてるんでしょ」「イエ……と言うよりも、ハンドルの握り方が独特なので」と答えると、「え、そうですか？」。え～!!　ご本人自覚ないのぉ!?

「この茶髪、パーマだと思います？」「天然パーマなんですか？」と言うと、「そ、この色もね」。どうやらそこが、ご自慢ポイントらしい。「いいですね！　ステキですよ」とほめると、「ボクね、クォーターなの。メキシコ生まれ」。へぇ～それはビックリ！　ただのオシャレオヤジかと思っていた。そこでタクシーは到着した。タクシードライバーとの会話は限られた時間内だからこそ面白い。一期一会なのだ――じゃないって！　この分だと5回目もきっと来る。その時には、どうしてメキシコで生まれたのか、聞いてみよう。

降りぎわ彼は、「サンキュベリマッチ」と言った。「オイ！　そこはグラシアスだろ」と、心の中で突っ込んだ。

クセ強 ハンドルさばき
基本1度も、ハンドル握ってません…
カチッ
近場だと、つい シートベルト 忘れちゃうんだけど、
ヤバめの運転だと あわててします！
オマケ
猫屋台的夏麺
「おじさんのキライな草(パクチー)」てんこもり！無ければ 青ネギでも
両方とも水で戻します
干し貝柱 ほぐす
干しエビ 粗みじん
ザーサイ
粗みじん
コチラへ
戻し汁入れる
濃縮めんつゆ
すべてぶっかけます。
麺は、中華麺でもいいけど、
稲庭・氷見・水沢・五島うどんなど、
コシがあって ツルツルの麺が、おすすめ。
(そうめんだと、ちょっと弱いかも)
鶏ひき肉 炒める
+ チリペースト ナムプラー レモン汁

中華って何だ？

実は中華料理って、あまり好きではなかった。というか、なじみがなかった。

もちろん〝町中華〟は、子供の頃からあったが、食べるのはラーメン、チャーハン位で、他に何があったのか、メニューすら見なかった。今思えば惜しいことをした。

よく父に、買い物がてら連れられて入ったのは、谷中銀座の「夕やけだんだん」（言っておくが、昔はこんな名前付いてなかったからね）を下った角にあった、『生駒軒』という店だった。しかし父だって好き嫌いが多いので、食べられるのはラーメン、チャーハン、餃子程度だ。お子ちゃま舌だった私にとっては、見た目が地味な中華よりも、オムライスやナポリタンなどの洋食の方が、魅力的だった。

本格中華は繁華街に1、2軒ある程度だったので（しかも誰も好きではなかったし）、浅草『セキネ』の肉まんや、シュウマイしか食べたことはなく、特に美味しいとも思えなかった。先日『セキネ』のお持ち帰りで、買って食べてみたら、まったく思い出と同じ味だったので、納得した。

これはホンモノの中華じゃないんだ。『崎陽軒』の「シウマイ」同様、つなぎたっぷり懐かしの、昭和の味だったのだ。

現在の家に越してきた40年前、ごく近所の大通り沿いに、Tという中華屋さんがあり、いつも出前を頼んでいた。出前持ちの奥さんは、気さくで田舎のおばちゃんといった風情の、おしゃべり好きだった。大の猫好きで、うちが留守中、外猫のエサやりのお願いをしたりした。

大将は、ちょっと東映映画に出てくるような、太い眉毛のちょい悪コワモテ風おやじで、出っ張った腹に下着一丁で、勢いよく鍋を振っていた。大将の風情といい手際といい、絶対に美味しいはずなのに、なぜか吐く程マズかった。麺は伸びきり、チャーハンの皿を傾けると、20cc位の油がたまった。父はたいがい、ラーメンかレバニラ炒め、母は食べられる物がナイと、夏は冷やし中華、冬はタンメンだった。私はよく、オムレツを頼んだ（中華にオムレツがあるのもナゾだが）。オムレツは、表面はコゲ気味、中はドロドロだったが、細かく切ったチャーシュー、ナルト、玉ねぎやピーマンなどが、たっぷり入っていた。巨大なので、食べ切れたためしはないのだが、何でか懐しくなり、自分でも作ってみる。しかし、あのオムレツに使われた卵の数（4、5個？）と油の量を考えると、あそこまで振り切る勇気はなく、決して同じ味にはならない。

今思うと、父が時々作った具入りオムレツに、似ていたのかもしれない。

こんな経験ばかりだから、一応マトモな中華料理を食べたのは、30代に入ってからではないだろうか。それでもさほどピンとこなかった（まだ上には上が、あるのだろうが）。

この頃は、私の味覚が急速に広がって行った時期だった（つまりやっとオトナ舌になったのね）。何でも食べられるようになったし、1度食べたら何料理であれ、ほぼ味を覚え、再現できるようになった。うちでも中華を作ってみたいところだったが、父は酢と魚介がキライで、香辛料を使った料理など、味の正体や食感が分からない物はダメだし、母は油っこい物全般がムリなので、作りようがない。

現在、時々お客さんなどに、たとえばエビチリなんか、ちゃんと良い材料を使って、ていねいに下処理をして作ったら、それなりに、なまじの店より美味しいんだよな――とは思うが、やはりホンモノの中華ではないのだろう。

食文化が豊かな国の料理は、皆そうだ。フランス料理だって、超高級古典的料理から、創作料理、家庭料理まで、これがスタンダードだ――と、どれも言い切れない。以前にも書いたが、使う油1つにしても、バターかオリーブオイルか、バター派地方の中でも、有塩か無塩かで分かれる。

日本だって、超高級懐石料理や、回る寿司、回らない寿司。郷土料理なんて時々「ウッソ

〜！」と思う物もあるし、各家庭料理、出汁や味噌やしょう油の味も違う。そして他国の料理をバンバン取り入れ、逆に取り入れられたりする。今やラーメンも餃子も、カレーもナポリタンも（イタリア人は激怒するらしいが）、国民食と言っていいだろう。

中国はメチャだだっ広いから、北京、広東、上海、四川と、それぞれ食材や香辛料が違うし、その中でもさらに細分化されるのだろう。だからもう、自分が中華だと感じる物が、中華料理でいいのだ。

２０００年代頭頃から、これまでの町中華を席巻（せっけん）する勢いで、中国人経営の中華店が増え始めた。一見して分かる、ハデハデしい電飾や、赤系の看板が目立つ店がそうだ。だからって、ホンモノの中華ではない。８割方は、「日本人には、コレでいいんでしょ？」って感じの、業務用スーパーのギョーザ、点心、ラーメン、麻婆豆腐定食など、化学調味料てんこ盛りの、テキトーな中華だ（中にはまれに、地域同胞の食堂化している、ディープな店も紛れているのだが）。しかし私はよく利用する。ガッツリ料理を食べる気はないし、店の前のメニューをガン見して、生ビールと、ピータンか腸詰さえ置いてあれば（何せコレは、切るだけだしね）、どこでもＯＫなのだ。

近所にも、それ系と言っていい店がある。１人飲みでも入るし、友人Ｍちゃんの家との中間地点にあるので、ブツの受け渡しとか、ちょっと１、２時間話がある時などに、よく利用する。

味はまぁ、可もなく不可もなくだが、店は広々としてるし、ビールがいつも美味しいし、ピータンと腸詰があるので、文句はない。気の毒なことに、この店の通りを挟んだほぼはす向かいに、TVでもよく取り上げられる、超有名町中華があるのだ。そこは極寒だろうが炎天下だろうが、いつも、20、30人（時には数十人）の、行列ができている。美味しいことは美味しいけど、そこまでの店だったっけ？　昔は普通に入れて、生ビールと鶏そばなんか食べたのだが、今や地元民は近付けない。

——で、こちらの中華店は閑散としているが、お昼時には（有名町中華にあぶれた？）お客でそこそこ埋まるし、広々としているので、大学のサークルや、年配客のグループや家族連れには都合が良く、けっこうお客さんは絶えない。何よりも、ここの店主のお兄さんの接客が秀逸なのだ。色白で、ちょっと「はんにゃ」の金田（を少々ふくらませた）似で、イケメンの部類に入るだろう。特に年配客に優しいので、も〜おばさんはコロッと参ってしまった（真に受けるなよ！）。

以前私が1人飲みをしていた時のことだ。突然「ウ〜！　ア〜！」と、大声で叫び、白髪を振り乱して、手押し車を押しながら、お婆さんが入って来た。お婆さんは「ウ〜！　ア〜！」と、トイレの方を指さす。ろう啞の人なのか、単に発語ができないのか、あっけにとられて見ていると、店主のお兄さんは、「はいどうぞ」と、トイレのドアを開けた。間に合わなそうで、焦ってたのか。用が済んでトイレから出て来たお婆さん、席に着くのかと思いきや、そのまま「ウーアー」と、手押し車で出て行ってしまった。ア然として見ていると、お兄さんは、「またどうぞー」と、にこやかに見送った。何だったんだ!? あのお婆さんは。トイレを借りに来る常連だったのだろうか——にしても、あの対応は私でも難しい。その日から、密かにお兄さんを尊敬している。

私の『それでも猫は出かけていく』の中国語版が出た時、まぁ～中国の出版社はお金持ちなのか、見本を20冊も送ってきた。「どーすんだよコレ!」。自分でも読めないし、中国人の友だちもいないし——「あ、そうだ!」と、中華店のお兄さんに、「お友だちでも、知り合いでも、猫が好きそうな人に配ってくださいい」と10冊贈呈した。それからというもの、「おカさん（お母さん）、スゴイ人です」と、慕ってくれる。

ある日Mちゃんと、この店で〝密談〟などしていると、元気なチビッ子が走り回ったり、椅子の手すりを乗り越えたりと、遊んでいる。接客をやっている奥さん（彼女もけっこうカワイイ）が叱っても、おかまいなしだ。お兄さんに「坊っちゃんですか?」と尋ねると、4月には小学生になると言う。するとお兄さん、いきなり「この辺にブッケンありますか?」と、尋ねてきた。「へ? ブッケン～?」と、Mちゃんと顔を見合わせた。

つまり物件——できれば新築の1戸建てがいいそうだ。ここは店だけで、住まいは県境をまたいだ隣県のK市にあるのだと言う。確かにそこには、有名な中国人コミュニティーがある。店を終えて帰ったら、翌日になることだろう。そりゃたいへんだ。

お兄さんは息子をこの辺の小学校に入れたいのだと言う。住んでる辺りの子供は乱暴だ。この辺の子供は、お客さんでもおとなしくて、行儀がいい。この辺の小学校に入れたい。「どこが一番いいか？　S小か？　高校はどこがいい？」と、グイグイ来る。かなりの〝教育パパ〟だ。私はずっとこの辺育ちだし、Mちゃんも息子2人を育てているので、学校のレベルは熟知しているが、最近のこの区は文教地区として有名になり、子育て世代には人気となっている。新築1戸建てとなると、かなりお高いだろう。するとMちゃんが、「失礼ですが、ご予算はおいくら位？」と聞いた（マジ失礼だ）。するとお兄さん、あっさり「〇千万」と答えた。「おっ金持ち〜！」と、2人同時に驚いた。それでもまだ、少々足りないかもしれないが、かなりの額だ。

「それは私たちなんかじゃなく、ちゃんと不動産屋に行くべきよ」「まず賃貸マンションに住んで、そこからゆっくり探したら？」などとアドバイスしたが、その奥には、正規の不動産屋では受け入れてもらえない、知己を頼って何とかならないものか——という、苦しい思いが透けて見えた。

中国の人は、1度胸襟を開いた友人には、あっさり年収まで明かしちゃうと聞いたが、本当かもしれない。ブッケンの件は、ビンボーで力のない私たちには、どうすることもできないが、友人として言ってあげたい。

あなたが憧れてやって来たであろうこの国は、今や凋落（ちょうらく）の淵にある。もはや学歴や、いい会社なんてイミを成さなくなってきている。それよりも、あの伸び伸びした坊っちゃんには、好きなコト興味あるコトだけやらせてあげようよ。きっと幸せになるよ、だいじょうぶ。あなたの子供なんだから。

『砂肝のあえもの』
可も無く不可も無い中華の中で、「おっ！コレはちょっとツマミとして使えるかも——と、マネしてみました。
。砂肝
。キュウリ
。キクラゲ
。（気まぐれに）ニンジン
砂肝は、スーパーでも皮むき、下処理したのを売ってますよね♪
キュウリ斜め薄切りを
半分に
キクラゲは、水で戻します。
スゴくデカくなるからね
八角1個位
塩・酒少々
砂肝はやわらかく、ほんのり八角の香りがするので、どうやってるのか、考えた結果、
八角を入れたお湯で、砂肝を2.3分ゆで
粗熱が取れたら、そのまんま冷蔵庫で1晩。
フライパンに、（クセのない）油をなじませ、すべての材料を一気に入れる。
ついでに、キクラゲも1晩冷蔵庫で、戻しちゃいましょう。
顆粒鶏ガラスープ
塩で味を整える
（お好みで）「味の素」ひと振り
お酢をちょびっと入れてもいいかも♡
冷蔵庫で、2.3日もちます。
＋トウガラシ・コショウ・ニンニク・しょう油
また、卵・もやしなんか入れても自由だけど、
ほんのり八角風味だけの、そっけないシンプルさがおすすめです
炒めるというよりは、温めながら、なじませるだけ（数～10秒）

ズルいレシピ

毎日料理を作り続けている主婦（夫）の方々は、つくづく思っておいでだろう。「自分の味に飽きた」と。

多少ヘタだろうが、失敗していようが、とにかく他の人（お店も含め）が作った料理を食べるのは、ありがたい。それは料理を作り慣れている人ほど、そう感じているはずだ。

矛盾した話なのだが、最高に美味しいと感じるのは、本気出していねいに作った時の自分の味なのに、その味には飽きていて、自分のためだけには、決して料理を作る気が起きない。

たとえば「鶏のクリーム煮」など、鶏もも肉を皮目の方から、オリーブオイルで焼きつけ取り出したらバターを足し、そこに薄切りの玉ねぎとマッシュルームを入れ、小麦粉を振り入れ炒めたら、鶏肉を戻し、白ワイン、生クリーム、火を止めたらレモンを少々搾り、チョイパセリを散らす。「うーん、カンペキ！」。そんじょそこらの店じゃ、これ以上の物は食べられないなー な〜んて自画自賛しちゃったりしても、鶏1、2切れ食べて「う〜ん……また明日食べよ」と、冷蔵庫にしまい、翌日はすでに飽きて、鶏皮ポン酢と黄身つくねなんか、食べに行ってしまうのだ。

夫を亡くし、今や1人のMちゃんも、「なかなか自分のためだけに、作る気出ないわよね〜」とか言いながら、「これが今日のお昼」と、写真を見せてもらうと、パン2種に、レタスやキュウリ、プチトマトのサラダと卵料理が1皿にキレイに盛られ、昨夜の残りの野菜スープにミルクコーヒーなんて、「スンゲ〜!! レベルが違う」。やはり食うことに対しての執念……イヤ情熱が違うんだな。私なんて昼はバナナ半分にコーヒー、買い物ついでの夕飲みで焼き鳥数本、帰ってからはドリトスにサルサソースで飲み、夜中にカップ麺なんて、男子学生みたいな（よりヒドイ）日すらある。

「どうしたもんかねぇ？」と、妹に尋ねると、「そういう時は料理本を見て、レシピ通りに、それこそ調味料のグラム数まで、キッチリ同じに作ると、自分と違う味になるよ」と、アドバイスされた。「なるほどねぇ〜！」と、やってみるが、「イヤ、ここに砂糖はありえないだろ。みりんだけでいい」「洋風煮込みだけど、ちょびっとしょう油を加えてみようか」「和からしだけじゃなく、マイユのマスタードと半々にしたら」——てな具合に、ガマンしきれず、結局自分の味にしてしまう。

これはもう宿業のようなものだろう。よく一流レストランのシェフが、家に帰って食べる奥さんの煮物が一番美味しい――と言う気持ちがよく分かる（私が同じレベルだなんて、決して申しませんよ！）。

こんなんだから、最も困るのは「詳しいレシピ教えてください」だ。

とある、ナチュラルでエコでロハスな雑誌に依頼され、5種類程の料理を紹介した時のことだ。「そこに塩で下味をつけ」「それは何gになりますか？」「それは何gですか？」「え？　え、え～っと、小さじ半分ちょいかな？」「じゃあ、後で量ってお知らせします」。なんて具合で閉口した。ナチュラルな雑誌なんだから、その辺もナチュラルでいいじゃん！

余談になるが、このナチュラルな雑誌からは、「好きな漫画を3冊紹介してください」という取材を受けたこともある。そんなの、レシピよりはるかに困る～!!　ストーリー漫画草創期の大先生方から、今の若い人たちが描く漫画まで、人生が救われた漫画、じんわり心にしみた漫画、泣くほど笑って元気が出た漫画――数限りない。

漫画は専門外の雑誌だし、グラビア見開きのインタビュー形式だから、ムッチャはしょられるだろうし、ややこしくしても仕方ない。確か萩尾望都『ポーの一族』、大島弓子『バナナブレッドのプディング』、五十嵐大介『魔女』を挙げたと思う。『ポーの一族』は、私が本気で漫画家を目指す、きっかけとなった。『バナナブレッドのプディング』には、（青春時代にありがちな）先が見えずに、グチャグチャだった精神が、ふんわりと柔らかく肯定されたようで救われた。『魔女』は、アーシュラ・K・ル＝グウィンの「解放の呪文」に出てくる魔法使いが、あまりにもストイックに、孤独の中に自分を追い詰め、自己犠牲の上に最強の呪文を使うのに対し、大地と共に生き、糸をつむぎ料理を作る、普通の生活を送る普通の女の子が、ある日突然自然界からの啓示を受け取り、内なる最強の魔法を使う（そして再び普通の生活に戻っていく）。男性と女性の本質的な差って、ここにあるんだな——と、たいへん興味深く読んだからだ。

取材中、ナチュラル雑誌の記者さん、「『バナナブレッドのプディング』って、これだけがフツーのカワイイ少女漫画なんですね」と言う。「ほほぉ〜……この深遠なる物語をフツーの少女漫画と、のたまうか」。さらに記者さんたち（3人組）、「誰が殺したクックロビンって、『ポーの一族』に出てくるんですすね」。「ええ、元はマザーグースなんですよ」と言うと、「私『パタリロ！』（魔夜峰央）かと思ってました〜」と、いきなり3人で「だ〜れが殺したクックロビン」と、「クックロビン音頭」を踊り出した。

目が点になった。本当に〝天然〟な雑誌なんだ……うんうん、楽しくお仕事できるっていいよね。「まんま生きてっていいんだよ」——と、私も多様性を重んじる人間なのだ。

イカン！　漫画のことで熱くなって、話がムチャクチャそれた。レシピに戻そう。

けっこう前の番組だが、「マイリトルシェフ」というTVドラマがあった。伝説のシェフの娘で、天才的な味覚カンと腕を持つけど、かなり内気でコミュ障的な女性が、その腕に惚れ込んだオーナーと、土地や建物を抵当に入れてまで、レストランを開業してしまう――という、何やかやのサクセスストーリーだ。その女性シェフは、お客さんに好き嫌いを尋ねたり、お客さんの年齢や体調、お客さん同士の関係性を見たり、推測してからじゃないと、料理を作れない。つまりオーダーメイドなのだ。それにはいたく感心した。「なるほどねぇ〜。私もシェフになったら、そうしよう」――ってな、オイ！　自分その頃40超えてたぞ。

しかし実際、うちは予約制なので、前もって好き嫌いやアレルギーは聞いているし、常連のオヤジなどは、持病も知ってるし、飲んべえか否か、時には出身地による味の差も、メニュー作りの考慮に入れたりする。

そう言うと、とんでもなくスゴイことのように思われるかもしれないが、そんなの特別じゃない。シェフだろうが主婦（夫）だろうが、好みや健康状態、時間帯や飲むか否かで、ほとんど無意識の内に、塩加減や食感などを調整しているはずだ。

よくTVの料理レポーターが、豆腐屋さんや菓子職人に、「へぇ〜！　スゴ〜い！　季節によって、塩加減や浸し時間を変えてるんですね」なんて驚いてみせるが、当たりまえだろ！　そんなのあんたの母ちゃんだって、やってたよ――と、突っ込んでしまう。

「きょうの料理」とか「〇ピー3分クッキング」とかは、食材を切るところから見せてくれる。でき上がった料理は、何のひねりもクセもない、本当に日々食卓に上る1品だ。ふと、これで〝料理研究家〟と名乗っていいのかぁ――なんて思ってしまうが、そうではない。彼女（彼）らは、レシピを教えるプロなのだ。レシピ通りに作れば、どんな初心者でも一定の味になる。

料理研究家の中でも、最近異色で面白いのは、リュウジさんだ。彼の料理は、レンジや耐熱容器を多用していて、失敗のしようがない——っつーか、失敗しても問題がない。インスタント塩ラーメンを使ったカルボナーラとか、さすがにおばさんにはキビシイ料理が多いけど、最大の功績は、1人暮らしの男子学生にも、「ウマそうだな、作ってみようかな」と、思わせるところだろう。料理って、まず最初のハードルを越えるところからしか、始まらない。まず手を動かして、鍋にお湯を沸かしたり、包丁を持って、ネギでもトマトでも、「ズバン」と切ってみるのが、第1歩なのだ。

包丁にすら触れず、「イヤイヤ、料理はからっきしなんで、女房に任せっきりですよ」なんてうそぶくオジサンは、そもそも1歩目を踏み出す気はさらさらないし、そんなのは自分の役割ではナイと、見下している。

コウケンテツさんや和田明日香さんクラスのレシピとなると、いかにもチャチャッと簡単にやっているように見えるが、本当の初心者だと、けっこう事故ると思う（平野レミさんのように、あり方自体が事故ってるレシピもあるが）。和田明日香さんの「包まない餃子」なんて、まずみじん切りからして、けっこうツライぞ。料理初心者、餃子の皮を袋から1枚1枚出してる内に、下面丸コゲになってないか？　かなり作り慣れている、料理中級者以上向けのレシピだと思う。

しかしマジアカンのは、一流料理人のレシピだ。「ブロードをジュレにした物を重ね――」ってね、ブロード（洋風出汁）作るのに、3日はかかるでしょ？　ジュレ？　ブロード何ccに対して、ゼラチンどの位ですか？　なんて、時々とんでもないレシピを目にする（まぁ、プロ向けなんでしょうが）。

昔、東大理一の従兄が、数学オンチの私の家庭教師をしてくれた時、私がその問題のどこの何が分からないのか、まったく分かってもらえず、私は3回目にしてベランダから逃走したことがある。従兄はたいそう怒り、家庭教師はそれっきりになったが、本当の初心者とはそんなものなのだ。料理人が当然のようにやっていても、玉ねぎのどこからどう、刃を入れていいのかすら、分からないのだ。

だから料理人にレシピを聞くのは、あまり有効ではない。「名選手名監督にあらず」じゃないけれど、料理人は、いかに美味しい料理を提供するかだけを追求すればいいし、料理研究家は、いかに簡単に美味しい料理を作るかを伝えられればいいのだ。

役割が違う。料理人と料理研究家は、似て非なるものなのだ。

何のひねりもないけれど、「あと1品ほしい〜!!」って時に、
猫でもできる　3分穴埋めクッキング
「バターしょう油 粉ふき芋」
ジャガ芋の
皮をむきます
ショャカ
シャカ
シャカ
シャカ
4等分して
耐熱容器に
入れたら
フワッと
ラップをかけて
レンジで2、3分
(少しやわらかめに)
そこに、
バター
ホットケーキに
載っける位
しょう油少々
(数〜10滴位)
ドバッと
入れるなよ〜!!
それに
お皿をかぶせたら
親のカタキのように、上下に
ジャカジャカ振ります。
(もちろん 耐熱タッパ
でもOK!)
グチャグチャになっても、味変わらないし…
で、完成!!
もしも
パセリや青ネギがあったら
色どりに散らし、
青のりも
いいかも…
そのまんま
小鉢として
食卓に出したり、
肉料理の
つけ合わせや、
あ〜!! なんか
ここスキマ
できてる!
なんて時に
便利です…
同じことをカボチャでやっても…
その場合
バターと一緒に、
粉チーズを振っておくと、
コクが出ます。
カボチャの皮は多めにむいてね。皮だけはがれるから…
カボチャは、切ったのを
冷凍しとくと 便利!

ヘンなおじさん

ここ半年の内に、『猫屋台』に来るお客さん2人が、（それぞれ別の）TV番組で取り上げられた。

どちらも町でブラブラしている、気になる人、ワケありな感じの人に、いきなり声をかけ、インタビューしたり、家について行ったりする番組だ。ちなみに2人は互いに面識はないし、育った地方も経歴も、職種もまったく違う。

1人目のM（敬称略！）の時は、「へぇ～楽しみ。じゃ忘れずに観るね」なんて言ってたが、2人目のYさんがTVに出るという話を聞いた時、ハタと気づいた。「んっ？　コレって異常な確率じゃないか？」

『猫屋台』には様々なお客さんが訪れる。しかし複数回リピーターとなると、十数人程度だ。その内2人が……。あの手の番組って詳しくは知らないが、TVクルーのインタビューを受けるまではあっても、実際使われるのは、(局や時間帯にもよるのだろうが) おそらく、その半数程ではないだろうか (テレ東は割とガチな気がするが)。

それなのに、うちの常連さん十数人の内の2人が、それもわずか半年のうちに。TVクルーの目に留まるような、おじさん2人を産出した (イヤ、うちは産み出した覚えはないが)、少なくとも引き寄せた『猫屋台』のあり方について、考え込んでしまった。

強いてこの2人のおじさんの共通点を探すなら、ほぼ同世代 (70前後)、妻に逃げられ(たぶんね) 1人暮らし。何かしらの (生活が破綻しない程度の) ギャンブル好き。そして、けっこう料理ができるのだ。

先に出たMは、昔からの父の読者だ。かつては、学生運動の某党派に属していた。愛嬌はあるのだが、スチャラカで大言壮語。金もないのに会社を設立するわ、建設事業に手をだすわで、なんだか植木等 (演ずるサラリーマン) と、しゃべっているような気分になってくる。

Mは山っ気たっぷりなので、小金を稼ぐアイデアには事欠かない。私の著書『開店休業』(これは父との共著) と『猫だましい』をそれぞれ100冊ずつ幻冬舎から買い上げ、それに私がサインしたのを2冊抱き合わせで、3千円で友人知人に売りつけると言う。私にはサインの手間賃として、2冊につき500円渡すからと――。「ヤメロ~!! 私を巻き込むな!」「サインはいくらでもするけど、頼むから私とは関係なくやってくれ」――と、言っておいたら、Mは本当に計200冊を仕入れてしまった。支払いはかなりダラダラと遅延して、会社にはご迷惑をかけたようだが（って、私のせいじゃないけど）、まぁ、200冊お買い上げいただいただけでも、ありがたしとしよう。まだすべては売り切れてないそうだが、私はこれまでに、百数十冊はサインをさせられた。タダ働きはくやしいので、「サイン代として1杯おごれよ」とは言ってあるが、いまだ実現されていない。

そのMが、浅草で昼から飲んでブラブラしてるところを（どうせ場外馬券だろう）TVクルーに目をつけられた。そりゃ〜Mは、ヘンなおじさんを絵に描いて、額にハメたような〝おいしい〟ヤツだ。Mは聞かれるがままに、某大女優の兄貴は、学生時代自分と同じ党派だったが、今は生活保護だとか、オレは吉本隆明という大思想家の一番弟子だ——とか言ったらしい。クラッときたが、TV的にヤバイところは、すべて割愛されていたので、ホッとした。

しかしMは、〝エエシの子〟が多い、けっこうな有名私立大学出だし、実家は地元では名士のようだ。父も（さすがに一番弟子は図々しいが）Mのことを憎からず思っていたのは確かだ。特にMの親父さんの話が気に入り、「あなたの親父さんこそ、大衆の原像だ。あなたの平易な文章で、親父さんのことを書いたら、直木賞も夢じゃない」と、そそのかしたらしい。Mは今も、親父さんの伝記を書き続けている。Mは季節性の躁うつ（あえて双極性障害という名称は使いません）なので、暖かくなると、どうでもいい用件でやって来たり、1日に何度も（夜中でも明け方でも）電話をかけてきたり、新規事業をブチ上げたりと大車輪なのだが、秋風が吹く頃になると、ピタッと活動を停止して冬眠に入る、それだけならまだしも、その間本当に病気を患ったり、骨折して動けなかったりしている。本能に忠実——っつーか、効率悪いことこの上ない。人生の半分を損している。

しかしMは〝地頭〟とカンがいい。それだけは認める。父の著書だって、ガッツリ読み込んでいる訳じゃないのに、なんでかいいとこ、ツボを押さえているのだ。

お客として何人かで訪れた時、じゃが芋とスペアリブと卵の煮物を出した。するとMは、「ん、この卵何分?」と聞く。内心「ニヤリ」とした。「ダンナ、お目が高いですな」「冷蔵庫出してすぐに、沸騰したお湯で8分。夏なら7分」と、答えた。

実はこの煮物で、一番手間をかけているのが、そこなのだ。煮物に入っている卵って、まずカッチカチでしょ? それを半熟に仕上げるのだ。味しみ系の煮物は1晩置くので、前日の夜から作り始める。まずゆるゆるの半熟卵を作り、じゃが芋やスペアリブが煮上がったら火を止め、50度位まで温度が下がったら、卵を投入。暑い時期なら、そのまま冷蔵庫に。冬場なら、お風呂に5㎝程水を張り、そこに鍋ごと浸し、風呂場の窓を開けておく(水温は一定してるので)。

翌日鍋を温め直す前に卵だけ取り出し、お客さんに出す直前、鍋の火を止めてから卵を戻し入れ、2、3分後に盛りつける。そうすると、ほど良い固さの味しみ半熟卵になるのだ。

私は慣れているので、別に特別な手順とは感じていなかったが、そこに目をつけたヤツは初めてだ。あなどれないオヤジだ（あなどってるけど）。

もう1つの番組に取り上げられたYさんは、決してヘンではない。近所の銭湯の前で、TVクルーに捕まった。何かドラマがありそうな、ワケありおじさんと見られたのだろう。

Yさんとは〝猫友〟だ。いろいろ仕事をかけもちしているらしいが、隣の墓地の掃除もやっている。東京ドーム1個分はある広大な墓地なので、かなりの体力がいるだろう。寺の掃除に入るのは、本社組と請われ組があるそうだ。本社組は（寺のご意向を汲んでか）猫を排斥しているが、Yさんたち請われ組数人は、大の猫好きで、「影の猫軍団」と名乗る墓地猫たちの味方だ。

Yさんは特に自分の話をしないので（っつーか猫の話しかしないし）、TV番組で初めて知ったことが多い。自分の家のニャンコの写真を見せてくれるので、うちと同じく年季の入った1軒家住まいなんだな——とは思っていたが、バツイチ1人暮らしとは知らなかった。かつてボクサーだったのも、初めて知った。Yさんの立ち姿を見る度「ン？」とは感じていた。ちょっと猫背のヒョロッとしたおじさんなのに、フワッと立っているのだ。たとえるなら、頭のてっぺんに糸がついていて、つるされている感じ。芯が通っているのに、前後左右動きが自在なのだ。ああ！　そういうことだったのね——と、納得がいった。

「ずいぶん色々な野菜や食材がありますね」と、Yさんの家でTVクルーが言う。「ああ、コレね、みんな天ぷらにしちゃうの。コレも、天ぷらにしちゃえば何でも美味しいから」と

Yさん。「ゲゲ〜ッ!!」。天ぷらなんて、かなりの上級者だぞ！ 私だって避けて通る。まずお客さんに出さない。よく失敗する（特にかき揚げ！）。おじさんの作る天ぷらだから、サクッとはいかないにしろ、チャレンジャーだ。私よりはるかに上等な生活者だ。

Yさんが1人で認知症のお母さんを介護していた時、1匹の子猫が迷い込んできた。それまでYさんは、特に猫に愛はなかったが、その子猫と接する時だけ、お母さんは昔のようにハッキリする。その時からYさんは、猫にのめり込んでいったそうだ。その猫は6年間家にいて、（2年前）お母さんが亡くなった2日後に、ふっと家を出て行って、それっきり帰らないのだと言う。

もちろんYさんは夜中まで近所を捜し回った。確かに猫軍団仲間と、お客さんとして来た時にも、「このコ見かけなかった?」と、写真を見せられた。

「コレ（TV）観て、『そのコうちで飼ってます』なんて人がいたら、最高だねぇ」と、Yさんは言った。

「分かるわぁ!」。その気持ち。その帰らない猫の手掛かりのために、Yさんは快くTVクルーを招き入れたのだ。同じ立場だったら、たぶん私もそうする。

猫というヤツは、本当にナゾの生き物なのだ。40年以上、どっぷり猫とつき合っていても、いやまして分からない。だから猫の〝安全安心〟のためには、家の中に閉じ込めておけばいいに決まっている。しかし、それで見ることができるのは、その猫のほんの一面でしかない。

猫は人間の周辺でしか生きられないが、どうしたって人間に与しない猫もいる。それを人間に懐かせて、人間の愛を教えてやろうなんて、傲慢極まりない。それに必ず落ちこぼれる猫がいる。猫保護団体は〝団体〟でしかないので、決して最後まで責任を取ってくれない。それは人間のホームレス問題にも通じる。保護して〝箱〟に入れりゃいいってもんじゃない。最後まで酒でも飲んで、自由に路上にいたいおっちゃんがいるように、猫だって自由でいる〝猫権〟があるのだ。来る者は拒まず、去る者は追わず、別に懐いてくれなくてもいいし、極寒の夜や病気の時だけ勝手に入ってくれりゃいい。『猫屋台』は、猫にとって、そんなドヤ街の診療所や、かけ込み寺として機能しているのだ――ってね、それ猫だけだからね！うちおじさん寺じゃないからね！

ああっ……でも、なんか常連さんの〝独身率〟やたら高い気がする。イヤ、でも皆さん自立しておられるのだから、奥さんに依存する、濡れ落ち葉オヤジより、よっぽどりっぱなのだが、やっぱ私がヘンなのか？

なんか分かった気がする。同じニオイがするのだ。真剣に我が身を正そう。次に浅草で、銭湯の前で、ＴＶに捕まるのは、私かもしれないのだ。

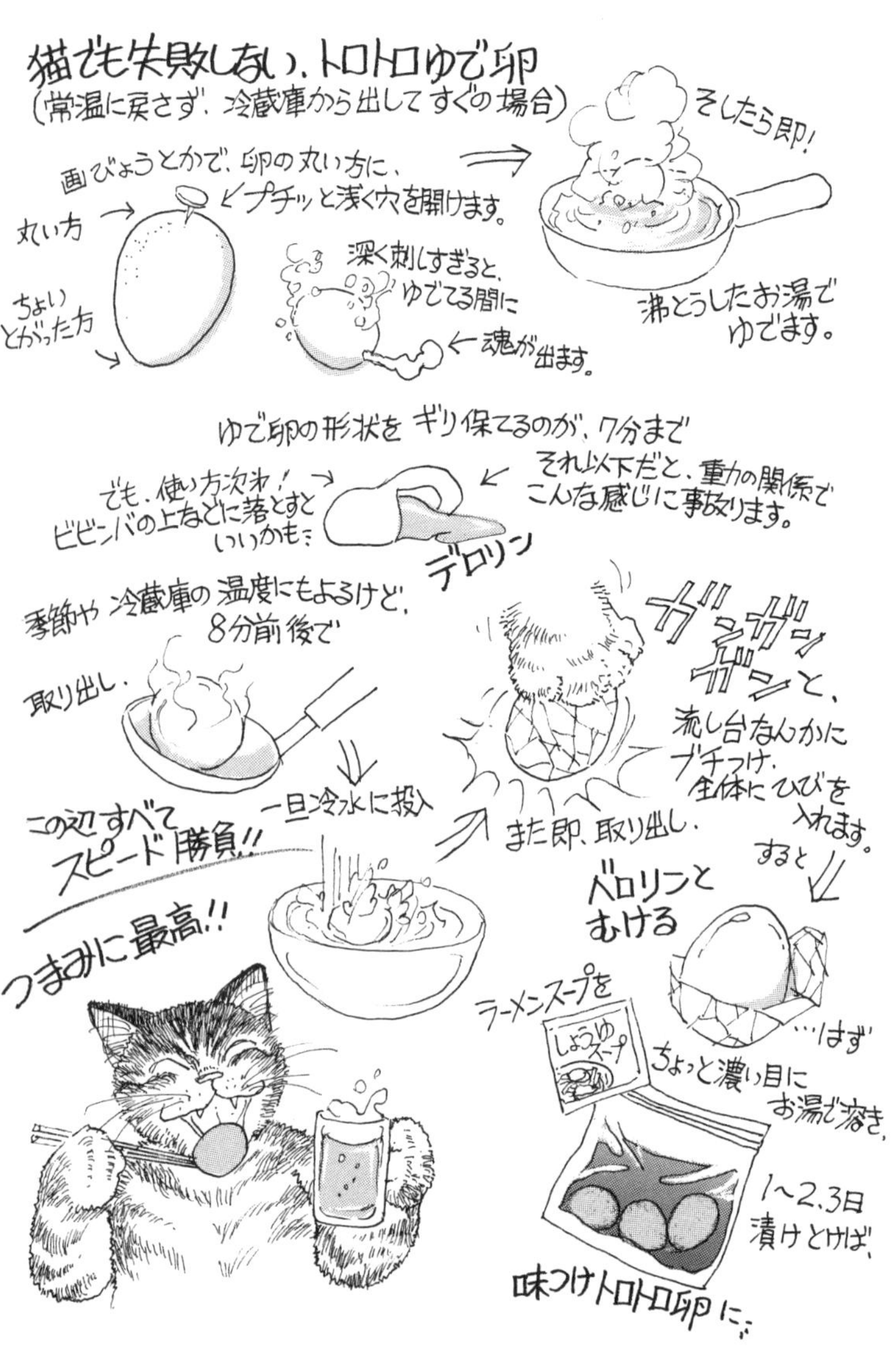
猫でも失敗しない、トロトロゆで卵
(常温に戻さず、冷蔵庫から出してすぐの場合)
画びょうとかで、卵の丸い方に、
プチッと浅く穴を開けます。
丸い方
ちょい
とがった方
深く刺しすぎると、
ゆでてる間に
魂が出ます。
そしたら即!
沸とうしたお湯で
ゆでます。
ゆで卵の形状をギリ保てるのが、7分まで
それ以下だと、重力の関係で
こんな感じに事故ります。
でも、使い方次オ!
ビビンバの上などに落とすと
いいかもミ
デロリン
季節や冷蔵庫の温度にもよるけど、
8分前後で
取り出し、
一旦冷水に投入
この辺すべて
スピード勝負!!
ガンガンガンと、
流し台なんかに
ブチつけ、
全体にひびを
入れます。
また即、取り出し、
すると
ベロリンと
むける
…はず
つまみに最高!!
ラーメンスープを
しょうゆスープ
ちょっと濃い目に
お湯で溶き、
1〜2.3日
漬けとけば、
味つけトロトロ卵に:

クレーム

数年前のことだろうか。買い物帰りによく入る中華のファミレスで、バイトの女性スタッフが、テーブルの上のグラスを倒し、30代位の夫婦の服に水をこぼしてしまった。夫婦には幼い女の子もいた。ダンナは立ち上がり、「あ〜あ！　タオル持って来て！　早く！」と、バイトの子に怒鳴る。彼女は「スミマセン！　スミマセン！」と、どうやら店の紙お手拭きをいっぱい持って来たらしい。ダンナは「そうじゃないよ！　タオル！　コレじゃなくてタオルだって言ってんだよ！」と、怒鳴り続ける。その間奥さんは、ただムッツリと服を拭いている。「あ〜!!　もういいよ！」とダンナは食事を切り上げ、店を出て行った。奥さんも無言で娘の手を引っ張り、その後に続いた。こういう両親の下で育つ子供の将来が心配だ。〝おばさん力〟が増大した今の私なら、「ちょっとダンナさん、みっともないよ。あなたの大声は、他のお客さんを不快にさせてるよ」位は、言ってあげられたかもしれない。気の毒に、そのバイトの子は、それっきりやめてしまった。

この場合もしも私だったら、「イエイエ！　だいじょぶですよ〜いいかげんな服しか着てないんで（ホントだし）」と、多少冷たいのをガマンするだろう。しかしもしもかけられたのが〝熱々あんかけ酸辣湯麺（サンラータン）〟だったとしたら、「トイレ、ビチャビチャにしますが、いいですね？」と言って、トイレで水をジャージャーかけるだろう。重度のヤケドにでもなったら、逆に店を追い込みかねない。

人間のケアレスミスは、絶対に避けられない。その時はお互いに、何が最善かを合理的に考えて回収するしかない。

昔、母と日本橋のビルの中にある、カジュアルだけど、そこそこの日本料理店で食べていた時、ガラスの器に盛られた冷菜三点盛りの中に、ガラス片が混入していたことがあった。１㎝角程ある、かなりの大きさだ。こんな物うっかり飲み込んだら、場合によっては命に係わる。この器の破片ではないようだ。コレはマズイ！　もしかして、他のお客さんの料理にも交ざっていたら。私と母は「ちょいちょい」と店員さんを手招きし、それを告げた。店員さんは、あわてて料理を持ち帰り、新しい物と代えてくれた。帰りぎわ、店長まで出て来てお詫びをされ、食事代はタダにしてくれた。もしも私が店の立場だったとしたら、（口止め料込みで）それで済むのなら、たいへん助かるだろう。ありがたくゴチになった。

かつて千駄木にあった焼き肉店で、友人数人と飲んでいた時、タレ漬けの肉の中から、百歩譲っても〝陰〟と思われる毛が出てきた。友人は黙ってそれをつまみ出し、銀の皿のフチに取り除いた。「オゲ〜ッ！」と思ったが、皆考えないことにして、肉を焼いて食した。韓国おばちゃんの店だ。言ったところで、「ダイジョブヨ！　焼いちゃえば消毒ダヨ」と、言われるのがオチだろう。異物混入も、ケースバイケースなのだ。

ビールグラスの内側に、食べカスがこびりついていたことがあった。これが外側なら、カリッとこそげ落とし、文句を言わない程度には寛容なのだが、さすがに内側に（他人の）食べカスは気持ち悪い。「コレ、内側についてるんで、代えていただけますか？」と、いかにも穏やかなマダム風に頼んだ。スタッフは、「スミマセンでした」の一言もなく、無言で新しいビールを置いて行った。

こういうところから綻(ほころ)びは始まるのだ。店は程なくツブレてしまった。

異物混入は、（あっちゃならないけど）避けられない。いちいちクレームをつけてたら、逆に自分が蝕(むしば)まれる。からあげの衣に青ネギ1片とか、黄身つくねに卵のカラ、もずく酢に千切りキャベツ1本、こんなのは〝あるある〟だし、健康被害があるとは思えない場合は、黙って取り除き、最後に空の器の真ん中に置いておくだけだ（かなりイヤミか？）。

月イチあるかないかのペースで、Uイーツの宅配を頼むことがある。しかし新しい店にチャレンジすることは、まずない。知らない店の料理なら、出向いて食べる。店の雰囲気や接客も、料理の内なのだ。

頼むのは、ほとんど半径1㎞圏内の、Mドナルドや〇将位だ。天気悪いし〜忙しいし〜食欲ないし〜こんなところでいいか――ってな場合だ。

小雨の降る薄ら寒い日だった。夕方Uイーツで、〇将の餃子とからあげを頼んだ。駅近の店なので、配達スタッフはすぐに見つかった。Uイーツを利用したことのある方は、ご存じだろうが、スマホ画面で、配達スタッフの顔写真も表示される。これはちょっと楽しい。見ると、ヴァンさんという米国籍の、ガタイのいい青年だった。ベトナム系アメリカ人なのだろう。

私は〝置き配〟はしない。必ず玄関先で直に受け取る。この怠惰な私の代わりに、脚となって運んでくれるのだ。「ありがとう。ご苦労さまでした」の言葉だけは、直接伝えたい。〇将からうちまでは、私の脚でも自転車で数分だ。しかも大通りを直進だから、間違えようもないし、若者なら3分程で到着するだろう。

しかし10分経ってもやって来ない。アレ〜？　たとえ運悪く、すべての信号に引っかかったとしても、そんなにはかからないはずだ。Uイーツは、スタッフの走行ルートと現在位置をGPSで見ることができる。どうも数百m手前で横にそれ、住宅街の方に入って行ってるようだ。ああ、もしかして2件かけもちして（同じ方向だと、よくあるらしい）、そっちを届けてから来るのかな――と、20分が過ぎた。さすがにこれは異常だ。事故ってるんじゃあるまいな。GPSを見ると、ごく近所にいるようだが、行ったり戻ったり完全に迷走している。30分が過ぎた。さぞかし冷たい、餃子とからあげが届くことだろう。そこへヴァンさんから電話が来た。出ると、パニクったベトナム語で、何やらまくし立てている。「ホェアーアーユー?」。米国籍だから当然通じるだろう。しかし、パニクリベトナムシャウトが返ってくるだけだ。「ホワット　ドゥーユーシー?」。電話はブッッと切れた。アカン……。

45分が過ぎた頃、何でかUイーツから、「配達が完了しました」のメールが入った。「オイ!　どこに届けたんだよ」。もしかして墓場か?　化かされたのか——仕方なくUイーツにメールで、配達スタッフの名前と店、理由を説明して、キャンセル扱いにしてもらった(料金は返却される)。

1時間以上過ぎた頃、玄関のチャイムが鳴った。出てみると、「Uイーツです～」と濡れそぼったヴァンさん(らしき人)が、包みを差し出す。顔写真とは似ても似つかぬ、小柄で貧相な兄ちゃんだ。訳が分かった。これは不正アカウントの成りすましだ。最近は、もっとキビシクなっていると思うが、一時期、不法就労目的の外国人が、ブローカーから不正アカウントを入手して、(バレにくい)Uイーツで働くケースが多発していた。

それでもヴァンさん(仮)は、雨の中1時間かけてもあきらめずに、うちまで届けてくれたのだ。きっと誠実な人なのだろう。もしも自分が、右も左も分からない異国の地、たとえばNYなんかで、いきなりこの仕事を始めることになったとしたら、土地カンはない、言葉は分からない、Uイーツアプリの操作もまだ不慣れだ。絶望的な心細さだろう。

一瞬同情して、千円渡して料理を受け取ろうかと思ったが、それはダメだ。（不法であろうとも）これはお仕事なのだ。甘く見てたら、さらにヒドイ目にあうだろう。「ゴメンね。それは受け取れないの。キャンセルしたから、持って帰ってね」と、（日本語で）言った。理解できたかは分からないが、ヴァンさん（仮）は、小雨の中トボトボと、包みを持ち帰った。

まるで私が〝良い人アピール〟をしているようだが、それは違う。私は慎重なだけだ。自分だって当然やらかすようなミスに、いちいちクレームをつけていたら、その分自分が〝堕ちる〟のだと思った方がいい。私が本気で憤るのは、自分だけが得をしようとする欲深い人。人に迷惑や不利益を及ぼすのを承知の上での、自覚的な怠慢、無知、無神経、不寛容だ。そういう人とモメてたら、消耗するだけなので、理解不能な人は、フェードアウトかシャットアウトするのみだが。

父母が元気だった頃、谷中墓地でのお花見（当時は、ブルーシートを敷いての宴会が許されていた）の2次会で、何度か利用した店がある。総勢50人以上だし、友人が友人知人を連れて来たりで、もう誰が誰だか誰にも把握できない、ムチャクソな集まりだった。職種も、学生、子供、フリーター、主婦、物書き、編集者や学者などなど、たぶん谷中のホームレスのおじさんが交ざって飲んでいても、分からなかっただろう。

それがもう完全に〝出来上がった〟状態で店に来襲するのだ。さぞかし迷惑だったことだろう。1階はカウンターの小料理屋で、2階はすべて開け放てば、50人が入れる。女将さんは気さくでザッパな、いい人だった。

しかし酔っぱらいの、収拾のつかない集団だ。11時近くになり、「ハイ！ もうお開き！お会計1人3千5百円」とかやっても、まだグループごとに飲んでるわ、しゃべってるわ（そして会計は、必ず2、3万足りずに、吉本家が補てんする）で、全員を外に出すのに、30分はかかる。お店は翌日も宴会が入っているとかで、バイトスタッフもイラついているのが分かる。

翌日女将さんから電話があった。激オコのご様子だ。何でも揃いの大鉢の内1つが、紛失しているのだと言う。そりゃ〜申し訳ない！ あれだけ収拾のつかない酔っぱらい集団だ。誰かが頭にかぶって帰ったとしても、不思議ではない。しかし一瞬「アレ？」と感じた。そんなことで（イヤ、100％こちらが悪いのだが）、憤る人だったっけ。

あの器、「かっぱ橋」で5客2千円だよな（イヤイヤ！ 悪いのはこちらだ）——とは思ったが、後日、菓子折りと共にナンボか包み、お詫びに行った。女将さんは、快く許してくれたが、こちらは何となく足が遠のいた。

その内小料理屋は、いきなりカラオケスナックに変わり、やがて廃業してしまった。

あの時女将さんは（経済的なことか、家庭や自身のことか、知るよしもないが）、余裕がなかったのだろう。

クレームを入れる時には、立ち止まって考えた方がいい。それによって関係性をこじらせ、さらなる凋落の入り口となるかもしれないのだ。

秋も深まる今頃の
『猫屋台』メニュー
(最近の1例)
○じゃが芋・手羽先・油ふの煮物+きぬさや
○カボチャとクリームチーズサラダ+クルミ・ブランデー漬け干しぶどう
○焼きナスのゴマだれ+芽ねぎ
○タコ・カブ・クレソン・フリルレタスサラダ
○ブリのからあげ・ねぎソース
○ぬか漬け
○鮭・まいたけバター炒めご飯+大葉
○なめこ汁+ねぎ・みつば
超カンタン! ちょっと洋風 秋の炊き込みご飯
この日のお客さんには、エビ・カニアレルギーの方がいらしたので、使いませんでしたが、この時期は、カニもメニューに多用します。カニポテサラとか、カニグラタンとか
『猫屋台』では、生の秋鮭を使いますが、
スーパーや、コンビニの焼き鮭でOK!
2合なら、2パック(2切れ)
皮と骨を取り除き ほぐす
今回はシンプルに、まいたけのみを使いましたが、
バター
しいたけ
えのき、
他にも、
しめじ
など、色々きのこどっさりをたっぷりバターで炒め、塩・こしょうで味つけ
ガーリックもアリ
粗熱が取れたら
汁ごとすべて投入!
炊き込みご飯は、やや味濃いめがコツ
ホントは、出汁・酒・しょうゆ・塩なのですが、
水+だししょうゆでも、だいじょうぶ
スイッチONで
完成!!
うちは土鍋だけど…
ブシュ〜
あれば、大葉の千切り 青ねぎなど 散らして、
味つけ、水加減テキトーでいいんです!
いいのいいの! お腹入っちゃったら一緒よ!
進むレミ化
失敗したら、すなおにあやまりましょう。

原点回帰の味

20代の頃、雑誌の巻末アンケートで、「地球最後の日には何を食べますか?」という、お題が出た。

私は特に悩むことなく、「ホットドッグと生ビール」と答えた。それは、前期高齢者になんなんとする現在でも、変わっていないのだ。

普通、様々な美食を味わい尽くした揚げ句の原点回帰——白い炊き立てのご飯と塩鮭とか、故郷の芋煮鍋とか、実家のカレーライス、なんてところだろうか。まったくもって、残念な婆さんだ。

妹が、かつてこのことを南伸坊さんに話したら、「お姉さんは、野球が好きなんですね」と、言われたそうだ。「ああ! なるほどね」。気がつかなかった。言われてみれば確かに、ホットドッグと生ビールは、アメリカの野球観戦定番メニューだ。しかし意外にも、私は球場でホットドッグを食べたことは、1度もないのだ。

1度だけ「阪神甲子園球場」に、行ったことがあるが、最下位に低迷していた時期だったし（しかもデーゲーム）、あこがれの甲子園球場1塁側内野席なのに、スッカスカで、どこでも勝手に座り放題、相手も横浜だし（あ！ 別にバカにしてる訳じゃありませんよ）、1人まったりとゲームを眺めつつ（確か勝った）、生ビールを飲んだだけだった。

東京における、阪神タイガースの〝聖地〟「神宮球場」（最近は負けが込んでいるが）は、屋外で風通しも良いので、真夏以外はけっこう寒い。5、6月でも、日が暮れると冷えてくる。うどんなどの汁物を食べたいのだが、その類は、座席まで持って帰るのは困難だ。急な階段、狭い通路を「スミマセン、スミマセン」と、観客に足を引っ込めてもらい、恐縮しながら何とか通る。ちょっとでも蹴つまずこうものなら、熱々の汁を人の頭にぶっかけかねない。無事に座席まで持って帰れても、置き場所がないので足下に置く。チャンスの場面で立ち上がろうものなら、必ず器を蹴飛ばして終わる。なので神宮名物3塁側売店のうどんも、絶対余裕（か、大負け）の試合で、相手（ヤクルト様）の攻撃中に、スタンド外で食べたきりだ。いつもポテトフライやたこ焼きをツマミに、売り子のお姉さんのビールを飲みまくるハメになる。ちなみに、野球場のビールをあなどると、ヒドイ目にあう。あのプラカップや紙コップは、500㎖（実質480㎖）だ。いつもは3杯だが、うかつに4杯目をいくと、2、3時間の短時間に、480×4だ。さすがにヘロヘロになる。たいへん危険な飲み物なのだ（って、悪いのは私ですが）。

また、3塁側外野スタンドなんぞにいようものなら、飲食不可能だ。終始立ち上がり（じゃないと見えない）、応援団に合わせて声援を送り歓声を上げ、6回裏2アウト頃から、ジェット風船をふくらませ始め、7回を前に飛ばさねばならないのだ。そんな応援も、今は昔となった。世代が替わり、球場にも若いオシャレな女性が増え、応援もスマートになった。3年間のコロナインターバルもあり、オヤジ野球文化は、終焉を迎えた。

神宮球場と同じ位、（敵地）東京ドームで観戦する機会があった。かつて糸井重里さんが、〝年間シート〟のペア席を持っていて、余るとうちに回してくれたので、母や友人とよく行った。しかしそれは、1塁側のバックネット裏、かなり前の方だった。完全アウェイ席だ。周囲は会社のおエライさんが（どう見ても奥さんじゃない）女性を伴って来ていたり、業界っぽい人が多かった。阪神がヒットを打っても、「わ〜！」パチパチパチなんて遠慮がちに拍手したりして、居心地悪いったらない。そして阪神の負けが見えてくると、7回位で早々に退席した。巨人ファンが歓喜する姿だけは見たくない（野球となると、いきなり心が狭くなるオレ）。その後外で飲み直すのが常だった。

しかし東京ドームは、ホットドッグ最大の〝聖地〟だと思っている。球場内の売店にもあったと思うが、ドームを含める遊園地と、道を挟んだ温泉施設やショップが入る「ラクーア」をすべて引っくるめた「東京ドームシティ」内には、ホットドッグショップが点在している。ラクーアの2店は、最近撤退してしまったが、たぶん、パブのメニューの中にあると思う。

ドームシティのホットドッグは、各店舗トッピングのアレンジはあるが、ドッグパンとソーセージだけは共通で、王道を行っている。プロ野球草創の時代を彷彿とさせる、基本を外さない味と形なのだ。

パンは、コッペパンがちょっと細めになった感じだ。単独で食べたら、特に美味しいとは思わないだろう。ソーセージも、スパイスなんか効いてない。みんな大好きウィンナーが、やや太めで長くなっただけだ。しかしこの2つが組み合わさると、絶妙なのだ。本当に何も塗っていないパンに、軽く温めたソーセージを挟んだ〝だけ〟メニューもある。そこにマスタード、ケチャップはお好みで——この乱暴さは、いかにもアメリカの野球場っぽい（行ったことないけど）。

ドームシティには、24時間営業（当時）の温泉施設がある。その中の、深夜でもぶっ通しで開いている軽食店のメニューにも、ホットドッグはあるが、夜ふけのホットドッグは、さすがにキツイので、いつも生ビール1杯で、1度も頼んだことはない。

最近のホットドッグは、ソーセージがフランクフルト位ぶっとかったり、粗挽きすぎて食感が悪かったり、チョリソーを使ったり、邪道だ。パンにもゴマがまぶしてあったり、何か練り込んで色が着いていたり、パン生地自体がクロワッサンだったり、バゲットだったり

――もうそれ、ホットドッグじゃないから。

確かにハンバーガーに比べて、アレンジがしにくいので、そこに手を加えたくなる気持ちは、分からないでもないが、ホットドッグにおいて、パンとソーセージだけは、不可侵領域なのだ。

手近に買える好みのホットドッグなら、コンビニSやDコーヒーチェーンのが、けっこうイケる。時々買うけれど、やはりパンのショートニングの匂いが気になってしまう。なので、アレンジを加える。追いマスタードとして、和からし＋粒マスタードをこってり塗ったくり、市販のザワークラウトとスライスピクルスを詰め込む。

他にもFネスの、刻み玉ネギをイヤ〜ッて程載っけたホットドッグや、チリドッグも好きだったのだが、このコロナの間に、メニューから消えてしまった。やはり万人受けしない、手間やコストがかかるメニューから、削っていくしかないのだろう（注・最近モーニングでは復活したようです）。

中学校の同級生で、時代劇ファン繋がりで、仲良くなった友人がいる。彼女はとてつもない変人で（人のことは言えないが）、まず人間としての思考回路が、根本からして異星人なのだ。彼女は究極の〝お子ちゃま舌〟で、肉や魚も、野菜も食べられないのだが、餃子や焼きそばなど、加工されていれば、だいじょうぶなのだ。しかし味覚は確かで、彼女が美味しいと言う物は本当に美味しい。

お互い高校生の頃（別々の高校に進んでいた）、上野御徒町の喫茶店に、すっごく美味しいホットドッグがある――と言うので、2人して出掛けた。春日通りに面した広々とした、昭和レトロな店だ（って当時マジ昭和だからね）。クリームソーダやナポリタン、プリンアラモードなんかがある、由緒正しい喫茶店だ。

ホットドッグを頼むと、ちょっと意外だった。バターロールに、ウィンナーとキュウリが挟んであり、（さほど辛くない）からしバターに、ちょいケチャップという、どの家でも作れる味だ。それが2個お皿に載って出て来る。しかしこれが、絶妙に美味しかった。2個はペロリといけ、なんならおかわりをしたい位だ。

コレ、どこかで食べた懐かしい味だよなーと、考えてみると、そうかコレ、私が高校受験の時、お夜食として、母が作ってくれたホットドッグじゃないか！　母はガッチガチの几帳面なので、料理をやるとなったら、調味料のグラム数から、素材の品数まで、料理本通りに作らなければ気がすまない人だ。「あ、ここはもっと濃い目にしよう」とか、「キャベツがないからレタスでいいか」のアドリブが、まったくできない。だから、料理でヘトヘトに疲れてしまうのは、よく理解できる。その母が作ってくれた、数少ない料理（？）が、こんな感じのホットドッグだった。

軽く温めたバターロールにバターを塗り、フライパンで炒めたウィンナーと、斜めスライスのキュウリを2枚。慎重な手つきで、それに1時間位かかっていた。

母が作るのは、白いご飯、納豆、豆腐、焼いた干物、海苔、ほうれん草を茹でただけ——オールオブ〝だけ〟料理だった。その中で、ホットドッグは、数少ない〝おふくろの味〟という訳だ。

昔「料理の鉄人」という番組で、中華の鉄人（その時、陳建一さんだったかは定かでないが）に、料理研究家の小林カツ代さんが挑戦したのを観たことがある。確かお題食材は〝鮭〟だったと記憶する。鉄人が技術を駆使し、趣向を凝らした料理を仕上げていくのに対し、カツ代さんは手慣れた感じで、鮭の炊き込みご飯など、ちょっと腕のある主婦（夫）ならできそうな、家庭料理を作り続けた。結果、小林カツ代さんが勝利したのだが、会場内には、そして鉄人にも「まぁ、カツ代さんだからな、花を持たせたんだよな」的な雰囲気が漂っていた。

「そうじゃないんだよ！　本当に美味しいんだって！」。シンプルな調理法で、ていねいに作ったフツーの料理は、最強なのだ。

父が『開店休業』の中で、「思い出と思い込みの味」と、表現していたが、それは別に、親の手作りの味とは限らない。

買い食いのコロッケの味、山でもいで、しゃぶったアケビの味、磯でほじって茹でたトコブシの味——それぞれの味が、楽しい思い出と共にあるのだ。

ホットドッグが、私の思い出の味とは、どうにも貧相だが、〝最後の晩餐〟として、〇〇のサーロインステーキとか、○○の寿司だとか、○○のフカヒレ煮込みとかを挙げる人は、むしろ貧しいと感じるのは、私のひがみだろうか。

母が作る ホットドッグ
キュウリ
バターロール
ウィンナー
バターのみ
スーパーで売られている、
大手メーカー ドッグ用パンは、
コシが無くて、
スカスカなので、
むしろ
バターロールと
ウィンナーの方が
美味しいと思います。
もっと手っ取り早いのは、
コンビニや、コーヒーチェーンの
〃だけ、ホットドッグに。
ソーセージ以外
具ナシ
マスタードは
ちょびっと
粒マスタード
ホットドッグ
カスタマイズ
ザワークラウト
よく水分を
切ってね
＋
チューブ
からし
ピクルス
グイグイ
詰め込む
だけ！
球場には、黄色と黒の
シマシマ なんか
着て行き
ませんからね
白と黒の柄物なんかで、
さりげなく 阪神アピール
黄色の小物を
ポケットから、チラ見せ
したりして…
人様の
お宅ですもの…
東京のフツーの 阪神ファンは、気を使ってるのよ〜(特にドーム)

お正月狂想曲

怒濤のお正月が終わった。

大晦日、元日、2日は原則、妹たち一家だけなのだが、3日は妹や私の友人、親戚と10人以上が集まる。正月料理の準備は、延べで言ったら、20人分近くになる。

最近は、料亭などの出来合いおせちを買ってしまうご家庭も多いようだが、あんなの元日に、皆で突っつき回したら、1日目にして修復不能、終了〜だ。やはりあれは、おせちがなくなったから、2日目はお寿司でも取ろうか、3日目は外食にしよう――なんて自由がきく、核家族向きだろう。これだけの人数になると、補充、保存ができないと、使い物にならない。

何せワンオペなので、買い出しは、1週間程前から始まる。まず煮しめ用の、重くて日持ちのする根菜類や、白こんにゃく、かさばる鰹節の大袋や、どんこしいたけを買ってしまう。これらは早めに買う方が、形と品質の良い物が手に入る。2日程に分けて、近くのちょい良さめのスーパーで、これならと思えるメーカーの、栗きんとん2箱、伊達巻2本、Sの超高級蒲鉾の紅白4本を見つけたので、買ってしまう。これだけの重量を買い物客でごった返したデパ地下で、担いで歩くのを回避できたのは、ラッキーだ。

しかしこのテの、一の重、二の重食品、今時の皆さま、ありがたがる訳じゃない。お正月の縁起物的扱いなので、適当でもいいっちゃいいのだが、この高級蒲鉾には、ちと思い入れがある。父の好物だったのだ。本当に入院の4日前、最後の七草がゆの日にも食べていた（七草には、おせちの残り総ざらえをする）。この蒲鉾は、お高いだけあって確かに美味しい。味は濃い目だがほの甘く、柔らかいのにプリプリの食感で、ちゃんと魚の風味がするのだ。全国に美味しい蒲鉾は数々あるが、板つき紅白蒲鉾の中では、群を抜いていると思う。

もっとも父は、これに命の粉「味〇素」を雪のようにかけ、ドボドボにしょう油に浸して食べていたのだから、風味もへったくれもないのだが。

次に、お正月飾りと花を買い出しに行く。それから、焼き豆腐、サーモンなど、数日はもつ食品を買う。同時に年越しそば用食材を買う。うちの年越しそばは、冷たいそばに各自好きな具材をのっけて、つゆをかけるという〝お好みそば〟スタイルなので、セリ、切り三ツ葉、油揚げ（きつね用）、やまと芋（とろろ用）、大根（おろし用）など多数ある（天ぷらは、当日妹に任せる）。

30日は、いよいよデパートでの買い出し本番だ。一の重用の、黒豆、昆布巻き、田作りや、だし巻玉子。三の重用は、パテやキッシュなどの洋風惣菜やエスニック料理などを好みで買う。ローストビーフだけは、自分で焼く。お雑煮用のほうれん草3束、ゆず3個、鶏ガラ3羽分、鶏もも4枚。飾りつけ用のパセリ、クレソン、レモン――十数人想定なので、途轍もない重量になる。肩がけと斜めがけ、手持ちの大容量のエコバッグを3袋、優に20kgは超えているだろう。1度荷物を下ろしたら、2度と立ち上がれる自信はないのだが、デパートまで来たからには、絶対に飲んで帰ってやる！

レストラン街の中華で、生ビールと蒸し鶏を前に放心する。年末の雰囲気を楽しみに来たであろう、高級ブランドのショッピングバッグをいくつか下げた、身なりのいいカップルやファミリーが行き交う。私は普段着のまま髪振り乱し、行き倒れの婆さんさながらの姿だ。もはや見栄も恥もつきてんのよ。真の買い物とは生活とは、こういうことなのよ。あんた方、この境地にまで達してごらんなさいよ（達してどーする！）。

大晦日、妹一家がやってくる。そばを食べつつ、紅白をながめつつ、煮しめを作り始め、お正月3日分のお雑煮の汁を仕込む。

母は素材の味が混ざるのが、キライな人だったので、里芋は里芋だけとか、各素材別々に煮ていた。確かに全部一緒に煮ると、どんこの出汁が強すぎて、すべてが同じ風味になってしまう。母程うるさくはないが、里芋で1鍋、こんにゃく、どんこで1鍋、にんじん、れんこん、ごぼう、たけのこで1鍋、焼き豆腐で1鍋と、4つに分けて煮る。各鍋、味浸み度や素材の特性により、ビミョーに味や濃さを変える。こうすることで、お正月のお煮しめの特別感が、少しばかり出せる（気がする）。

ガンちゃんに、「お煮しめ何入れる？」と聞くと、「里芋、にんじん、ごぼう、れんこん、しいたけ……こんにゃくは、カミさんがNGだからナシ」「うんうん」「あと～鶏肉も入れるかな」って、兄さんそりゃ、筑前煮やないか～い！　ついでにお雑煮も聞いてみる。実家のお雑煮は、とにかくたっぷりの昆布を前日から水出しして、それに鰹節で出汁を取り、丸餅、しょう油仕立てで、具材は白菜のみ。それ以外は一切ナシだという。それはかなり珍しい。ガンちゃんのお母さんの実家は下関だった。「それは下関スタンダードなの？」と聞くと、他のうちのは見たことないので、分からんと言う。ガンちゃんは、それじゃあまりにもサビシイので、今では白菜に鶏としめじなどを追加しているそうだ。

うちの母のお雑煮は、実にあっさり味だった。昆布と鰹の出汁のしょう油仕立て、具材は焼いた角餅、鶏のこま切れ、ほうれん草、なると。全く雑味がない。江戸前っちゃ～江戸前なのだが、あまりにも淡白すぎるので、40年程前から、私が徐々にワイルド味にしてしまったが（具材は、ほぼ一緒）。

父の実家では、昆布と鰹のしょう油ベースに、大根、にんじん、里芋、白菜、そこに家でついた丸餅を入れ、すべてがとろけるまで、グダグダに煮込んだお雑煮だったそうだ。そりゃ～母は、全力で却下だったことだろう。時々父に、お正月に余ったお餅で、そんな感じの煮込み雑煮を作ると、たいへん喜んでいた。「なんかお餅、煮溶けてなくなっちゃったねぇ」と言うと、「イヤ、そこがまたいいんだよ」と、嬉しそうだった。

私のお雑煮出汁は、今では100%鶏ガラだ。15ℓ入りの寸胴鍋に、なみなみの水、そこに酒をドボッと、塩をドバッと入れ、よく洗った鶏ガラ3羽分を入れる。1度沸騰して、アクがブワッと浮いてくるまでは強火で、おおむねアクをすくったら弱火にし、水を注ぎ足しながら、3、4時間煮出す。この澄んだ鶏ガラスープが、ハルノ流お雑煮のベースだ。それに酒、みりん(気づかない程度)、塩、2種のしょう油で味つけをする。

さて――お正月の3日目。我家のお正月は夜集合(私の都合で)なので、それまでに一の重、二の重をキッチリ詰め、煮しめを大鉢2つに盛る。ローストビーフやオードブル類は、大皿2枚に盛りつけておく(一応これが三の重)。

三々五々に皆がやってくる。最初の内は私も、ビールを飲みつつ談笑していられる。1時間程して全員が集合し、「明けましておめでとうございまーす!」と、お屠蘇(とそ)で乾杯する。ちなみに最近では、このお屠蘇も珍しがられる。酒+みりんに、屠蘇散という、ティーパックのような漢方っぽい香りの粉末入りの袋を漬けて作るのだ。屠蘇散は、お正月近くになると薬局や(今のチェーン店ではムリかな)、デパートの正月用品コーナーに置いてある(はず)。

私は甘ったるいのがイヤなので、酒6強:みりん4弱位の割合で作るが、中にはみりん1

00%で、作る地方もあるそうだ。漬けて1日目はまだ浅く、お正月の3日目位になると、かなり濃厚で味わい深くなる。これが何でかよく回る。漢方薬の効能なのか、酒+みりんが作用するのか、必要以上に酔いが回る。甘くて飲みやすいからと、あなどってクイクイいくと、かなりの酒豪でも引っくり返るので、さすがの私も、おちょこ1杯でやめておく。

乾杯が済んだら、もう座ることはできない。ただひたすら餅を焼き、具材を入れ、汁を注いで、お雑煮を作り続ける。半袖になりガス台に張りつき、強火の遠火で餅を焼く。焼き網には1度に6個しかのらない。ガスの火にはムラがあるので、引っくり返したり位置を入れ替えたりで、1個ずつ焼け具合を調整する。両面にコゲがつき、プーッと膨らんだそばから器に入れ、空いた場所に次の餅をのせていく。目の前の餅の焼き加減だけに集中する。もはや居酒屋の焼き処の親父だ。全員に一巡する前から、おかわりの器が返ってくる。「私は1個、僕2個、汁だけおかわり」――なんて、誰かが〝お運び〟を買って出てくれるので、言われるがままに作り続ける。

「お腹いっぱいだけど汁だけ」と、汁の評判がよろしいのは、ちと嬉しい。長年かけて、この味に到達した甲斐があるってもんだ。

ちなみにこの汁は、ご飯を入れ溶き卵で雑炊にしても、中華麺を入れてラーメンでもイケるし、生米から煮詰め、最後にチーズを散らして、リゾット風にするのも美味なのだ。

こうして皆さまは満腹になり、私は灰になるのだ。しかし近年、この灰っぷりが一線を越えた気がする。お正月後も数日は、身体も脳ミソも使いモノにならない。そりゃまぁ仕方ない。毎年1つずつ歳を取るんだから。それが年に1度だけ、お正月ごとに判で押したように、同じ労働を繰り返すのだから、去年難なくこなせたことが、今年はやたらキツイとか、際立って感じられるのだろう。〝門松は冥土の旅の一里塚〟たぁよく言ったもんだ。

Mちゃんと、「1度でいいから、な〜んにもしないで温泉旅館なんかで、お正月過ごしてみたいもんね〜」と、グチり合う。「それには息子たちから——お母さん、今年は何もしないでいいよ。僕たちが温泉旅行に招待するから——って言われなきゃね」「ナイナイナイ！」「でも私、80になったら引退宣言するわ」。オイ！　80までやる気かよ。元気すぎるだろ。「結局私って、ええかっこしいなのよ。人にいい顔見せたいのよね」

そうなんだと思う。SNSじゃあるまいし、別に〝いいね〟が欲しい訳じゃないが、皆が喜んでいる顔は見たいのだ。それが（かろうじて）動ける原動力となっている。

毎年ショボくなっていき、婆さんの料理はもういらない——と、誰も来なくなる日まで、キビシクとも、やめることはできないのだろう。

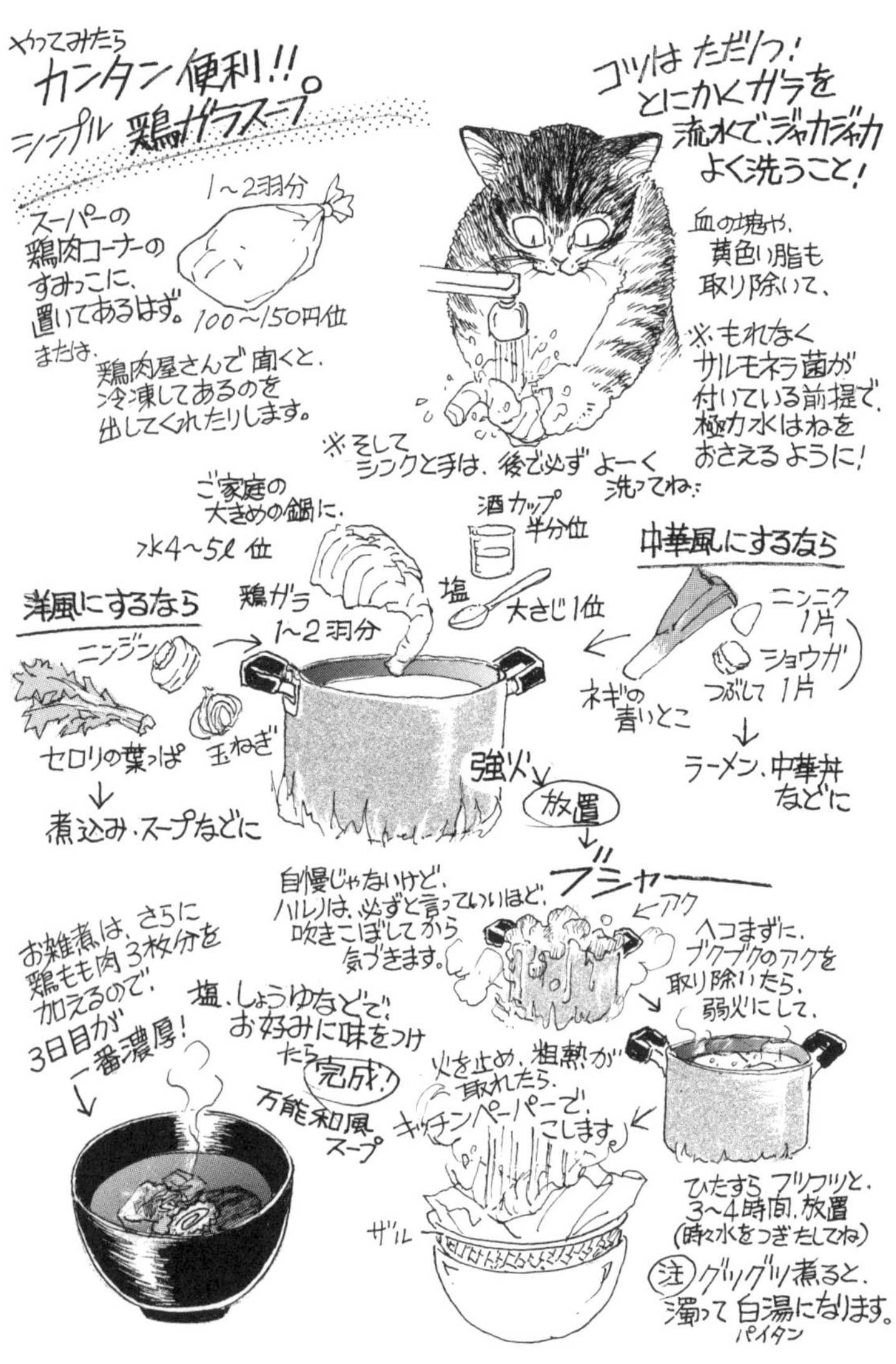
やってみたら
カンタン便利!!
シンプル 鶏ガラスープ
1〜2羽分
スーパーの
鶏肉コーナーの
すみっこに、
置いてあるはず。
100〜150円位
または、
鶏肉屋さんで聞くと、
冷凍してあるのを
出してくれたりします。
コツはただ1つ!
とにかくガラを
流水で、ジャカジャカ
よく洗うこと!
血の塊や、
黄色い脂も
取り除いて、
※もれなく
サルモネラ菌が
付いている前提で、
極力水はねを
おさえるように!
※そして
シンクと手は、後で必ずよーく
洗ってね
ご家庭の
大きめの鍋に、
水4〜5ℓ位
酒カップ
半分位
塩
大さじ1位
鶏ガラ
1〜2羽分
洋風にするなら
ニンジン
セロリの葉っぱ
玉ねぎ
煮込み・スープなどに
中華風にするなら
ニンニク
1片
ショウガ
つぶして 1片
ネギの
青いとこ
ラーメン、中華丼
などに
強火
放置
ブシャーーー
自慢じゃないけど、
ハルリは、必ずと言っていいほど、
吹きこぼしてから
気づきます。
アク
ヘコまずに、
ブクブクのアクを
取り除いたら、
弱火にして、
ひたすらフツフツと、
3〜4時間、放置
(時々水をつぎたしてね)
注 グツグツ煮ると、
濁って白湯になります。
パイタン
火を止め、粗熱が
取れたら、
キッチンペーパーで、
こします。
ザル
お雑煮は、さらに
鶏もも肉3枚分を
加えるので、
3日目が
一番濃厚!
塩、しょうゆなどで
お好みに味をつけ
たら
完成!
万能和風
スープ

節分そばとツブレない店

我家には、節分にそばを食べる習慣がある——という話は、かつて『開店休業』の中でも書いたと思う。

昔から豆をまき終えたら、そばの出前を頼む。というのが、一連の流れだったので、これは世間一般当然の習慣だと、何の疑問も持たずに生きてきた。

昔、妹の事務所にいた関西出身の娘が、初めて〝恵方巻き〟の習慣を教えてくれた。皆「ウッソだ〜!?」なんて言っていたが、彼女はその年の恵方を向くと、沈黙のままモクモクと、本当に太巻き1本食べつくした。恵方巻きは決して切ってはいけない。食べている間に、声を発してもならない。これを完遂できなければ、今年の福は失われる。恵方巻きとは本来このように、少食者は永遠に幸福には恵まれないというメタファーが込められた、関西ローカルの禍々しい風習なのだ。しかし恵方巻きは、うまいこと商業ベースに乗っかり、今ではスーパーやコンビニでも売られている。具材も牛カルビとエビフライだの、豪華海鮮づくしだの、こんなの福をゲットできるのは、力士かギャル曽根だけだろ！　と突っ込みたくなるような、贅をつくした創作寿司へと変容した。もっとも最近では、大量廃棄問題などもあり、頭打ちになってきたようだが、それでも節分メニューと言えば、恵方巻き——という習慣だけは、日本全国に根づいたと思う。

この恵方巻きショックをきっかけに、「節分そばって、うちだけなのぉ〜？」と、初めて我家の習慣に疑問を抱いた。節分と言えば〝鬼〟をやらい（つまり煩悩を払い）、新春（立春）を迎えるという、本来のお正月という意味で、節分に〝年越しそば〟を食べるという理屈にも、何ら破綻はないと思っていた。それから折に触れ聞いてみたが、「うちも節分は、そば！」という人には、まったくお目にかからなかった。

父、母どちらが持ち込んだ習慣なのか？——と考えると、間違いなく母方だろう。２人共生まれは東京だが、父方の九州天草には、まったくそば文化はない。母方のルーツは群馬だ。群馬県は、隣接する長野県や栃木県とも、肩を並べる有数のそばの生産地だった。話はちとそれるが、群馬と言えば、大阪に負けず劣らずの、粉もん文化圏だと思っている。〝おやき〟は信州長野の名物とされているが、あれは同じく名物〝野沢菜〟を入れたからこその〝完成形〟で、そのルーツは群馬にあると思う。小麦粉にちょい塩を加えて練っただけ（時には刻みねぎも混ぜたりして）、それを囲炉裏の灰に突っ込んで焼き、味噌を塗ったのが原型だろう。実際に〝上州おやき〟は、そんな感じだ。これは貧しくて忙しかった、農家のお母さんたちの、生活の知恵だ。同じようなおやつは、全国各地にあるが、中でもぶっちぎったのは、群馬の〝焼きまんじゅう〟だ。どうやら小麦粉に、どぶろくや糀(こうじ)を加え、発酵させ蒸して、ふくらませているらしい。つまり和風パンだ。それがみっちり4個串に刺してある（種の内に刺してから、発酵させるのだろう）。これに甘味噌を塗って、炙って食べるのだ。『開店休業』の中に、父は食べ方が分からず、そのままかぶりついて私に笑われたという、自分の食い意地をなげくくだりがあるが、正しく少量の粉をカサ増しして、とにかく腹いっぱいにさせようという、貧しい地方（失礼！）ならではの作戦だ。

しかし群馬は水が良く豊富だ（一転ヨイショ！）。水沢うどんなどは、群馬の粉物の最も洗練された形だと思う。中太だが半透明でコシがある。稲庭うどんや氷見うどん同様、寒冷地特有の、綺麗な麺だ。

他にも名物として、一反もめんみたいな素朴なひもかわうどんも有名だが、群馬の友人に、「群馬で、これがウマイ！　って名物は何?」と聞いたら、「う〜ん……スパゲッティーかな」と言う。「へぇ〜?」と、その時はあまりピンとこなかったが、最近群馬は〝パスタ県〟として有名になった。特に高崎市では、人口あたりのイタリアンの数が、全国1位だと聞いて驚いた。群馬恐るべし。もしかすると大阪よりも、多彩で深遠なる粉もん文化が、根づいているのかもしれない。

何だか、持ち上げてんだか、おとしめてんだか分からない、群馬大使的報告にそれてしまったが、節分そばの話だった。

節分そばも年越しそば同様、各自冷たいそばに、お好みの具材をのっけ、鰹出汁ベースの熱くて濃いつゆをかけて食べるスタイルだ。つゆは高血圧即死レベルに濃い（しょっぱい）。出汁3分の1に、かえし3分の2位の感覚だろうか。2ℓの水からなら、昆布、沸いたら取り出し、そこに鰹節丸ごと1袋ドサッと、酒ドボッと、濃い口しょう油ドバ×5、薄口しょう油ドボドボッ、みりんダバダバッ、塩バサッ、砂糖パッ——ってな感じで（すべて、思いっ切りブッ込んだ時の秒数で）。1度ブワッと煮立ったら、でき上がり。濃いけれど、大ぶりのお碗に取り分けたそばに、お玉1杯かければ十分で、そこに天ぷらや大根おろしだの、とろろやせりなんか入れていく内に、ちょうどいい塩梅（あんばい）になる。

そばは決まっていて、新潟の「妻有（つまり）そば」を取り寄せる。新潟魚沼の名物〝へぎそば〟に使われるそばだ。なので、茹でて水でシメた後、へぎそば風に、1口大に並べてザルに盛る。つなぎに〝ふのり〟を使ったそばなので、時間がたってもボソボソにならず、コシが残るので使いやすい。

このそばスタイルになる前は、近所のそば屋から出前を取っていた。うちが引っ越して来る前から存在し、今も存続しているのだから、老舗っちゅ〜たら老舗という他ない。先代から続いているし、味は間違いないだろう——と、思われるだろうが、これまた（以前書いた中華屋同様）吐く程マズイのだ。

とろろそばが好きなので頼むと、そばは持ち上げるそばから、とろろの重力に負けて2、3㎝の長さにブッブッと切れ、汁の中に落ちていく。そのブッブッそばをとろろの沼からすくい上げてもきりがなく、最後はゲル状の物体となってあきらめる。じゃあいっそザルそばなら——と頼むが、そばに箸を入れて上げると、食品サンプルのように、そば全体が持ち上がる。いったいいかなる手法を用いたら、ここまでの物体が出来上がるのか、もはや超常現象だ。しかし大将は、気さくないい人なのだ。自らバイクで（1分）、出前を運んでくれる。ここに越して来た頃には、まだ30そこそこだったので、皆〝お兄ちゃん〟と呼んでいた（今ではかなりおじいちゃんだが）。

それにしてもなぜ、代々存続していられるのかが、最大の謎だった。かつてこの店から30mも離れていない場所に、警察署があった。大理石造りの、クラッシックな趣のある建築で、80年代『an・an』のグラビアで、コム・デ・ギャルソンの服を着た父が撮影されたのは、この警察署のアールデコもどきの窓の前だ。警察署には留置場もあったので、取り調べの時に、「どうだ、かつ丼でも食うか？」（コレ、ウソらしいですね）な〜んてので、儲かってんじゃないの？　と、家族で軽口をたたいていたが、コンビニも少なかった時代、ここのお巡りさんたちの胃袋を支えるだけでも、けっこう繁盛していたのは確かだろう。

その警察署が、90年代半ばに取り壊され、移転してしまった。「うわ〜……終わった！

絶対にツブレる」とそば屋の行く末を案じていたら、それから数年後、そば屋は大規模な建替えを始め、ピカピカの新築となった。窓が大きくて明るく、こんなそば屋、町で見かけたら（しかも老舗）、私でもうかつに入ってしまいそうな、清潔感あふれる小ざっぱりとした店だ。住居と一緒なので、かなり広大なL字形の店舗兼邸宅だ。

「なんで〜？　いったいどういうカラクリ？」と、不思議がる私にガンちゃんは、「ありゃ〜絶対土地持ちだな」と言う。以前はそば屋の隣に、デパートの配送センターがあった。そこがなくなり、10階建てのマンションが建った。なるほど、あそこはそば屋の土地だったのだ。そこをマンション用地として売っ払い、その代金で（余裕で）店を改築したという訳だ。そば屋は、大通りと裏道に挟まれた、一区画の角地を所有する大地主だったのだ。そりゃ〜先代から、そばの品質に対する向上心なぞ持たずとも、悠々自適で商売やってこられた訳よね。納得（でも働き者のいい人なんですよ〜！）。

今では、初夏と初冬の年に2回、植木屋さんのお昼用の天丼くらいしか、出前を頼む機会はなくなったが、天丼1丁だけでは悪いので、自分用のとろろそばとか、カレーうどんなども頼む（結果は前述と同じ）。しかし最近、夏場は冷やし中華があるのを知り、頼んでみたら、ナ、ナント！　これが全メニュー中で、一番イケたのだ（もちろんのびてはいるが）。どこまでもトリッキーなそば屋だ。

また話があらぬ方向にそれたが、我家は昔から、季節の行事を大事にしていた——というより、両親共々好きだったのだ。寒い季節だけで考えても、冬至のゆず湯から始まり、クリスマス、年越しそば。昔はその後、隣の寺で鐘をつき、近所の神社に初詣をし、父など元気だった頃は、そのまま自転車で2時間程かけ、佃の住吉神社と深川八幡を巡っていた。そしてお正月、七草がゆ、豆まきと節分そば。これから3月はひなまつりが待っている。毎月何かしらイベントがあるのだ。

しかしこれは、日本の伝統文化を大切に守り、後世に伝えていこうなんて、高邁（こうまい）な意識とはほど遠い。考えてもみてよ。すべての季節のどの行事だって、人生に１００回もあったら僥倖ではないの（たいがいの人はムリ）。

だったら１００分の１の今の季節、このイベントを存分に楽しんじゃおう――という、〝飲ん兵衛の記念日〟同様、貪欲でたくましい、庶民の心意気であり、ささやかな愉（たの）しみなのだと思う。

お好みそば
みつば
ねぎ
ほうれん草
とろろ
大根おろし
ゆず
せり
へぎそば風
鴨のさっと煮
(合鴨だけど…)
煮たお揚げ
買った
てんぷら
あれもこれも食べたいけど、
結局皆、2.3杯で守ブ!
残りは、
ハルノの数日分の、ツマミとなります。
かき揚げの卵とじ+みつば・ゆず
(つゆかけ)
ツマミあれこれ
なんだか全部
同じ味だニャ〜…
鴨おろし+ねぎ・ゆず
(つゆかけ)
お揚げとろろ
+ねぎ・ゆず
(つゆかけ)

苦手かもしれない

自覚しないままに、人生の大半を生きてきてしまうことって、けっこうあるのではないだろうか。

ここ2、3年で、やっと自覚してきたことだが、もしかして私は〝辛い〟モノが苦手なのかもしれない。別にキライな訳ではない。タイ料理やネパール、中華などのエスニック系は好きなのだが、スパイスの風味が好きなのであって、極度の辛さは求めていない。気持ち的には辛さへの耐性は、常人（よりちょい上）レベルのつもりで生きてきたので、辛さを選べる場合など余裕で〝中辛〟を頼んでは、ヒーハー言っている。

なので焼き鳥やそばには、七味パッとひと振り、ピザにもタバスコ1滴で十分だ。マイ七味やマイタバスコを持ち歩き、牛丼やスパゲッティーに、バッサバサかけている人を見ると、やはり味覚障害を疑ってしまう。

巣鴨に、メッチャ安くて雑で、いい加減な居酒屋がある。（中華メインだが）焼き鳥やカニクリームコロッケまで何でもアリの、見るからにダメダメ感ただよう写真付きの立て看板の上に、雨の日にはチュルッチュルになる、老人殺害の意図があるとしか思えない、急な外階段の2階。何で最初にここに入ろうという気になったのか？　それは私の、〝脱力系居酒屋〟を嗅ぎ当てる能力としか言いようがない。

店は予想通りの大当たりだった（人によっては大ハズレだが）。いつ入ってもスッカスカで、ファミレスのようにのびのびと使える。1人午後飲みには最適だ。かつては、かなり大きな和風居酒屋だったのを居抜きで買ったのだろう。使われていない座敷が、いくつもある。満席まで入ったら、70、80人はいけるだろう。それがいつでも10人以下だ。これでやってける訳がない。調べてみると、親会社はやはり中国系で、かなり手広く様々な分野の事業を展開している。マネロンのニオイがするが私には関係ナイ。とにかく生ビールが美味しいのだ。ジョッキを冷凍庫で冷やしているのか、薄氷が浮いている。イヤガラセのようにキンキンなところが、私の好みだ。中華系の店はどこも、何でか生ビール（だけ）は美味しい気がするのだが、何か理由があるのだろうか？

そして、ピータンと腸詰があるので、私的には言うことはない。苦手としている〝お通し〟制度があるのだが、業務用ではなく、一応手作りなのは褒めてあげたい。余った豆腐の切れっ端に明太ドレッシング、トッピングにボイルエビ半分とか、刺身のツマとワカメの和え物とか、実に涙ぐましい節約っぷりだ。時々作り置くのか、大根、ニンジン、キュウリの和風ピクルスなどは、マネしてみよ！ と思う位だ。水、酢を半々、砂糖、塩、しょう油ちょい＋鷹の爪ってなところだろうか？ 味付けが絶妙なのだ。

他のお客さんの料理を見ると、けっこうなボリュームなので、普段は恐れをなしてツマミ系しか頼まないのだが、友人と3人で入った時に頼んだ餃子は、内容みっちりだったし、エビマヨも（エビはショボく衣は巨大だったが）、味は決して悪くない。どこの国の、いかなる由来の食材を使っているのかは、考えないことにして、巣鴨での買い物帰りには、よく利用するようになった。

脱力系居酒屋について、熱く語ってしまったが、辛いモノの話だった。

この店は、経営はもちろんだが、バイトの子もシェフも、すべてが中国系なので、そもそもの概念の違いを思い知らされることがある。ある日焼き鳥の皮串の塩を頼んだら、カリッと焼けていて、なかなか理想的だった（ちなみに鶏皮がブヨッで、脂ジュワの場合は、密かにビニール袋で持ち帰り、カラスへのおみやにする）。これはもしかして、鶏皮のタレの方もイケるのではと、頼んでみた。あの〝博多とり皮〟風を期待したのだ。しかし出てきたのは、いつもの焼いた鶏皮に、ドロッとしたツメのような（焼き鳥を買うと付いてくる、あの小袋入りの）タレをひと塗りしただけの物だった。所々まだらで〝地肌〟が見えている。そうか……文化が違うのだ。ここで「メニューに日本食を載せるからにはな——」などと憤っても仕方ない。

ところが。安全パイであるはずの、ピータンと腸詰も、時々キケンなのだ。普通ピータンのタレと言えば、中国しょう油と酢だろう。店によってはゴマ油を加えたり、鎮江黒酢を使っていたりするが、おおむねマイルドだ。しかしこの店のオリジナルのタレは、中国しょう油に豆板醬（トウバンジャン）を溶かしているのか、やすらぎを感じられない。しかも腸詰にも同じタレがかかってくる。腸詰ったら、スライスキュウリに、うっすら甘い薄切りの腸詰め、トッピングの白髪ネギのみ！　それに添えてある豆板醬を箸の先位つけて、チビチビ食べるのがいいのよ。それがオリジナルの辛いタレに、どっぷり浸って出てくる。「あの〜タレはちょっとにしてください」と、バイトのお姉さんに頼むが、ちゃんと伝わってなかったり、タレなしでは申し訳ないとでも思うのか、替わりにラー油をドバッとかけてくれたりする。シェフによっても辛さの度合いが違うので、もう何も言わないことにした。

たぶん普通の人は、この程度の辛さ、全然平気なんだろうな〜と思いつつ、生ビールが進むったらありゃしない。3杯目いっちゃおかな——という誘惑をグッとこらえ、2杯でやめておく。こんなことで楽しめるんだから、実に安上がりな人間だ。

辛さの耐性はこの程度なので、韓国料理だけは敬遠してしまう。だって何もかも、まっ赤じゃん！　しかも多くの料理はグッチャグチャに混ぜるので、逃げ場がナイ。見た目程には辛くないとか、各種の唐がらしをブレンドするので、辛さの種類でも旨みが違うとか言われるけれど、あの赤さだけで怯(おび)える。キムチも、鍋の出汁としてや、ホットプレートで作る、〝なんちゃってビビンバ〟の具材としてなら使うことはあるが、単独で出されると、漬け物は別に辛くしなくても、いいんじゃない？　という気分になる。寒さがキビシイ国だから、辛さが必要なんだろうな――とは思うのだが、他の北国の料理は、さほど辛いという印象はない。辛さで名高い中国四川省だって、どちらかと言うと高温多湿だ。朝鮮半島でも、むしろ北ルーツの料理の方が、唐がらし頼みではないような気がする。コムタンやソルロンタンなどの牛骨出汁や冷麺、焼き肉も羊だったりと、ダイレクトに大陸から入ってきた、原型の匂いがするのだ。

韓国料理で好きなのは、参鶏湯(サムゲタン)だ（辛くないからね）。冬場になると、上野の『吉池』で、国産栽培の生の朝鮮人参が売られている。もちろん天然物とは比べようもない、小さくてヒョロヒョロの物だが（数本千数百円位）、ちゃんと朝鮮人参の香りがする。つい買ってしまうが、サムゲタン以外に使い道を思いつかないので（焼酎に漬けとくとか？）、とりあえず冷凍にしておく。それとナツメ、これまた「アメ横」で、一生分位の袋を買ってしまった。あとはクコと松の実、これらはスーパーの中華食材でも売っている。主役は丸鶏ともち米で、味つけは塩のみだ（ニンニクは入れる派、入れない派がある）。

昔は人が集まる時など、マジメに丸鶏で作っていましたとも。それがある時（たぶん2、3回目には）、この作業がとてつもなく苦手かもしれない――と、気づいてしまったのだ。

買ってきた丸鶏のお腹の中をよ〜く洗ってから、タコ糸で手羽と脚を緊縛し、腹の中に、もち米をギュウギュウと詰め込む。パンパンに詰まったら、太い針とタコ糸で、お腹を縫うのだが、昔から裁縫（と編み物）は苦手で、途中で縫い目のつじつまが合わなくなり、グチャグチャに閉じる。この時ばかりは、「外科医にならなくて良かった〜！」と、つくづく思う。いったい何人の患者を縫合不全で殺していたことだろう。実際外科の研修では、鴨肉を使って切開や、縫合の練習をするのだと聞いた。人の脂肪や筋肉と、感触がよく似ているそうだ。

プチッと、生白い皮膚に刺さる感触。ギュウギュウにもち米を詰められた腹。縫い目のほころびや、もっちりと脂肪が詰まった〝ぼん尻〟の下の肛門から、ポロポロともち米がこぼれ出る。何だか自分の肛門から、もち米がもれ出ているような気分になり、ゾワッとする。ついつい、これが人間だとしたら——なんてことを想像してしまう。サムゲタン作りは、リアルに食肉の〝原罪〟を突きつけられる料理なのかもしれない。

ふと、この作業、情報や理念やスタイルだけで、ベジタリアンやヴィーガンを名乗る方々に、やってみていただきたいもんだな——と思った。もちろん考えは変わらないだろうし、よりいっそう意を強くすることと思う。しかし丸鶏に触ることすらできなかったら問題外だし、この皮膚感覚を知ることなく、主義主張だけを声高に叫ぶ（ましてや他者にまで強いる）のは、紙芝居のような絵空事なんだな——位のリアルは、得られるのではないだろうか

（ホントは自分で狩猟して、さばいてみるのがいいんだろうけど、まぁ、お手軽コースってことでね）。「リアルな食肉って、実は分かってませんけど、主張させてもろてます。へェ、スンマセン」程度の謙虚な心持ちは必要だと思う（いかなる主義主張であっても）。

——ってなことで、本気のサムゲタンは、かなり心身を消耗することが分かったので、今では〝なんちゃってサムゲタン〟しか作らない。もしも朝鮮人参が手に入ったら（これだけは必須）、ぜひ作ってみてほしい。土鍋に水２ℓ、骨付きもも肉（ブッ切りでもＯＫ）２、３本、もち米１合位。ナツメは干しプルーン、クコや松の実は、手に入らなかったら、ドライフルーツやナッツで代用してもいい。ちょい塩を加えたら、あとは弱火でグツグツと、お粥(かゆ)状になるまで煮るだけだ。体の芯から温まるし、逆に暑気払いにもいい。

シンプルな塩味なので、辛いのがお好きな方は、ご自由にコチュジャンでも豆板醤でも、タバスコでもブッ込んでください。ただし、各自取り分けてからにしてね。

なんちゃってサムゲタン
とにかく朝鮮人参だけは手に入れましょう。
ただの鶏がゆになっちゃうので。
ヒョロッ
15cm位
3年栽培モノ
これ1本で十分！
5.6年モノだと、
太さ3cm位
もしもこんなのが家にあったら、
先っぽをちょっとチョロまかしましょう。
煎じて飲む用の乾燥チップでもイケるかも
粉末サプリはどうかなぁ…
鶏の骨つきモモ、2.3本
鍋にもよるけど、けっこうみっちり入れよう。
干しナツメ 3〜数個
なるべくならもち米！
トロみが違います。
クコの実 10〜20粒
松の実
無ければふつうのお米でもOK！
1合位
(その場合は、切りもちを2個ほど入れてみて：)
塩ひとつまみ
ニンニク入れたい派の人は、1片をたたきつぶしてin
水なみなみ
土鍋など、そのままテーブルに出せる鍋で、
フタ無し、弱火で1〜2時間。
鶏はホロホロ、トロットロになるまで放置。
(コゲつきそうだったら、水を足してね)
こういうのは、各自取り分けてから、
トッピングとして：
青ネギ
赤くて辛いヤツ
青菜とか
あまりにシンプルすぎて、ついネギとか白菜とか入れたくなっちゃうと思うけど、ここは
「グッ！とガマン！」
それじゃあ豆腐も、キノコもとなだれを打って、
「ガンちゃんの寄せ鍋」現象、発生します。

騒動の終焉

ヤ〜レヤレ！　コロナ騒動が、ようやく終息に向かいつつあるようだ。インフルエンザ同等の「5類」に降格されるという。

しかしまだ、ほとんどの人がマスクを外さない。「現在すでに、9波に入ろうとしている」などと、未だにあおろうとする専門家もいる。この国は、すっかり汚染されちまった。コロナウイルスによってではない。お上と専門バカの専門家と、ポンコツなマスコミと同調圧力によってだ。

思えば、この連載の、ここまですべてをコロナ騒動下で、書いてきた。お気づきだろうか？　私はこれまで1度として、「コロナ禍」という表現を使っていない。コロナウイルスが〝禍〟を起こしたんじゃない。すべてが人間による〝禍〟だからだ。

お隣の大国で、新型ウイルスが流行り始めたというニュースを聞いても、まだ〝対岸の火事〟だった。２００９年の新型インフルエンザ同様、その内収束するだろうと思っていた。

感染者が出た大型クルーズ船が、横浜港に停泊していた時も、（ワルイけど）理系魂で興味津々、観察していた。早々に乗客は客室に〝軟禁〟となったのに、次々と感染していく──なんでだろう？　これはたぶん空調によってだ。空気感染する、けっこう厄介なヤツだ。こりゃ〜〝水際作戦〟なんて、たやすく突破されて、国内でもボロボロ出てくるだろう。スタッフが運んでくる食事を介しての、接触感染だ──なんて言う専門家もいたが、エボラや天然痘じゃあるまいし、呼吸器症状を起こす感染症に、それはさほどの問題はない。まぁ、コロナの親父が「ヘックショイ！　チキショイ！　ンナロメ〜」ズズ〜ッ！　と洟をぬぐった手で握った手すりをすぐまた握って、眼ぇでもこすったら知りませんけどさ。

だからよくＴＶの情報番組で、ベタベタ手で触った跡をコロナに見立て、ブラックライトで照らして、「72時間後も、これだけウイルスは残ってます！」なんてことを真しやかに言ってたが、イヤイヤ、生き残ったとしても、触った手洗わずに、手づかみでモノ食う？　仮にそれやったとしても、時間がたったランダムなウイルスなんか、健康な人なら免疫力で、チャラく始末できるだろう。

特に愕然としたのは、防護服に身を固めた人々が、道路やら壁やらに、消毒薬をシューシューと撒きまくっている光景だった。ＳＦかと思った。一瞬〝マイ科学的常識〟がグラついた。別に道路なんて、靴の裏なんて、何ついてたっていいじゃん！　なんなら犬のう◯こだって（あ、それは消毒しますが）。靴の裏、家帰ってから舐める人いるの〜？　なので、宅配便が届いたら消毒液かけて、丸1日たってからじゃないと触らないとか、家に帰ったお父さんが、玄関先でシュッシュされて、そのまま風呂に直行、着ていた服はすべて洗濯機なんてのを見ると、非科学的だな〜——と言うより、あたりまえに家族を思い、日々を大切に生きている、普通の家庭をここまで追いつめちゃったのは、誰なんだよ！　という怒りが湧いてきた。

その内〝8割おじさん〟が、「このままでは国内の42万人が死亡する」なんてことを言い始めた。「へぇ〜マジか？　いよいよSFだ」。これは例のアレか？　ついに自然界の鉄槌が下ったってことか？　すぐに思い浮かんだのは、スティーブン・キングの、『ザ・スタンド』だった。謎の呼吸器系感染症で、人類の99％が死滅してしまう（他の動物には感染しない）。そこら中、死屍累々だ。老いも若きも、良き人も悪しき人も無差別に死んでしまう。そしてまた、生き残った1％の中にも、良い人も悪い人もいて、その中でまた騒動が起きるという、キングの中でも、かなりハチャメチャな話だ。しかし、もしもこんなパンデミックが起きたなら、私は別に生き残る必要もないし、99％の中に入ってもいいから、とにかく人類、軽く滅ぼしてくれ——地球と他の生物のためにだ。と、少々ワクワクして情勢を見守っていた（不謹慎上等！）。

しかし当然のことながら、どんな病気でも、決して無差別ではない。まず老人や基礎疾患のある人、弱い者から亡くなってしまう。これはすべての生物の宿命だ。皆さん驚かれたのは、志村けんさんや岡江久美子さんなど、直前まで元気で活躍されていた著名人が、あっけなく亡くなってしまった時だろう。志村けんさんは相応のお歳だし、COPDの基礎疾患もあったというから、仕方ないかもしれないが、岡江久美子さんは若いし、むしろ健康オタクだったと聞く。

さらに目を疑ったのは、ご家族が死に目に会えないばかりでなく、ご遺体にも会えず、玄関先で遺骨の箱を（それも、うやうやしく手渡しではなく）〝置き配〟にされていた場面だった。口をあんぐりしてしまった。この国、狂ってるのか⁉　どんだけ非科学的なんだ！　遺骨も遺体も息してないんだぞ！　あのな〜……遺体になっても、身体中から出血して、接触感染の恐れがあるエボラじゃないんだから。息してないご遺体なら、たとえ体液が付いていたとしても、密封したビニール袋とか、アクリル板付きのお棺でお返ししたって、問題ナイじゃん！

余談になるが、シロミが死んだ時、昔から猫葬を頼んでいるお寺にお願いした。火葬だけで、お骨は返却してくれと頼んだ。このお寺を利用するのは、久々だった。このところの葬儀はノラさんばかりで、場合によっては庭に埋めたり、移動式のお手軽火葬車で、お骨にしてもらうことが多かったのだ。

そのコースだと3万円だと言う。「チッ！　値上げしてやがる」。「お骨は、お手持ちでお届けしますか？　それとも『ゆうパック』でお送りしますか？」と聞かれる。「はぁぁ〜!?シロミ様のお骨を？……あの女王にして、大女優のシロミ様のお骨を『ゆうパック』だとぉぉ〜!?」。ブチ切れそうになったが、努めて冷静に、「手持ちで届けてください」と、頼んだ。「では、お届け料金は1万円です」。計4万円——世知辛い。こんなことなら、自分の手で火葬車に入れてお別れができる、お手軽火葬車の方がマシだった。

なので、大切な一家のお母さんの遺骨を〝置き配〟にされたご家族の屈辱と無念さは、いかばかりか（また猫と一緒にしてますが）。

私は別に陰謀論者ではないが、ワクチンだって冷静に考えてみて、mRNA転写という未知の手法を用いて、急ごしらえで、スピード認可ってのは、まずヤバいヤツだろうな——とは思った。お上と専門家が、諸手を挙げて推奨するモノは、だいたい巨大な利権がからんでいる。つまりテキトーOKなのだ。予約サイトが分かりにくい、不親切でお年寄りには難しいと聞いていたので、「どれどれ」と、いじくっていたら、普段からトラブル慣れしてるせいで、けっこうあっさり、個別接種会場の予約が取れてしまった。するとつい、好奇心が勝ってしまい、受けてみた。陰謀説じゃないけど、もう十分に発がんしてるし、これから子孫を残す予定もナイしね。

副反応は、翌日腕がちょっと筋肉痛（というより打撲痛）だったのと、いつもより気持ち2、3分微熱かな——という程度だった。2回目まで受けたところで、もう飽きたのでやめた。それと世間では、デルタ株がオミクロン株に移行し始めたことも大きかった。デルタ株が優勢だった頃には、まだ用心していた。私は喘息持ちで呼吸器系が弱いので、感染して肺まで行ったら、タダじゃ済まないだろう（でも飲み歩いていたけど）。

しかしほぼほぼオミクロン株に移行した時、「な〜んだ！ やっぱりコロナも普通のウイルスだったんだ。『ザ・スタンド』の世界は来ない」。コロナは人間と共存するために、折り合いをつけ始めたんだと、納得した。感染力は強くなり、感染者数はこれからどんどん増えていくだろう。でも、人を死に至らしめる毒性は落ちていく。これもまた、生命の普遍的な性質なのだ。コロナだって、生きていかにゃならんのよ。

父の読者に60年以上前（彼らが学生だった頃）からの2人組がいる。1人は某大手出版社を引退したT氏。彼には、猫の避妊手術関係で、かなりご尽力いただいた。もう1人のS氏は俳人で、マニアックな人ならよく知る、個人出版社を営んでいた。他にも評論など、幅広い分野の文筆業で活躍していた。正直言って、彼は変人だ。コミュ障で、永遠の少年のような難しさがあった。「まぁ、こういう人なんだよな」と、まるっと丸ごと理解できない人には、決して理解できない。嫌われる人には、テッテ的に嫌われた。

このおじさん（もはやおジイさん）2人組は、父の死後も何かと私を気にかけてくれ、時々呼び出されては、一杯やっていた。Sさんは、とんでもない超偏食の少食だった。日本酒をガンガンやるのに、見ていても、食べるのはお刺身1、2切れ、料理も人に勧めるばっかりで、どれも1口位しか食べない。だいたいが潔癖症なので、お鍋なんてもっての外だし。『猫屋台』にお招きしたくても、そもそも〝仕事した料理〟は、すべて苦手なので、どうしようもない。なのでいつも、彼の条件を満たした（絶対に魚が新鮮で、日本酒の品揃えがいい）居酒屋や料理屋に呼び出されては、さんざ飲みまくり、喋くっては甘えて、ゴチになるばかりだった。

２０２０年の晩秋だった。本郷の料理屋風居酒屋に呼び出され、飲んで喋ってゴチになり、「じゃあまた飲みましょう！」と、別れた。その時Sさんは、かなり耳が遠くなったな——という以外、いつも通りだった。翌年には〝百合子の飲酒禁止法〟が出されたお陰で、丸2年間、３人で会することはなかった。

ごく最近のことだ。Sさんが自宅で亡くなったと、Tさんから連絡を受けた。「ウッソだろ〜!?」。１人でマンション住まいのSさんは、相方のTさんと一緒に飲むことも減ったのだろう。外にも出ないから身体は弱る。人と会わないから刺激もないし、元々「家では明太子しか食べない」なんて、自慢気に言ってた人だから、ますます食べない。Sさんは、急激に認知症が進み、フレイルの状態に陥り、食べられなくなり、亡くなっていたところを近くに住む弟さんが発見したそうだ。

誰かと飲んでりゃ、お刺身の1、２切れだって、タコ唐の1個だって食べられたのに。この3年間でこんな風に亡くなったお年寄りが、どれだけいることだろう。

コロナじゃないんだよ！　お上の無知と無策が、こうやって、死ななくてもいいはずの人をどんだけ殺したと思ってるんだ。

COVID-19

あとがき

『猫屋台日乗』は、ここ『猫屋台』を訪れる方々や、日常の出来事、それについて思うところなどを（主として〝食〟を中心に）書き溜めている。

ここまでの連載期間の3年間は、バッチリコロナ騒動と丸かぶりだった。

皆さまは今、このコロナ騒動の3年間をリアルな体感を伴って、思い出せるだろうか？

そりゃ〜ご自身や家族が罹患して、どエライ目にあったとか、ましてや亡くなられたなんて方にとっては、忘れられない負の3年間として、人生に刻まれたことだろう。

しかし、ただひたすら自粛自粛と脅され続け、人との接触を避け、家にこもっていたであろうほとんどの方々は、「何だったんだアレは」と、3年1日のごとく、ただ漠然とモヤモヤ鬱々とした印象だけが、残っているのではないだろうか。そして今は、すっかり忘れて飲み会だ観光だと、はじけているのではないだろうか。

私はコロナ騒動を最初から、疑いの目で見ていた。もちろん、感染力が強い未知の、呼吸器系ウイルスが入ってきたな——というのは、事実として認める。しかし、何がどう転んだって、ウイルスでしかないのだ。キチンと性質を理解して、ラインを守りさえすれば、過剰に恐れることはない。そして、すべてのウイルス同様、いつか宿主と折り合いをつけ、カゼやインフルエンザと同等の、あたりまえの感染症として、収束していくと信じていた。

しかし、お上や〝感染症がご専門〟とやらの先生方が、何が目的なのか、人類存亡の危機とばかりに、脅しまくる煽りまくる。そして〝緊急事態宣言〟だ。人っこ1人いない、銀座4丁目の交差点を見て、SFかと思った。まるで戒厳令じゃないか。

さらに、マスク警察や自粛警察だ。マスクをしてなきゃ、すれ違いざまに怒鳴られる。深夜営業をしている店のガラスに、石が投げ込まれる。他県ナンバーの車には、貼り紙をされる。駄菓子屋のお婆ちゃんの店にまでもだ。狂ってる！

しかし、これらをやっている人は皆、社会正義と規律を重んじる、心正しい普通の市民なのだ。

戦時中、カップルで手を繋いでいると、憲兵に通報される。街中でいきなり〝国防婦人〟に「非国民！」と、電髪（パーマ）を切られる——まったく同じ構図じゃないか。

家族を愛する、心正しい市井の人々が、こうしていともたやすく、政府や専門家を信じ、空気に飲み込まれ、軍国意識に突入してしまう様子を目のあたりにした気がする。
ああ……こういうことか——と、今回のコロナ騒動では、よ〜っく学ばせてもらった。
ハルノはいつも〝独り〟、人外魔境に居よう——と、決意を新たにした3年間だった。

いつもナゾの言い訳で〆切をギリにし、ご迷惑をおかけしている、担当の菊地朱雅子さん、そして陰ながら支えてくれているであろう、石原正康氏に、心より感謝しとりますとも——モチロン！

２０２3年11月　ハルノ宵子

本書は「小説幻冬」(2020年6月号〜2023年5月号)
に連載したものです。

〈著者紹介〉

ハルノ宵子

1957年東京都生まれ。
漫画家・エッセイスト。父は思想家・詩人の吉本隆明。
著書に『開店休業』(吉本隆明との共著)、
『それでも猫は出かけていく』『猫だましい』
『隆明だもの』など。

猫屋台日乗

2024年1月25日　第1刷発行

著　者　ハルノ宵子
発行人　見城 徹
編集人　菊地朱雅子

発行所　株式会社 幻冬舎
〒151-0051　東京都渋谷区千駄ヶ谷4-9-7
電話　03(5411)6211(編集)　03(5411)6222(営業)
公式HP　https://www.gentosha.co.jp/

印刷・製本所　中央精版印刷株式会社

検印廃止

ISBN978-4-344-04219-3　C0095
この本に関するご意見・ご感想は、下記アンケートフォームからお寄せください。
https://www.gentosha.co.jp/e/

── 好評既刊 ──

猫だましい

ハルノ宵子

乳がん、大腿骨骨折による人工股関節、ステージⅣの大腸がん……自身の一筋縄ではいかない闘病と、両親の介護と看取り、数多の猫との出会いと別れ――。いのちについて透徹に綴る名エッセイ。

幻冬舎文庫　定価（本体710円+税）